中国基层医生

孙光荣 敬书

常张敏　祁德波　李　森 —— 主编
齐铁雄 —— 著

SPM 南方传媒
广东人民出版社
·广州·

图书在版编目（CIP）数据

中国基层医生 / 齐铁雄著．—广州：广东人民出版社，2023.8
ISBN 978-7-218-16840-1

Ⅰ．①中…　Ⅱ．①齐…　Ⅲ．①纪实文学—中国—当代
Ⅳ．①I25

中国国家版本馆 CIP 数据核字（2023）第 151505 号

ZHONGGUO JICENG YISHENG
中国基层医生
齐铁雄　著

出 版 人： 肖风华

责任编辑： 马妮璐
责任技编： 吴彦斌　周星奎
封面设计： 尚世视觉

出版发行： 广东人民出版社
地　　址： 广东省广州市越秀区大沙头四马路 10 号（邮政编码：510199）
电　　话：（020）85716809（总编室）
传　　真：（020）83289585
网　　址： http://www.gdpph.com
印　　刷： 三河市中晟雅豪印务有限公司
开　　本： 710mm×1000mm　1/16
印　　张： 16.5　　**字　　数：** 261 千
版　　次： 2023 年 8 月第 1 版
印　　次： 2023 年 8 月第 1 次印刷
定　　价： 168.00 元

如发现印装质量问题，影响阅读，请与出版社（020-85716849）联系调换。
售书热线：（020）87716172

图中左至右为：本书作者齐铁雄，本书顾问高思华教授，本书顾问、国医大师孙光荣，本书执行主编陈立峰

齐铁雄老师与国医大师李佃贵合影

齐铁雄在中南大学湘雅医学院授课

扎根基层几十年
服务百姓吾也甜

张大宁
癸卯春日

序言一

中国医疗的“脊梁”

不为良相，便为良医。范仲淹如是说。

良相治国，良医治病，两者职业有异而使命相同，都是有志之士孜孜以求的宏愿与目标。

范公少时，胸有大志，曾卜问前程，得知“不能为相”，便退而求其次，决心成为良医造福苍生．后虽贵为参知政事，仍不忘初心，苦读医书以法天地，通阴阳，精医道，曾救治很多病人，一直为后世所称道。这就是此古训的来历。

前几天，齐铁雄先生找我，要我为他的新书作序。因为忙于俗务，书稿一直在桌上放着，今天想起来，随手翻开读了几篇，一下子就被书中的人物和故事感动了！

这是一本写中国基层医生的书，书中记录了四十多位基层医生服务百姓的感人故事和心路历程。他们没有知名医院的职务和光环，即使做出了一些成绩，也不容易得到社会的认可……即使如此，他们仍默默耕耘，无怨无悔，用自己的爱心、双手和汗水，为普通百姓解除病痛之苦，构建了中国医疗体系的基础。

因为身处基层，他们比别人更富有学研精神。为了学习新技术和新疗法，他们常年自费出去学习。有的人为学针灸，白天听课，晚上住着廉价旅馆，互相在对方身上练习扎针和交流技艺，忘记疼痛和疲倦；有的人为了省钱，外出学习都背着方便面……更让人感动的是，他们都有一颗爱心：对困难群体，尽量少收费或不收费，面对自然灾难，都能挺身而出，逆行而上；疫情期间，也都参与疫情防控工作……

有几个故事，让我印象深刻。四川一位正实习的小伙子，在汶川地震发生后，义无反顾地奔赴灾区，救治伤员无数，临别还把剩余药品留给灾民；浙江一位奶奶级的医生，不仅有高超的医术，还有一颗仁慈的心；重庆一位医生，是知名大学的医学博士，毕业后放弃了大医院的工作机会，自己开办诊所，来回报养育他的父老乡亲……

我在阅读过程中，想象着我与他们是莫逆之交：和他们一起穿越人生的风霜雪雨，一起体会行医的酸甜苦辣，一起感受医生的苦乐哀愁，也和他们一起，救死扶伤，心系百姓，享受着为基层民众服务和被患者需要的成就感……

不错，我们需要推动医疗事业进步的管理者，需要传道授业、培育人才的大学教授，需要攻克顽疾的名医大家，需要发明新技术和新疗法的科研人员，需要在各级医院里救死扶伤的一线医生，但是，当我们放眼最基层的农村和社区的时候，我们发现，普通百姓更需要的是基层医生。基层医生是基层百姓的第一位健康守护神，没有他们的参与和付出，我们的医疗体系就会是没有根基、残缺不全的，医疗体系的未来也一定是令人失望的。

齐铁雄先生并非医生，他是一名诊所经营管理咨询师，曾为很多诊所提供过咨询服务。当他接触了众多基层医生后，和我一样也被他们的情怀和伟大的平凡所感动，也为他们所处的地位而感到不安。他给不了基层医生地位、身份和光环，但他能替他们发声，为他们代言。我想这正是他编著此书的发心所在。

范仲淹舍身求法、先忧后乐的精神，千百年来被人们所称道，以他为代表的先贤先哲，被鲁迅先生称为“中国的脊梁”。这种精神传承至今，在广大基层医生身上同样得到了最好的诠释和发展。从这个角度看，齐先生和广大中国基层医生一样，都是支撑起中国医疗服务体系的脊梁！

夜已深，天上明月高悬，城市灯火阑珊，掩卷沉思，欣然命笔写下如上感受，是为序。

高思华

2023年3月30日于北京

序言二

基层医护代言人

“理身如理国，用药如用兵”，文天祥的这句诗，道出了治病与治身的关系。这里的“治身”，就是我们说的健康管理，包括预防、治疗、康养等健康管理全过程。

其实，早在《黄帝内经》里就有了这样的论述：“心者，君主之官也，神明出焉……肝者，将军之官，谋虑出焉……”打仗离不开指挥中枢的战略大局和将帅的作战计谋。

前几日，受我徒弟袁永明医生的邀请，为他朋友齐铁雄先生的新书《中国基层医生》作序。我读了这本书，觉得这是一本纪实文学，内容真实，贴近生活，写法新颖。内容与手法的完美结合，读之感人肺腑，催人泪下。后来我通过视频号“基层医护代言人”看到了齐先生发布的一些正能量的视频，他一直在替基层医生发声，替中医发声。

《中国基层医生》的人物有中医，也有西医，更多是两者兼之的。他们都有一技之长，用自己掌握的医学知识，服务于基层百姓，虽都是小人物，也都有各自的不足与局限，但他们有一个共同特点：为了提升自己的医术四处拜师学习，不惜花费巨额学费；都有一颗红红的心，扶危救贫，养生济世，牢记中医悬壶济世的传统美德。能为这本书作序，不仅是为了齐铁雄先生，更为了这些基层医生。

基层医生的经历和齐铁雄先生的发心，使我不禁回忆起了恩师吕炳奎先生的“发展中医，济世寿人”的夙愿。

吕炳奎先生是第六、七届全国政协委员、前卫生部党组成员、中医司长，中医局首任局长，还担任着几十个医学研究机构的领导。他的一生，是不平凡的一生，他不仅为中国人民的解放事业立下了卓著战功，还一直为中华医药传统文化摇旗呐喊、擂鼓助威，是中华医学的捍卫者、传播者和实践者。为了发展中医事业，他呕心沥血，殚精竭虑，完成了上级交付的中医事业的组建、恢复和完善的任务。他创办了新中国第一所国有中医医院、第一所中医培训学校，组织编写了第一套中医培训教材。

1958年，吕炳奎先生主持起草《关于西医学习中医离职班情况成绩和经验》的报告，10 月 11 日毛主席在报告上做了重要批示：“中国医药学是一个伟大的宝库，应当努力发掘、加以提高。”2018 年第十五届世界中医药大会《罗马宣言》将每年 10 月 11 日定为“世界中医药日”。因此，吕先生被业界称为“中医司令”“中医泰斗”，誉为“新中国中医事业奠基人”。

作为吕炳奎先生弟子，我本人出身中医世家，近六十年的临床实践，练就了扎实基本功。中西医基础理论融会贯通、医学知识渊博、临床经验丰富，专攻各种疑难杂症的中医治疗调理，传承、研究、提出了“疏肝解郁和解法”“养心健脑通络法”“扶脾利湿健运法”“润肺清肠排毒法”“滋肾助阳扶正法”等脏腑辨证施治法则，创建“炳德中医五位一体康养体系”等。

我常受邀到一些单位授课，比如中央党校、中电国际总部、普华永道、腾讯科技、兵器部五院、航天二院、北影、北航、中国铁道科学院、中国建设银行、民生银行、华夏银行等，也为这些单位员工义诊、治疗，并提供中医养生健康咨询，得到了大家的认可和赞誉。

目前，我还担任吕炳奎中医学术传承工程委员会主席、北京炳奎厚德国际中医研究院院长、吕炳奎中医传承纪念馆名誉馆长、世界中医药学会联合会一技之长专业委员会副会长、《世界中西医结合》杂志编委。为更好传承吕炳奎中医学术思想，我们创立了“炳德中医师门”，启动了“吕炳奎中医学术传承工程”，目前已传授国内外入门弟子66位，培养外籍中医学子三千多位，中医“洋弟子”遍布世界多国。

近年来，为笃行恩师吕炳奎先生“发展中医，济世寿人”遗志，致力“让世界了解中医，让中医福惠世界”，传播中医文化，传播中医知识技能，让世界“读懂中医、感悟中医、享受中医、传承中医”，我们开展了“炳德中医全球行”，先后到俄罗斯、乌克兰、法国、马来西亚、新加坡、泰国等国家及宝岛台湾等省，开展中医知识讲座、学术交流、培训义诊等活动。我们不仅为国内病人治病，还为国际友人及各国政要诊治调理各种疑难杂症。

当年恩师吕炳奎先生毅然担任北京光明中医函授大学校长，目的是为了多一条途径来培养中国基层中医后继人才，这对振兴中国基层中医药事业会起到积极的历史性作用。他说：“函授教育是培养中国基层中医人才的好方法。学中医与学西医不同，学中医暂时可以不用什么仪器设备，只要把中医药学的基础理论学好，通过临床实习，加以掌握，逐步深化，是可以成为一名好中医的。中医药学有系统的理论体系，有辩证的、宏观的规律性。它是客观存在的，不是主观臆断的。我们首先要学懂，学通，掌握它的规律性，就能应用自如，达到‘对症下药，药到病除’的效果。也就是说，对各种疾病的治疗，能取得很好的疗效。”

作为新中国中医事业奠基人、中医泰斗吕炳奎先生的中医学术传承人及吕炳奎先生再传弟子，我的徒弟袁永明继承了吕老提出的“发展中医，济世寿人”的宗旨。他于2007年获得上海中医药大学中医硕士学位，2010年，拥有中医、西医双学历与执业资格的袁永明进京拜师深造。拜师后、秉承师祖吕炳奎先生“刻苦研修、精于辨证；中医伟业，任重道远”的教诲，他跟随我在一所外资中医培训机构参与培训辅导千余名外籍中医学员，在北京东四中医院参加临床诊治疾病、深入北京社区进行中医科普讲座。

袁永明医生勤奋好学、刻苦钻研，他博采众长、独树一帜的精神使他的学术水平与临床技能都有了巨大提升与进步。同时，为传承中医事业，他也做了大量工作，特别是在扶阳医学的传承方面。

吕炳奎先生非常重视扶阳医学的传承与推广。吕炳奎先生中医学术思想精髓“精充气足神全，气通血活病除”，即为扶阳思想具体体现。扶阳医学历经近200年的传承，和多代人的探索总结，衍变升华至今，已形成了一套完整、成熟的，且用之于临床实践而皆效的理法方药。扶阳医学的学术思想可谓博大精深，其理法方药始终体现了《黄帝内经》“正气存内，邪不可干”的思想与“扶正祛邪”的治病理念。我希望广大基层医生能认真研究这一学派思想，让它发扬光大，传之久远。

扶阳医学重视阳气，强调扶阳。扶正护阳是扶阳医学的理论核心；临床擅用姜、桂、附，是扶阳学派的显著特点；坎离既济、延年益寿是扶阳医学的治疗目标。

袁永明医生很好地继承了师祖吕炳奎先生的学术思想与本人的脏腑辨证施治法则，这为他的中医临床实践奠定了基础。

齐铁雄先生是一位中国基层诊所管理专家，曾提出很多新颖而独特的观点，诸如“一家好诊所离不开好医生，但一个好医生不一定能经营好一家诊所”“万物生长靠太阳，人民健康靠扶阳”等等。他曾为很多中国基层诊所和基层医生提供过咨询服务，指导基层医生如何更好地和基层患者沟通交流，减少医疗纠纷。通过阅读这本书，以及与齐先生的充分交流，我对他的中医情怀感到十分欣慰。

齐先生虽然不是医生，但他也同样在为中国基层医疗事业、为中国基层中医的繁荣和发展、为中国老百姓的健康保健贡献自己的一份力量。同时我还希望更多的有一技之长的中国基层医生，加入“炳德中医全球行”项目之中，让世界爱上中医，让中医走遍世界。

有鉴于此，故欣然作序。

李德民

2023年5月4日于北京

自序

首先，特别感谢北京中医药大学原校长高思华教授、北京炳奎厚德国际中医研究院院长李德民教授，为本书作序。感谢国医大师孙光荣为本书题写书名。感谢国医大师张大宁为本书题词。感谢国医大师李佃贵对我们的支持。感谢他们为中国基层医生发声。

2019年，我的《我为基层医生代言》一书出版后，就有很多基层医生在视频号“基层医护代言人”的后台给我留言，他们给予了该书高度肯定和评价，这让我之前还忐忑不安的心终于放松了。

在那本书中，我主要分享了基层诊所的经营管理知识。我之所以想为他们代言、替他们发声，是因为我在为父亲求医治病的过程中，接触到很多基层医生。他们工作在基层一线，没有严格的白天黑夜之分，没有明显的上下班界限，既是医生也是护士，还经常陪着病人去医院检查，一年到头都是这样没日没夜地工作，收入却大多少得可怜。更让人不能接受的是，他们的社会地位并不高，工作结果得不到社会的认可，社会缺乏对他们应有的尊重，无论收入还是身份，都无法和大城市、大医院的医生相比。但就是这样的一个群体，却为解决百姓“看病难”做出了巨大贡献，他们用自己的双手、热血和汗水，支撑起了中国医疗体系的基石，为百姓健康、社会和谐做出了不可磨灭的贡献！

这本书弥补了我的一个遗憾：用讲故事的方式，把他们经历的风霜雨雪、尝到的酸甜苦辣，以及内心的喜怒哀乐一一展现出来。我想用全方位、长镜头、多角度的方式去描述他们：不仅讲述他们高超的医术，更讲述他们在求学、行医过程中修炼出来的优秀特质。

第一，仁爱之心。永远有一些顽疾，无法用针灸、药物和手术刀等消除，当所有手段都无能为力的时候，我们还有最后一剂良药——用心中永不枯竭的爱，温暖患者那渴望温暖的心灵。

第二，敬畏之心。当他们治疗了无数个患者之后，在继续治疗下一个患者的时候，还能远离职业惯性产生的冷漠和无情，依然保持着对患者生命的敬畏、对医生职业的敬畏。

第三，同理之心。面对被痛苦折磨着的病人，永远怀着一颗“人病我病、人苦我苦”的同情心，努力让自己贴近患者的担心与痛苦、贴近患者家属的悲痛与忧伤，进而能尽心尽力地解除患者的痛苦，争分夺秒地为患者的健康保驾护航。

他们中的大部分人，都是听了我的课后认识的。无论在讲台上为他们授课，还是一对一为他们诊所做服务，以及面对面或线上采访，我都尽力让自己保持理性状态，但当我坐在电脑旁边与他们在精神上交流的时候，我依然深深地为他们的精神所感动，甚至流下激动的泪水。有些真实的故事，我难以忘怀，比如有的患者生病后无钱医治，他们免费治疗，每年年底，有的医生会烧掉所有的借条，永远不再提起。

四十多个基层医生，就有四十多颗闪闪发光的心，但限于时间、篇幅和我的能力，我还无法将他们的闪光之处全部展示出来！还请大家原谅。

目 录

绿汁河畔医花开

王金玉

基本情况

王金玉，女，1971 年出生，云南玉溪人，副主任医师

教育经历

毕业于昆明医学院，后入云南大学研修

擅长领域

妇产科

个人荣誉

云南省整形美容协会女性生殖整复保健分会理事

2011 年被评为易门县“优秀医务工作者”

金玉名字的由来，估计与“金生云南，玉出昆仑”等传说有关。金和玉都是象征君子纯洁高贵的符号，代表朴实无华的品质，父母以之命名，寄托着对她美好品质的期盼和向往。

云南易门是金玉的出生地，是祖国西南边陲的一座小城，距离省会昆明100多公里。很早以前，汉族人民就和很多少数民族人民一起居住在这里，他们和睦相处，以诚相待，共同创造了灿烂悠长的当地文化。

易门属于亚热带地区，自然资源非常丰富，马头山山麓，绿汁河两岸，生长着不少动植物，它们中的很多都有药用价值。小时候，金玉常在江边游水、泡澡、摸鱼，江中也有很多鱼类，以“黑脯鱼”最为有名。这种鱼形似鲨鱼，血可入药。还有沙虫，具有补气益肾、抑虚固本、滋补强身之功效。云南花卉品种丰富，到处是成片成片一望无际的花海，有月季、金丝皇菊等，不仅花开艳丽，悦人心目，很多还是祛病强身的药材，都是医生们喜欢的。

丰富的动植物资源，让金玉见识了大自然的神奇：一朵花，一棵草，一片树叶，一条小鱼，原来都可以都入药啊！

金玉的大舅，是当地一位知名的老中医。早些年，他用的中药都是自己采回来的。金玉最初的医学启蒙，就是来自舅舅行医的经历，也是她决定步入医学圣殿的直接原因。

七彩云南美幻绝伦，易门风光秀丽奇绝。但易门经济却相对贫困。当地农民以种植玉米、水稻为主，很少有其他收入，当地教育也很落后。读初中时，学校在距离本村2公里的一个地方。上学的路全是小路，两边种着庄稼，还有豇豆、蚕豆，水灵灵的，看着都令人眼馋。上学路上，她和同村伙伴的衣兜里都装着火柴，回家路上顺便摘点儿豆子，在路边做烧烤。

金玉不是贪玩的孩子，她学习很刻苦，她牢记着老师的教导：“不好好学习，就考不上大学，找不到好工作，一辈子就完了！”那叱喝的语气，和今天的父母是一样的。别人听到这话很烦，但她却能听出老师认真负责的态度，以及恨铁不成钢的心情，更有对学生、家长的真心和对教育事业的一片赤诚！

学校师资严重短缺，因为地方偏远，生活条件差。许多年轻老师都不愿来，来了也留不住。但有位老师例外。他是个刚分配来的大学生，人长得阳光又帅气，他既教语文也数学，有时也教地理政治。他给金玉最深刻的印象，就是做事特别认真，一丝不苟。他要求大家必须完成作业，完不成就盯住你不放；作业中有错别字，也盯着你改正。很多同学感到既害怕又无奈，背地里恨老师恨得“咬牙切齿”。金玉工作后才明白过来，对任何一个人来说，认真都是一种非常优秀的品德，特别是学校的教师和医院的医生。

填报志愿时，金玉迷茫了：父母没读过大学，甚至“专业”这词对他们都是陌生的，他们只知道老师和医生两个职业，其他大都没有听说过。

这让她想起大舅来。大舅是医生，医术高超，远近闻名，附近村民有病都找他看。金玉读小学时，妈妈身体也不好，经常闹病，有一次牙疼，疼得最厉害，一点儿东西也吃不了，半边脸都肿了。于是妈妈就让金玉去大舅家，拿点儿药回来。大舅的药很管用，喝下去立竿见影。金玉记得，经常有人带着东西去看望大舅，都是因为大舅给他们治好了病。

金玉读的是曲靖卫生学校。班主任是女老师，金玉一看就喜欢上了。女老师还年轻，估计只有三十多岁，听她自我介绍，说自己是四川的。都说四川出美女，女老师皮肤特别好，人也非常有精神，说话声音洪亮，走路精神抖擞。她有个女儿，和她一样漂亮、一样健康，两只眼睛很清澈。金玉想：原来学医能让人变得又年轻又漂亮呀！

参加工作后，金玉换过几个单位，算是职业生涯的“漂流期”。这期间结识的一些人和发生的一些事引发了她的深思，对她成长和发展产生了巨大的影响。

先说一位老师，是云南一所医院的博导，担任这家医院的妇科主任。在金玉看来，这位老师简直就是一个完人，身上找不到任何缺陷：学术水平高，在权威杂志发表论文无数，在妇产科研究领域具有强大影响力；医术高明，诊断疾病准确无误，手术做得又好又快，从来没有失误过，被人誉为“病人的守护神”；课讲得好，她嗓门不算大，轻声细语的，说话很有条理，讲课以案例为主，生动形象；待人温和，她走到哪里就带着学生到哪里，还不厌其烦地讲解问题，和住院的病人交流，也总是和颜悦色地说话，问病人最近的感觉、用药后的效果、还有什么地方难受，语气亲切得就像一家人。

最让金玉敬佩的是，老师清廉正直，不贪图钱财。那个年代，住院治病，特别是做手术，家属都给医生塞红包，专家出去讲课或做手术，很多人都要收钱。这位老师呢，谁给钱都不要。曾有一个有钱的患者家属，手术之前给老师红包，被老师拒绝了，手术后还要给，老师再次拒绝。最后在她开车前把钱丢在车里，她就立刻停下车，一定要家属把钱收回。

2010年，金玉开了自己的诊所，诊所在县医院对面。自己当了多年医生，从技术上讲没任何压力，只是政府对产科管控力度大，审批程序复杂，因此诊所业务以妇科为主。这些年，因为受生活环境和生活方式的影响，妇科病患者越来越多。她想到妇科病是自己专长，当然以妇科作为诊所定位。开诊所还有一个原因：自己有很多想法，在医院里无法实现。比如宫腔推正、直肠给药、坐浴、泡浴等，这些都是中医的最新创举，简单实用，几乎没有副作用，效果也很好，既可以作为主治方法，也可以作为辅助治疗方法，但在大医院，即使有这个想法，也无法实施，只能按部就班用常规手法治疗。

还有，社会风气也是一个问题。妇科风险大，出现问题是无法避免的。但有患者总是不依不饶，“医闹”越来越多，伤了很多医护人员的心。这也坚定了她创业的决心——倘若不做自己想做的事情，人生就如一张灰色的相片，怎么看都不够精彩！

金玉是幸运的，不像其他创业型诊所，总遇到患者不来、经营不善的问题。从开业那天开始，诊所就得到患者的认可，她们中有些本来就是金玉的患者，听说金大夫开了诊所，有病就直接到诊所找她。诊所总是门庭若市，访客络绎不绝。

金玉给诊所的定位是清晰的。人们在大医院看病，最大的弊端是手续复杂，有事没事先检查一个遍，实际上很多检查是没有必要的，与之对应的，就是各项费用太高，动辄就是几百元或上千元。人们哪里经得起这样的折腾？可人进了医院，就由不得自己了！而金玉的诊所正好解决了患者的这个困扰。

还有，疾病的治疗，本应该有多种方法，适合哪个就用哪个，但在大医院，治疗方案是固定的，不能由医生发挥，再好的疗法也不能实施，对患者来说，也许就此错过了治愈的机会。

比如，有一位患者，在开放生育后一直想要个孩子。去县医院做超声检查，医生怀疑是子宫内膜异位，不敢下结论。去昆明的医院检查，医生又建议做腹腔镜检查，患者又嫌麻烦。有些医生不愿意承担责任，只要有点儿问题就让你做大量的检查，医院也可以多收费。患者来找金玉，金玉诊断清楚后，就动手直接为她进行了手术，效果还很好，患者不久就怀孕了。有人说，在大医院检查一圈儿，别说有病，就是没病也得患病，手续太复杂了。金玉通过这件事，懂得了诊所存在的意义和价值。看着患者从诊所里笑着走出去，金玉也非常开心。

还有一名患者，患有外阴营养不良（也称外阴白斑）。这种病没有特效药，但通过调理是可以好转的。患者从大医院出来，抱着试试看的心态，找到了金玉大夫，她先用激光，后用中药，几种方法综合运用，三个月过后，病基本上好了。

刚开业时，诊所只有金玉一个医生，来多少人就看多少，不去特意宣传。她是这么想的：自己岁数越来越大了，能看多少就看多少，不能影响自己的身体健康。自己是医生，明白这个道理：身体不行了，其他一切都会归零。

后来金玉改变了想法，扩大了诊所规模，提高了接诊能力，使诊所能够为更多患者提供服务。那么是什么原因让她改变了经营理念呢？

原来，经营一段时间后，患者排起了长队，且排队时间太长，她们在找到治病希望的同时，也感受到另一种意义上的失望。是呀，治病救人是医生本分，将患者拒之门外有违职业道德，看着患者渴求或无助的目光，让她感到同情而又无奈：只我一个人，浑身是铁也打不了几个钉呀。

后来，金玉改变了想法：吸纳更多优秀医生，扩大诊所规模，引进现代管理思想，提升诊所品牌价值……让更多女性患者享受到更周到更温馨的医疗服务。

但是，另一个问题又来了：诊所发展了，管理难度增大了很多，医患沟通、医生管理，后期服务等，一连串新问题摆在她面前，她甚至怀疑，自己是不是错了，不应该把诊所做得这么大。一个诊所，一个医生，无忧无虑、平平淡淡地生活着，该有多好？

但是，只要想到患者，看到她们被疾病折磨的表情，看到她们失落无助的眼神，她就被唤起了内心深处的本真的善良，一种崇高的责任感便从心底涌起！

2022 年，她无意中听人说有个网课，是齐铁雄老师的《诊所来患者的八大模式》。她购买课程，只是为了开阔一下视野，并没抱太大的希望——这些年，这类课程太多了，市场上鱼龙混杂，好多课程价值不大，听听看看后就被扔到了一边。

但这次出人意料，只听了第一讲，她便被深深吸引住了！老师的讲课内容丰富实用，非常贴近实战；他讲课能深入浅出，语言诙谐幽默，令人印象十分深刻。自己好多年想不明白的事情，听课后瞬间就开悟了！两个月后，她终于按捺不住内心的激动，乘坐飞机从云南来到河北省会石家庄。

那一天，他们就诊所经营进行了充分的交流：金玉说出了自己的疑惑，齐老师一一做了解答；一些有争议的问题，也在这里得到充分讨论；两人还对诊所未来发展问题，进行了有益的探索……经过这次交流，金玉对诊所定位有了更清晰的认知，对未来有了更完整的规划，也对自我价值有了更高的要求！

从懵懵懂懂的小姑娘，到成熟优雅的女医生，中间虽没有波澜壮阔、激荡人心的大事，但平淡朴实才是生活的本真。在事业有成的今天，金玉一直保持着谦虚低调的处事风格，不张扬、不炫耀、与人交往谦和有礼，做事踏实认真，举手投足之间都闪烁着智慧的光芒。

有空的时候，金玉喜欢回到绿汁江畔，看江水潺潺，看花开花落，伴着回忆欣赏眼前那无与伦比的壮美景观。

“哪一朵花是属于我的呢？”她这样自言自语。

我愿平淡
换你平安

朱永军

基本情况

朱永军，男，1967 年出生，安徽六安人，中共党员，执业医师

教育经历

毕业于蚌埠医学院，后师从国医大师李佃贵、南京浮针医学研究所符仲华博士、北京中医药大学教授郑承濬、成都中医肿瘤研究院院长尚成荣、基层诊所管理专家齐铁雄等

擅长领域

贴敷，针灸，儿科，妇科，疼痛科等；在生物电疗法、董针、浮针、冷激光、电脑治疗仪 + 中药芯片方面有深刻研究

和多数人一样，朱永军很平凡：该上学时上学，该工作时工作，开诊所认真给人看病，治好后自己感到骄傲。他希望用平平淡淡的一生，换取患者一生一世的平安。

六安是一座小城，朱永军就出生在这里。作为地名，“六安”有2000多年的历史。汉武帝派兵平叛，后封刘庆为六安王，取“六地平安，永不反叛”之意。六安周边城市及城区的地名，也多取“安”字，寄托着社会平安、人民安康的心愿。

六安药材闻名全国，有药材就有名医。六安不仅有名医，还有名兽医，最有名的是明代的喻仁、喻杰两兄弟，他们以治马病而闻名。

也许是受传统影响吧，朱永军的父亲很早就当了兽医，几年后当了兽医站站长，一家人因此很高兴。没想到，这个站长真不好当，上面三天两头来人，站里没有招待费，父亲就自掏腰包请人吃饭，一两年下来，家底被掏空了，还欠下不少外债。邻居们都说，人家当官当富了，你当官当穷了。但父亲性格执拗，从没想改变过。

当年朱永军高考落榜，加上生活拮据，心中十分难过。他读过鲁迅的《呐喊》，鲁迅家道中落，曾感叹“有谁从小康人家坠入困顿的吗”，彼时，他对这话有了深刻的感受和理解。

有好几天，他一人在家待着，不知道该干点儿什么。眼前的路有两条：一是复读一年，明年再考；另一条是找点儿事干，有机会再学个专业，弄张文凭，圆一个大学梦。两者比较，当然是前者诱惑大。他渴望读大学，能吃上商品粮，端上铁饭碗，算是有身份的人，有多少人盼着读大学呢。

但他最后还是选择了后者。

出去找工作，没有合适的。叔叔看他着急，就试着劝他：“要不学个医生吧。你看，我给人看病，不也挺好的吗？”

叔叔也是医生。小时候，每到傍晚，就有三三两两的村民来到叔叔家，有病人自己来的，也有背着抱着来的。治病要花钱，可人们手里没钱。叔叔就想方设法让人少花钱或不花钱，要不用针灸，要不开偏方。见叔叔这样劝自己，永军心想，试试就试试吧。

他收拾好行李，去城里跟一位老先生学习。这是永军的老表介绍的。老表出差，赶上身体不适，吃药还不管用，经人介绍去看中医，见诊所排着长队，不由得感叹：这老先生是神仙，有妙手回春之力？

想起永军还没工作，老表心想：如果能老先生能收徒该多好？没承想，老先生真的愿意收徒。

永军第一次见到先生，就喜欢上了他。老先生身材中等，面相和善，一副书生模样。他收过好多弟子，但从不收学费，只要求弟子能刻苦学习，将来能治病救人、多做善事就可以。

学医之路是艰难的。朱永军没基础，学起来有点儿难。为弥补差距，他跑到书店，买了本《乡村医师教材》，书分上下册，草绿色的封皮，内容翔实，图文并茂，他整天捧在手中，不懂就问先生。先生发现这小伙子爱学习，肯钻研，是个学医的苗子，有事没事就鼓励他；“你一定有学医的天赋！不然，这么难懂的书你怎么能看懂呢？”

老师看病，他把过程记在本子上；老师讲课，他就认真听讲。只要有机会，就动手练习。先生还布置作业，让大家有时间就背书，西医还好，书都是白话写成的，中医就不行，背的是古文，读不懂也背不过，真为难他了。

背诵古文时，朱永军发现一个问题：所有的古医书，都毫不例外地、不厌其烦地强调医德修养，因此还留下很多成语。例如“悬壶济世”“济世养生”“医者仁心”“救死扶伤”等，西医也有这方面内容，但更多强调治疗方法，对医德强调不够。老师也反复说过：“行医之人，当有怜悯仁慈之心，贪图钱财，忘记初心，良药会变毒药，手术刀会变成杀人刀，这与杀人犯没什么区别。”

更早时候，他看过金庸的《神雕侠侣》，看杨过跟郭靖夫妇学武功。杨过拜师好长时间，黄蓉只让他背《论语》，“降龙十八掌”和“打狗棒”的功法，却从来不教他，这让杨过非常不满，觉得郭靖夫妇把他当外人，不肯倾囊相授。

开始，他也觉得郭靖夫妇有些过分，先生的话点醒了他，让他明白了郭靖夫妇的良苦用心：先有仁慈之心，然后方可习武！中医与之相似，不仅治病救人，更教人如何做人。德在前，术在后，失去悲悯心、同情心和同理心，即失掉了做人的根本。行医如此，其他事业也是如此。

明白了道理，朱永军心里有点儿惭愧，又感到庆幸。选择行医，本为挣钱养家，其他没多想，庆幸的是，老先生不仅教会自己治病，更让自己明白了肩上的责任与使命。

有时候，决定成功的不是时间，也不是精力，而是心中有没有坚定的信仰。悟道之后的朱永军，学习比以前更刻苦，听课也更认真，收获也更丰厚，在众弟子中脱颖而出。

2017年秋天，一个晚上，朱永军送走最后一个患者，阵阵倦意向他袭来。他强打精神，收拾了一下诊所，便准备关门回家了。

这是他开诊所的第三年。离开先生时，他有很多不舍。古人云，一日为师，终生为父。两年朝夕相伴，他与师傅的感情早已超越了师生关系，师傅离别赠言："先做人，后行医。人活着不能只为了钱！"这句话还时时回响在耳边。

是呀，老师的教诲他牢记在心，永志难忘。他回村给人看病，总是替病人着想。农民挣钱不容易，怕病好不了，也怕花钱，从问话里，他能切身感受到这一点。他给农民看病，不乱开药，不多开药，不用吃药就坚决不开。开始时好多人不理解，他也不解释，行动就是最好的解释。村民满意了，自己就满意了，这时，总有一阵暖涌上心头。

这时，传来一阵急促的敲门声。来人是名男子，说儿媳产后出血，已经昏迷过去了。朱永军知道，产后大出血很危险，为省钱人们不愿去医院，都是请个接生婆。但是，村里接生条件很差，接生婆经验不够，一旦发生意外就危及大人和孩子生命。

朱永军一听，拿起药箱二话没说就跑了出去。

一般来说，遇到这种情况，最好的处理办法就是送产妇去医院，但离村子距离最近的医院也在20公里外，农民没有汽车，连摩托车也没有，永军顾不上这些了，他先用止血药，之后打针，还用上了抗生素，这番操作，动作干净利落，井然有序，一小时后，终于把产妇抢救过来了。

这些年来，为提高技术，朱永军没一天停止学习。他明白，这个职业需要与时俱进，不断更新。早在1988年，他就考了医疗机构执业许可证，有了卫健委颁发的资质；2003年，通过自学获得了六安卫校的毕业证；2006年，再考了国家执业医师证，为他提升技能、开办诊所奠定了基础。

2013年，朱永军去无锡，参加符仲华发明的浮针技术高等论坛。浮针采取让针刺到皮下筋脉层，通过灌注途径，增加针刺效果。符仲华为了研究这种技术前后花了十几年时间，通过免费为人免费治病，终于修成正果，完成了一本关于浮针的学术著作。这次交流，让朱永军的医术有了进一步的提高。

曾经有位女患者，患有肩周炎，疼得难受，甚至有“用刀把胳膊剁下来”的冲动，朱大夫为她扎了一针，当下就不疼了！后来又扎了三天，基本就好了。

他认为，浮针适合治疗很多病，但更适合那些不会致命的疾病，所需费用对于收入较低的患者来说也更容易承担，可以满足低收入患者的康复愿望。

学习需要投资。为此朱永军从不吝啬。每次取证考试，都是一次考验，也是一次机会。他会抽出时间，也购买大量图书，花了不少钱。但他觉得，这是最值得的投资。在他的书架上，至今还保存着当年的学习用书。像《西医内科学》《西医外科》《儿科临床手册》，还有很多中医经典书，比如《黄帝内经》《本草纲目》《千金方》《伤感杂病论》等。年代久了，很多书页面泛黄，边角微卷，但保存得非常完整，像一件件衣服，虽然穿得时间长了，但浆洗得非常干净。它们静静地躺在书架上，记录着朱永军成长的每一个脚步。

在他记忆中，除了那次产妇大出血，似乎没有什么惊天动人的大事。在农村，最多的还是常见病、慢性病和老年病，这些病症不是特别紧急，但对患者来说十分烦人。永军诊所的最主要的工作，就是为他们提供无微不至的治疗服务，并努力让他们少花钱或不花钱。永军的行为，诠释了一个古老的医训：“但愿世间人无病，宁愿架上药生尘。”

“我愿平淡，换你平安”这是朱永军作为一个医生的价值追求：只要百姓健康，社会平安，即使自己少挣钱，即使一生平平淡淡，也是一份值得大书特书的大事业。

把爱洒向大凉山

范强

基本情况

范强，男，1989 年出生，四川凉山人，中共党员，中医执业医师

教育经历

毕业于成都中医药大学

擅长领域

妇科，儿科，疼痛科，慢性病调理

人的驱动力来自哪里？

有人说是生活。人活着离不开柴米油盐，这些生活费用怎么来，是靠出卖劳动换来的，这是人们不停地赚钱养家的内在动力。不劳而获、无功而得的“好事”，怎么会凭空落在自己身上呢？

也有人说是兴趣。好奇心人皆有之，兴趣是了解世界的动力之一，它驱使人去行动，去探索。“兴趣是最好的老师”说的就是这个道理。人失去了好奇心，创新活动就会戛然而止，科技将永远定格在今天，再无进步可言。

也有人说是爱情。爱情是人类永恒的主题，其力量是无比强大、无穷无尽的。为了爱情，人们可以抛弃名利、财富和地位，甚至牺牲宝贵的生命。没有爱情的滋润，生活将变得索然无味，哪里还有付诸行动的意志？

其实，以上说法皆有道理，无论主动追逐，还是被迫接受，都能驱使人拼命上进，努力工作。但在范强看来，最强大的动力不是生活、不是兴趣，也不是甜蜜的爱情，而是肩上的重担——一种对亲人、对社会和对国家的使命感。

本文的主人公，是一位来自大凉山的医生。他为了生活选择了就业，为了兴趣选择了行医，为了爱情选择了大凉山。更因为责任与使命，他选择了无怨无悔的付出，把人间大爱洒向了自己挚爱的大凉山。

范强出生在四川宜宾。宜宾山环水绕，岷江和金沙江像两个长袖善舞的少女，身影凝合为长江；翠屏山、真武山、白塔山和七星山等，山山苍翠，峰峰相连，如灿烂的星辰，点缀着城市的周边。

然而，由于历史原因，这里百姓生活还远不如沿海地区。家在农村的范强，从小帮父母在田里干活，一年到头挣不了几个钱，这对于渴望改变命运的年轻人来说，无论如何都无法忍受。

是一次惊险的事故，改变了他的生活轨迹。在他心里播下了一粒职业的种子。

那年秋天，他在田里除草，除草机个头儿不大，结构简单，小孩也能操作。太阳落山时，他正要收工回家，意外事件发生了：旋转的切片划破了十个手指，刹那间鲜血四溅，一阵钻心的疼痛向他袭来，他差点儿晕了过去。家人把他送进最近的诊所。但诊所没有急救药品，医生技术也不行，十个手指险些废掉了！

那是2004年，那一年他才15岁。正是喜欢做梦的年龄，这意外的变故，对他幼小的心灵无疑是一次沉重打击。

后来，范强一直在想：如果农村有很多诊所，很好的医生和设备，那许多伤残事件不是可以避免了吗？这种现状如果不改变，不知还有多少人面临和自己一样或更糟的命运呢。

他越想越害怕。

范强选择当医生，也契合他的爱好。小时候经常肚子疼，医生把针扎下去，一会儿就不疼了；还有一些小偏方，治病效果也很好，这勾起了他的好奇心。当浓浓的兴趣遇到了15岁的年纪时，当医生的念头就在心里开始发芽了。

人之觉悟，有时表现为渐悟，有时表现为顿悟。但不管是渐悟还是顿悟，觉悟后仍然会有迷茫，也还会继续思考。范强就经历了这样一个过程。20世纪90年代初，私立医学院遍地开花，他没多考虑，随便选择了一所医专，半年后拎着行李又回来了——学不到东西，白浪费时间！为了养活自己，他在镇上找了份工作，跟一位老中医学习。老先生医术精湛，远近闻名，平时不愿意收弟子，范强托人说了老半天，先生才勉强答应下来。

2008年5月12日，一场史上罕见的大地震袭击了汶川。地震摧毁了一切：房屋倒塌，人被埋在废墟里，没电没水缺食物，缺药品也缺医护人员。地震时他在诊所上班，等跑出诊所后，得知汶川才是地震中心。面对灾情，先生把大家召集在一起："一方有难，八方支援，汶川地震，咱不能袖手旁观，大家准备一下，带上所有的药品，带足干粮和水，明天必须赶到汶川！"

一群普通医生、学徒甚至杂工，面对灾难中的骨肉同胞，能舍弃个人利益，自发组织起来，这是何等强大的民族精神呀！

在汶川的日子里，范强和大家一起，冒着余震的危险，从废墟中救出了很多人，再为他们消毒、包扎，抬上救护车，送到医院去，离开时，还把随身携带的物资分发给了当地受灾群众。

在救援的日子里，他的心情是沉重的：有人被埋在废墟之下，永远告别了这个世界；也有人因抢救不及时而造成了残疾。望着一双双无助的眼睛，看着他们的一些人撒手而去，范强心如刀扎，为自己无能为力而感到内疚。

救灾期间，他认识了一位志愿者，一位在医学院任教的老中医。老师姓吴，50多岁，性情沉稳，不苟言笑，是独自一人来汶川救援的。

“这么大岁数还来救灾？”范强既惊讶又疑惑。

“我们虽是普通人，但国家兴亡，匹夫有责，哪里需要，我们就到哪里去。只为自己活着，能有什么价值？”

老师这番话，一直镌刻在范强的心里！

听说范强读书又半途而废。老师为他感到惋惜。临别，吴老师语重心长地说：“人要学点儿真本事，才能更好地为社会做事，如果你愿意学习，不如报考我们医学院，我可以教你。”

范强动心了。苦读三个月，走进了医学院的大门。家里没钱，自己就边学边打工，该交房租了，老师就悄悄垫上。而他呢，也没让老师失望：老师坐诊，他认真观摩，老师累了，他就端上一杯茶，别人逛街打游戏，他把自己关起来读书，晚上整理老师的讲稿：

“西医认为，腰椎间盘突出是错位，其实多数患者是假性的，只有20%患者是真性的，通过针灸和推拿，假性患者大都可以缓解，而且不会复发……”

老师有真本事，他遇到一位病人，患有椎间盘突出症，来时直不起腰来，老师用手推拿了一阵，患者居然健步如飞了。

老师人品好，他常说的一句话是：“写人只两笔，做人一辈子。”这话老师说了几百遍，一直伴随着范强的成长。

2010年，范强交了一个女友，第一次去女友家，他被大凉山的壮观景象震撼了：远远望去，一座大山连着一座大山，一眼望不到头；抬头仰望，大山高耸入云，山顶云雾缭绕。汽车在山路上行驶，如行驶在魔幻缥缈的仙境中。他一下子就喜欢上了这个地方。

女友一家杀鸡设宴，招待这个未来的女婿。范强年轻气盛，不愿坐享其成，也想顺便“显摆”一下自己的厨艺，就亲自宰鸡宰鸭。也许是太兴奋的原因，一不小心，刀子剁到手指上了，血一下子染红了衣袖，手指基本断掉，仅连着一点点肉皮——老天太不公平了，两次断指事故都让范强赶上了！

女友家人把他送到诊所。因为诊所太少，跑了很远才找到一个，还赶上医生不会缝伤口。范强着急，一把接过针，右手缝左手，自己给自己缝，不一会儿伤口就缝好了。

后来，他一直想：如果这里诊所多，医生技术也好，就会有这样惊险的事了吧！

谈婚论嫁的时候，女友父亲提出一个要求："如果你来大凉山开家诊所，让老百姓能看上病，结婚的彩礼就不要了！你看行不行？"显然，准岳父也了解大凉山缺医少药的状况，更了解老百姓对诊所和医生强烈的渴望。

诊所开业了！范强有技术，待人又和善，附近村都知道了，就吸引了很多患者。他就整天忙起来，很少有休息的时候。那天，范强忙活了一天，已经很累了，正要下班，诊所走进来一位老者，怯怯地问范强："能给我老伴看看病吗？"

当然可以，不过没想到的是，他家离这儿很远，足有四十公里，为了给老伴看病，这位老人是步行来的，路上走了整整十个小时。

范强鼻子一酸，泪水盈满了眼眶。他强忍着没有任它流下来。接着，准备药物，装入药箱，把老人扶上摩托车，两人戴好头盔油门一踩，摩托车风驰电掣般向大山深处驶去。柏油路没有了，就沿着窄窄的小路走，小路也没有了，两人就推着车往前走。太阳落山的时候人终于赶到了老人的家中。

原来，他老伴患风湿病，经常用激素，时间久了激素也不起作用了。最近几天，病情突然恶化，连路都走不了了。范强诊断后开了几服中药，告诉老人怎么吃、注意什么，还留下电话。"有事先打电话，来回跑不方便，也耽误时间。"

几天后，老人说老伴病好多了。

还有一次，范强半夜接到求助电话，他知道患者平时血压就高，根据描述，是心梗的概率较大。这病一刻不能耽误，需要尽快送医院抢救，但这里地域偏僻，离最近的医院也有几十公里。农民没有汽车，连三轮车也没有。范强二话不说，发动摩托车一路狂飙。赶上晚上路上车少，他连刹车也没踩一下，到了地方一看，只用了十分钟！范强这才发现，背上的汗水早已把衣衫湿透了！

遗憾的是，当病人被送到县医院的时候，还是晚了，没有抢救回来！

其实这些病是可以预防的，但人们缺乏防范意识：平时不注意生活习惯，家里不准备相关药物，发病了才想到医生，这该有多危险呀！最典型的一个老太太，平时血压就高，范强提醒过她好多次，她就是不听。有一天病发了，半夜给范强打电话，范强估算了一下，时间不允许，就是乘直升机也来不及。

于是拿起电话，打开视频，指导她儿子放血。放血需要找准穴位，就这样一个穴位一个穴位地找，然后用针放血，血全是黑的，之后老人转危为安了。令人着急的是，病好之后，老太太照样我行我素，从不改生活习惯。不久病情复发，撒手而去。这是多么令人痛心的事呀！

范强纳闷儿：人们为什么不注意预防？为什么生病不往大医院送！有人回答，一是平时没病就挺好，何必没事找事；二是家里没钱，大医院花钱多；三是大医院又远又少，医生态度又不及范强热情，所以很多人生病后只能听天由命了。

从那以后，范强除了看病，还给自己增加了一项工作：为村民讲解高血压、心脏病的预防知识，还一边讲解，一边为他们免费体检，发现疾病征兆，就劝他们去医院检查，做到未雨绸缪，消除了很多疾病的潜在风险。

后来，范强在县城里开了诊所。与农村相比，县城条件好多了，但仍无法和发达地区相比。范强到这儿发现，这里存在的问题让他触目惊心：激素还在大量使用，患者没有意识到激素的危害，新闻媒体对健康知识宣传不到位，人们还普遍缺乏医疗常识，有医生以卖药为主，都是为了赚钱……

一刹那，他感到肩上的担子重了好多。自己面对的，不仅仅是为人治病，还要传播健康知识，培养防范意识，预防疾病的发生，还要改变行业风气，把治病救人始终放在首位，只有这样，才能改变大凉山医疗条件落后的面貌……

今年，范强开设了短视频账号，通过抖音等平台，开始讲授健康知识。站在镜头前，他面带笑容，侃侃而谈，他把自己掌握的健康知识、治疗方法、预防措施等，通过互联网等渠道，源源不断地传播出去，传给了当地百姓，传给了他挚爱的亲人，传遍了大凉山的每一座山峰，每一条沟壑！

于晓清

驶向理想的港湾

基本情况：

于晓清，女，1981 年出生，辽宁大连人

教育经历：

毕业于辽宁省阜新市卫生学校

擅长领域：

中药外治疗法贴敷；糖尿病、疼痛、耳鼻喉等科，特别擅长医治鼻甲肥大、鼻塞不通气，过敏性鼻炎、慢性鼻炎、鼻窦炎、小儿腺样体肥大、扁桃体肿大等疾病

个人荣誉：

耳鼻喉高级护理师

中华中医药学会中医馆共同体委员

北京铭澳中医药研究院大连分院院长

一条小船，摇摇晃晃，经历了十年漂泊，感受了风浪的无情，在不惑之年，终于找到了栖息停泊的职业港湾。

于小清，小名东东，这名字随和亲切，于是原名渐渐被人忘记了。东东选择职业，与自己和亲人的生病住院经历有关。

先说崴脚那次吧。

东东从小活泼好动，爱说爱笑，有点儿男孩子的性格。这本是孩子天性，但不安分的因子，带来的结果就是磕磕碰碰，不是摔伤就是撞伤。这不，那天和小伙伴玩耍，嬉笑打闹，蹦蹦跳跳，一不小心，一脚踩到路边突兀处，她身体一歪，就倒了下去。

崴脚了！一阵阵的疼痛袭来。看看皮肤，露出道道血痕，好像被什么东西划破了，伤口有一厘米长，鲜血从伤口处渗出出来。医生检查后说，骨头没啥事，但需要把伤口缝起来。

听说要注射麻醉剂，还要用针缝伤口，家人挺着急，东东却挺好奇，一直在想，缝伤口和缝衣服的针是一样的吗？线呢，难道用的也是棉线？如果是棉线，缝上后怎么把线抽出来？

开始缝伤口了，医生担心女孩子胆小，不敢看伤口，毕竟那场面血淋淋的，看了让小孩子害怕。手术开始后，东东一直很好奇，趁医生不注意，就欠了欠身体，抬起头，想看看伤口是什么样的，也想知道医生是怎么缝伤口的。

医生愣了一下，用疑惑的眼光看着她，不知道她要干什么：“别动！快扭过头去！”医生这样提醒她。

东东眨眨眼：“我想看看，看看是怎么缝合的？”

医生笑了，别的小女孩怕疼，怕血，见到这场合会吓得哇哇哭，这个小孩子挺有意思，不仅不哭，还嚷着看这血淋淋的场景，真是不可思议！

第二次是大姨生病。

大姨很善良，非常喜欢东东，每次见面，都给她带来好吃的，好玩的，逢年过节还给不少压岁钱。每次看到大姨，东东就情不自禁地扑到大姨怀中，在她心目中，大姨甚至比妈妈还亲自己。

听说大姨病了，东东当然很难受。

听妈妈说，大姨得的是癌症。癌症是什么病？肚里全是腹水，肿胀得很大，吃不下东西。东东猜测，大姨的病可能很严重，但严重到什么程度，东东一点儿都不知道，心里在盼望着大姨快好起来。

邻居阿姨是医生，在医院上班，大姨生病后，妈妈托邻居阿姨帮忙安排大姨住进了医院。有一天，东东和阿姨聊天，说到大姨的病，东东说，大姨生病了，不久就会好的。邻居惊讶地问："你妈没有说吗？你大姨的病不好治了。"

这是什么意思？那时东东还小，以为人生病是正常的，生了病就去医院治病，医生就是治病的，什么病都能治好的。邻居阿姨见东东还是不明白，就解释说："你大姨得的是癌症，癌细胞已经扩散，已经没办法治疗了。"

东东的心跳一下子快了好多，但还是不明白：医生和医院不是给人看病吗？ 怎么就不给大姨治疗呢？小时候她生病后，妈妈就带着她看病，医生开药或打针，过几天病就好了。在她看来，世上没有医生治不了的病呀！孩子幼小的心灵，比成年人要简单得多。她还太小，不了解医学，也理解不了成人的话背后的内涵。

从那时起，东东就想，我如果是医生该有多好，如果能当上医生，大姨这样的病不就能治好了吗？

两次经历，东东幼小的心里那颗当医生的种子萌芽了。当然，这颗种子，也与她儿时的兴趣有关。

五六岁的时候，东东和所有孩子一样，喜欢玩各种各样的游戏，尤其喜欢玩医生治病的游戏。她把布娃娃摆放在一起，放在沙发或床上，用签字笔当注射器，嘴里哄着"孩子"们："宝宝，听话不哭，扎针一点儿都不疼！"把针扎下去，还用棉球敷上去。"乖孩子，真听话，一声都没哭，妈妈给块儿糖吃。"

可能是两种因素综合作用的结果吧，高考后填报志愿，她选择了医学专业，被阜新卫生学校录取，之前模模糊糊的梦想，如今变得清晰起来。几年后，自己就要成为一名白衣天使了。这是 1998 年。她 17 岁，正是职业生涯开始起步的时候。

东东生性活泼率真，喜欢无拘无束的日子，她不喜欢死记硬背，也不愿死读书、读死书，读中学时就不是"别人家的孩子"。而大学枯燥的生活，过时的课堂知识，让她感到索然无味，实用知识没学到，专业技能接触得也不多。

三年大学生活，她一直按部就班地过日子：该上课的时候上课，该读书的时候读书，双休日和节假日，她也和同学们一起爬山，一起逛街，一起品尝美食，大学三年很快就过去了。老实说，这样的日子让她多少感到有点儿失望。

职业道路并非一条直线。有人选择一条路一直走到底，希望在尽头看到一片美丽的风景；还有一些人，走着走着，发现了另一条路，于是调整方向，去寻找另一片不一样的风景；而更多时候，人们不断选择，不断调整，有时能另辟蹊径，豁然开朗，有时又会走好多弯路。

东东毕业后，并没在医院就业，也没有自己开诊所，而是选择了美容养生行业。进入新世纪以来，经过前几十年的积累，中国经济走上了快车道，老百姓口袋一下子鼓了起来，对美的追求也变得越发强烈。为了年轻好看，许多少男少女、中年男女，甚至上了岁数的老年朋友，都愿意为形象大把花钱。东东动心了，不小心被这潮流裹挟进来。这是因为，作为一个女孩子，她也喜欢化妆，喜欢打扮，觉得能把握住客户心理，于是把女性定位为服务对象，糊里糊涂扎了进去。

几年过去，美业还是那么红红火火，但并非所有参与者都赚得盆满钵满，竞争者越来越多，蓝海变红海，大风大浪过后，沙滩上满目疮痍，美容店的日子越来越难过，不少经营者被迫含泪退出。

东东离开了美业，好不容易度过了焦虑期，正考虑再做点儿什么的时候，父亲突然病倒了，这年她 22 岁，毕业没几年。

事情是这样的：之前一段时间，家人发现父亲身体虚弱，上楼下楼都气喘，一开始觉得是因为父亲操心多，既要照顾家人，又要照顾店面，忙里忙外，跑上跑下，吃饭睡觉没有规律。家人也就劝他休息休息，别累着。父亲也说："没事，没事，休息休息就好了。"

后来在家人劝说下，父亲去了医院，检查结果是肺癌，而且癌细胞已经转移了！医生嘱咐："好好休息，想干点儿啥就干点儿啥吧！"

中国的父母亲，是世界上最好的父母亲。为了儿女的幸福，他们愿意牺牲一切，即使没大本事，也要尽其全力，能做点儿什么就为孩子做点儿什么。东东猜测，父亲早就察觉身体有了问题，但就是一声不吭，担心影响她的工作。这是多么高尚而伟大的行为啊！

父亲病重期间，东东一直陪在他身旁，度过了生命的最后一段时光。陪床的日子，也是自己最痛苦的日子。不仅舍不得离开父亲，她也对自己早年的选择进行了反思。自己本来喜欢中医，不知不觉走上了美容行业，都是因为年轻，还不成熟，缺乏坚定信念，如果当时选择做医生，父亲的病或许会被更早发现，不至于到今天这种地步。有时自己瞎想，如果能延缓父亲的生命，要自己做什么都行啊，可这也只是幻想而已。

人，只有经历了至暗时刻，才能改变自己的认知和觉悟，才能艰难做出与之前完全不同的抉择。

东东有个好姐姐，多年来一直帮助自己，很早时，就劝她开设一家中医诊所，但东东没当回事儿，现在想来，姐姐的意见还是很中肯的。

谈选择，有人想到兴趣，有人想到环境。但兴趣如浮萍，飘忽不定，一旦兴趣转换，之前的努力便付诸流水。环境呢，环境也在变化，环境改变了，职业大厦可能会瞬间坍塌。其实，真正使职业长盛不衰的是责任和使命，是敢于奉献的精神，它们才是生生不息的强大动力。

人一旦觉醒，就会产生无与伦比的内驱力。“我希望帮助到每个人”成为她新做出的人生定位。“我希望帮助每个人，包括很多像父亲和大姨一样的病人！”

诊所开业了，地点定在大连。为了学到真功夫，东东四处拜师。过去功底不扎实，技术不太好，只会看常见病。多次外出学习后，她选择专攻糖尿病，拜师访友，勤学苦练，研究探索，攻克了被西医判为顽疾的病症，有的病人实现了两个月基本停用胰岛素！前来就诊的糖尿病患者从此络绎不绝……

同糖尿病一样，强直性脊柱炎也被西医说成“不死的癌症”。为了治疗这种病，东东向一位老中医学习。老中医告诉她：世上少有治不了的病，疾病产生都有一定原理，原理弄懂了，病就会治好了，西医认定的不治之症，大都可以通过一定方法来治疗。

东东见过这位老中医治疗的一个患者，只一天时间，患者就能蹲下去了，两天后能弯下腰了，三四天后脚后跟也正常了……能学到这样的绝技，能把病人从绝望中拉出来，这该是多大的功德呀！

在古代，医德远比医术更重要，这一点在当代的许多老中医身上体现得很鲜明。他们教会东东技能的同时，也给弟子们树立了一个榜样。

徐大夫是北京一家中医药研究院的大夫，精通耳鼻喉专业。他学识广博，富有同情心，总是替患者着想。这是东东最喜欢的品德。东东拜他为师，就是敬仰其人格精神。老先生经常说的一句话是："没有悲悯情怀，不能成合格的医者。"先生身边汇聚的，也是一群满怀正能量的学生。

师者诲人不倦，学者学而不厌！颗颗爱心，通过医生的双手，传递给患者，传递给社会，汇聚成一股爱的江河，绵延不绝！

有了责任和使命，工作中就会收获更多幸福。东东觉得，作为一名医生，最重要的不是挣多少钱，而是帮助患者解除了多少痛苦。病人的笑容越灿烂，自己的心中就越富足。

曾经，东东接诊过一个肾炎患者，35岁。患者为治病跑了很多家医院，花光了所有积蓄，病却不见好转。东东安慰她："先看病，有钱了再给。"治疗一年，病情多次反复，期间病人都想放弃，担心没效果，也担心欠钱太多，对不住医生。但东东不放弃："再试试，坚持一下，或许就能好转。"

病人妈妈的一句话，也给了东东巨大鼓励："我相信于大夫，咱们就在这里治疗。"在东东尽心调理下，在患者家人鼓舞下，在病人配合下，免费治疗一年时间，终于，各种指标终于正常了。

结果出来的那一刻，她想起了大姨，想起了父亲，想起了那么多高高兴兴从这里走出去的患者，一种无与伦比的幸福感从心底蓬勃涌起！

回首看来路：早年浮躁，走了不少弯路。庆幸的是，自己得遇贵人，为她指点迷津，终于找到中医调理这个新领域。职业之船再次扬帆出海，激浪前行，驶向理想的彼岸！

赵天胜

做病人眼中的『名医』

基本情况

赵天胜，男，1981 年出生，河北石家庄人，主治医师

教育经历

河北中医院中西医结合专业本科毕业；拜国医郭纪生老师为师，学习中医“脏腑疾病”相关治疗理论，后师从河北省国医大师李佃贵老师系统学习“浊毒理论”精研秘方，再拜北京中医药大学教授郑承濬为师，学习董氏奇穴；向湘雅医学院高级研修班授课导师、中国基层门诊经营管理专家齐铁雄学习，在诊所经营上有独特见解

擅长领域

内外科、皮肤科；慢性鼻炎、鼻窦炎、过敏性鼻炎；急慢性胃炎、萎缩性胃炎、肠胃功能紊乱等消化系统疾病；疼痛及疑难杂症，特别对带状疱疹和各种顽固性咳嗽有独到之处

曾有人问，大师和匠人的区别是什么？

大师和匠人，是一对哲学概念。转到医学领域，就是名医和普通医生的关系。那么，名医和普通医生的区别在哪里呢？

依我看来，两者区别有三点。

第一，普通医生治病有绝技。这绝技是学来的，他们中不少人手法娴熟，技艺高超，治病效果好，但举一反三能力不够，知其然不知其所以然。名医呢，名医也有绝技，更是发明绝技的人，他们使用绝技更灵活、更得心应手。

第二，普通医生医术精湛，名医更兼理论深厚。名医掌握的是"道"，普通医生掌握的是"术"。"道"和"术"不同，"道"是根本，是基础，是永恒不变的规律，掌握了"道"，就掌握了基础和核心，但"术"就不同了，"术"是方法，是技巧，是在"道"的基础上延伸出来的，需要随环境变化而不断调整和变换，不是永恒不变的东西。与"道"相比，"术"就显得没那么重要了。

第三，普通医生医术好，而名医不仅医术好，医德更高尚。历史上名医并不少，但他们没有全部传下来。能流芳千古的，首先是医德高尚的名医，是大师级的名医，像扁鹊、华佗、张仲景、李时珍等，他们以悬壶济世、造福百姓为己任，很少考虑个人的荣辱得失，把芸芸众生的疾苦放在首位，更能受到世人的赞美和敬仰，他们的名字千百年来一直深深镌刻在人们心中。

本人主人公，或许没有到达大师的地步，但其独特的医学认知，精湛的技术，以及天下为公、救死扶伤的人格精神，让我们肃然起敬，他是患者眼中的"名医"，值得受到尊重和敬仰。

来看看赵大夫如何走上行医之路，又是如何脚踏实地、一步一步奋力前行的。

博湖在天山南麓，沙漠边缘，是一座幽静的小城，在这里抬头望天，天空辽阔；极目远眺，大地无边。小城如同一颗星星，镶嵌在塔里木盆地里。在漫长的历史长河中，汉族和少数民族一起，在这里繁衍生存，创造了独具特色的西域文化，她是华夏民族文化不可分割的一部分。

也许是新疆湛蓝的天空赋予了他纯洁的品质，辽阔的大地给予了他广阔的胸襟，出生在新疆、童年生活在在新疆的他，从小就有一种悲天悯人的优秀品质。

这些品质，其实在天胜的家族里一直存在。他爷爷是一名大夫，正骨技术好。跟谁学的，已经不记得了。天胜记得，农民脚崴了，脱臼了，拉伤了，胳膊拧了，他们或自己前来，拄着棍子一瘸一拐的，或被家人背着扶着，受伤严重的，嘴里还“哎呀，哎呀”地叫。爷爷呢，总是面带笑容，不慌不忙，不紧不慢，一边为伤者正骨，一边谈笑风生，转移伤者的注意力。在说笑中，骨头就被接上了。爷爷这时会慢慢站起身，轻拍着病人的肩膀：“没大事儿，有几次就好了！”话说得很轻松，好像什么事儿也没发生一样。

爷爷给人正骨是不要钱的。20 世纪六七十年代，人们生活条件差，没钱看病，除了开药收点儿费外，像扎针灸等，爷爷都不要钱，有时病人为了表达感谢，再来时总是带点儿什么：苹果、栗子、花生、糖块等，吃着这些好东西的时候，是天胜最幸福的时刻。

天胜有个伯伯，在石家庄部队服役。那个年代，能在部队工作，都是有本事有身份的人，也能帮村里的穷亲戚做点事儿。带着这个念头，天胜来到河北省省会石家庄——他的职业生涯就是在这里开始的。

2002 年，经过三年寒窗苦读，天胜如愿考上了河北中医学院，这是河北省唯一一所中医药大学。填报志愿时，他选择了中西医结合专业。在他看来，西医普及很广，从诊断到治疗，每个环节都标准化了，这对培养人才和提升效率是十分重要的。而中医是中华文化与医学实践的结晶，五千年经验积累和探索，沉淀下来的是国人对医学的认知，具有独特神奇的疗效，中西医在未来相当长的时间里将是互相融合、互相辅佐的关系，这个融合过程必定是十分漫长的，正是因为这一点，让他下决心选择了这个有挑战性的专业。

大学学制五年。其实，用五年时间培养一个医生还是远远不够的。这是后来他在省中医院实习时才明白的道理。也是在实习的时候，他才深刻体会到中西医结合的挑战性和重要性。

实习老师姓柳，对学员要求甚严，经常不经意之间，就冒出一串问题：哪个配伍出自哪个药方？这个病选哪个穴位最好？这个经方如何调配？……这些天胜都学过，只是时间久了，没有用过，全都忘记了。没办法，只能红着脸老实作答。

医古文是大学的必修课。他背的最多的是《汤头歌诀》，像“四君子汤”“升阳益胃汤”“黄芪鳖甲散”等前面几首那是为了应付考试才背的，背过后也不理解药方的价值。

“书到用时方恨少”，这是天胜后来明白的道理。

学中医就要懂药方，能认中药，这也是必修课。考试时，老师把中药放在药柜里，然后报出一种药名，让学员迅速找到。之后根据药方抓药，靠手感掌握分量，药抓出后用天平称量，误差不能太大，超过范围就算不及格。训练三个月后，天胜练就了一门硬功夫：扫一眼就能找到药物，掂一下就能准确感知分量。

2003 年开始，他在省二院进修了两年，一年在呼吸科，一年在急诊科。两年下来，天胜感觉收获最大的就是，熟练掌握了中西医理论，明白了西医和中医在诊治思维、医院管理模式等方面的区别，这些奠定了他成为一名优秀医生的基础。

他忘不了那个实习老师，老师教学有方，经常给学生布置一个“大”作业：“来，大家制定一下治疗方案。”每当这个时候，大家你看我，我看你，不知道该怎么办——这太难了吧？我们还没入门呢！

老师可不管这一套。他布置作业是有目的的。大家想想，不难为你一下，你能知道学习？还有，老师给出一套方案，学员肯定就不动脑筋了，让大家自己制定方案，你就不得不使出全身解数，掏出看家本事来，这便是老师的良苦用心。

查房也是学习的机会，能了解最有用的临床经验。一天查房前，老师劈头就问他：“肾衰的中期表现是什么？”天胜没回答上来。谁想到，第二天老师又问这个问题，第三天还是这样问。这是在逼他学习，很多人被逼迫才能长记性。从此后，他学会了自己逼自己，代替老师逼自己。

没有自律，怎么能成大事？

在急诊科见习时，是他心情最沉重的时候，看到了很多让人心酸的事情。当时农民冬天用煤炉取暖，每年都有煤气中毒的人。还有，有的人因为缺少心理疏导途径，容易想不开，为一点小事儿就寻短见，比如和家人生气后就喝农药，这类人以家庭妇女居多。天胜他们能做的，就是竭力抢救每一条生命，让悲剧少发生或不发生。他认为，一名合格的医生，首先要有慈悲心、同情心和同理心，这是医者的职责，看到生命走向死亡而无动于衷，就算人还在行医，他的生命早就停止了。而失去灵魂的医生，即使医术再高，也永远成不了大师！

说到社会责任，天胜非常激动。行医多年，救人无数，他始终坚守“首先，让病人康复”的理念，而不应该是赚多少钱。他经常牺牲自己的时间、精力甚至财物，无偿帮助那些需要帮助的人。

曾有一对老年患者，两人都有高血压、心脏病和脑梗，孩子外出打工，没法照顾他们。赵大夫听说后，二话没说就来到老人家中。眼前的场景让他心酸：低矮的砖屋，昏暗的房间，锅碗瓢盆摆放一地，两个老人躺在床上，有气无力地述说自己的病情。看得出来，他们不仅身体难受，心里也很难过。

赵大夫用20分钟的时间，为老两口做了诊断，开了两周养肝肾、补气血的中药。老人为没钱而感到歉意后，赵大夫摆摆手，“我们不收钱的。”随后，他又从车上拿下一袋大米、一桶食用油，还有一些日常用品。老人万分感谢：“亲儿子也没有这样亲呀！”在天胜看来，扶弱济残，扶危救贫，这才是社会应有的样子。

多年中西医结合的经验，使他对中西医形成了自己独特的见解：中西医各有所长，如果在不同治疗阶段、不同病症上互相结合，一定能有很好的疗效。拿肿瘤来说，西医在手术上有优势，但后期放疗化疗，容易透支病人身体，这时中药介入，会收到更好的效果。

前些年，中医中药被轻视，原因是多方面的，比如因为中药材种植不科学，气候条件等不适宜或污染严重，影响了药效；有中医大夫过分追求短平快，喜欢挂头衔，不去系统学习中医理论……种种原因造成了社会对中医的偏见也影响了年轻人学中医的积极性。

在中西医结合的路上，赵天胜走了几十年了。其间酸甜苦辣，唯有自己知晓。然而，这是他无怨无悔的选择、坚定不移的追求和始终不渝的坚守。他希望在这条路上继续走下去，从优秀走向卓越，从名医走向大师！

四面八方的爱

贾少华

基本情况

贾少华，女，1974 年出生，安徽太和人，中医妇科主治医师

教育经历

毕业于安徽省中医学院

擅长领域

妇科病，不孕不育，皮肤病等

个人荣誉

安徽省中医内科学会会员

安徽省中医妇科学会会员

安徽省太和县“三八红旗手”

贾少华工作后，先在一家诊所上班，其间经历了一件难忘的事情，给她精神上以巨大的震撼。两件事情集中发生在同一时间段内。

她就职的医院是乡镇医院，那天正赶上她值班。此时她刚参加工作不久。医院不大，只有十几个人，在那个缺医少药的年代，诊断疾病大都依靠医生的经验。

那是一个晚上，她在医院值班。这时来了一个患者，54 岁，说自己晚上带孙子睡觉，不小心从床上掉下来，感觉身体不舒服。贾大夫仔细检查了一番，身体没外伤，问患者哪里不舒服，患者回答得比较模糊。

根据经验判断，这人身上还有其他病，比如心脑血管方面的疾病，于是她一边安排先输液，为患者身体补充一些能量，另一方面劝他留下观察，确定没事了再回家。当时医院条件不好，还没有 CT 设备，只能依靠医生个人经验。谁知道，正输液的时候，病人突然叫了一声“啊！不行！”，接着便昏迷过去了。

这情况太出人意料了，不过也印证了她的判断——可能是脑出血。依据是，正常人摔一下都没事儿，何况是从低矮的床上摔下来。不出意外就是脑出血。这种病对人体破坏性极大，即使抢救过来，还可能留下后遗症。病人醒来后，她建议再观察两天，遗憾的是，患者说家里还有事儿，现在感觉舒服多了，还是回家吧。

少华劝说了老半天，还是没留住。那之后，她心里还一直牵挂着那人的情况：“他走后会怎么样？没有再次发作吧？农民都怕花钱，不知道多少人因此吃了大亏呢！”

多年来，少华不断外出学习，养成了撰写工作日志的习惯，不管多累，都要在入睡前总结一下当天的工作。她认为，这个习惯很有用，自己大多数的进步都来源于这个好习惯。

她在日志里这样表达了自己的所思所想：

第一，只有技术还不行，细心认真有时比单纯的技术还重要！虽然新的设备、仪器和疗法越来越多，它们在各自领域都具有独特的优势，但再先进的东西也是人操控的，人的精神出了问题，设备仪器也发挥不出来作用，甚至造成无法挽回的损失；

第二，生命有重量，衡器是人心，病人的生命在自己眼里的分量是多少，在医生眼里的分量也应该是多少，不能打半点儿折扣，对病人生命漠视的人，无异于杀人犯和江洋大盗，不过是一明一暗而已；

第三，即使病人不把自己当回事儿，医生也要把病人当回事儿，因为对疾病的了解，医生要多于病人。病人的感觉有时是错的，而医生凭着丰富的经验和准确的数据，更能对病情做出正确的判断。作为医生，发现病人有异样后，就必须告知患者，否则就会耽误最佳治疗时间。

贾大夫的这些职业品质，一方面是从业多年在医生岗位上培养出来的，另一方面，也是从小到大受家庭环境影响的结果——两个家庭对她的成长都产生了巨大影响。

少华的家庭是温馨和谐的。小时候，少华家里生活并不富裕，但一家人其乐融融，非常幸福。她是奶奶的掌上明珠，小时候不是背着就是抱着，舍不得离开半步；再大一点儿就带着她到处走，哪里热闹就去哪里；每次出门，就给她五毛钱，悄悄塞衣兜里，叮嘱她不许声张。读初中了，少华去外地读书了，奶奶也每天唠叨着，熬到周五，就站在村口等她回来，周日再送她去上学，帮她装上咸菜，收拾好东西，还一直送她到村外，直到昏花的双眼再也看不到远去的背影。再后来，书读越读越多，学校越来越远。离家去学校的时候，奶奶总有些伤感，千叮咛万嘱咐，担心她在外面受罪。

爷爷有三个孩子，爸爸是老大。爷爷很早离开了人世，作为老大，父亲挑起了家里的重担。父亲是教师，和奶奶一样，平时非常疼爱她，上学放学，父亲都是骑着自行车接送，那是家里唯一的“现代化”交通工具。

母亲虽然是家庭妇女，没有其他收入，却经常接济别人，亲朋好友有事需要帮忙，她都一口答应，放下手里的事就走，没有人不夸她。这样的家庭环境，赋予她通情达理、乐善好施、知恩图报的优秀品质，这也成了她为人处世的原则。

来自娘家的爱，给她生命最初的温暖，激发了她蕴藏在内心深处的爱。

贾少华走上行医之路，走进自己的新家庭，与奶奶晚年生病有关。奶奶那年脑出血，昏迷半个月才抢救过来。康复期间，请人扎针灸。医生姓高，是当地名医，也是她家亲戚。当时少华还小，眼看奶奶病倒自己却无能为力，心里很难过。当时就想：如果我是医生，该有多好呀！那个当医生的念头，就是那个时候产生的。

在这位远房亲戚推荐下，她报名开始学习中医，亲戚就是培训班的老师，他亲自授课，亲戚变成了自己的老师。他自己有一家医院，也是这家医院的院长。

可以说，她第一个老师就是院长，而院长后来又成了自己的公公。院长一家几代行医，据说从他爷爷那代起就开始行医了，主要治脓疮。那个年代，得这种病人太多了，他的爷爷研制了一种药，专门治疗脓疮。后来，脓疮患者少了，一家人调整方向，以中医大内科为主——在那个年代，也算是颇具远见、与时俱进吧。

奶奶、爸爸和公公是三个对她影响最大的人，特别是公公，她的很多专业技术和优秀品德都来源于公公。

公公很厚道，做事有原则，他认定的事情谁也休想改变。婚后婆婆也成了少华的老师。

课堂上，院长反复强调行医三原则：一、以病人为中心，给予足够的人文关怀，这是医生应有的善良；二是医术，治病是第一位的，是基础中的基础；三是自身修养，谦虚低调，不事张扬，与人交往保持应有的礼节礼仪。

婆婆对她很好，生活上对她照顾得无微不至，但说到学习则十分严格，甚至到了“苛刻”的地步：早晨六点必须起床背经典，晚上十一点才能洗漱休息。“这和高考前的学生有什么区别呢？”经常有人开玩笑地和她说，“你婆婆就是最严厉的班主任。”

拿背经典这事来说，她要求《伤寒杂病论》《金匮要略》《黄帝内经》等所有的经典都要背诵，那是文言文写成的呀！不理解其中的内容，背诵起来很难，但再难也得背呀。想做好一件事情，舍不得付出怎么可能呢？至今，好多经典她依然可以倒背如流，大多是那个时期打下的好基础。

也得拿证书呀！政府对医疗行业管控越来越正规，想行医，没有资质不行。每年政府都有各种资质考试，和中考、高考一样，十分严格，来不得半点儿虚假。少华有一堆证书。可以说，每个证书都是用努力的汗水浇灌出来的鲜艳的花朵儿。

婆婆是妇科专家，除了妇科技术外，婆婆传授给她的还有自信认真的工作态度，和对生命价值的尊重。有一段时间，她负责医院的后勤，根据药方拿药，虽然枯燥无聊但十分重要。婆婆经常提醒她：“药品是人命关天的大事，拿错了药，病人就有生命危险。”从那时起，这些品质就逐渐在她心中扎了根儿。

在少华看来，来自患者的爱是最真诚的爱。墙上的锦旗、网络上的留言，以及患者带给她的小礼物，都让她真切感受到患者真诚的爱意。曾经有个患者，离诊所有三十多里路，结婚十一年没怀孕，看到报纸上的介绍后，抱着一线希望来了这里。经检查，她患有子宫肌瘤、卵巢发育不好，少华采用多种方法为她调理，热敷、灌肠、吃中药等，不断变换方案，终于六个月后有了喜讯，后来顺利产下一个男孩。等到孩子上学了，她又生了二胎。现在政府鼓励生育了，她又顺利生了三胎。每次生育都找少华。“你给政府做出贡献，应该颁发你一枚奖章，这奖章有你的一半，也有我的一半！”少华开玩笑地和她说。

如今，少华自己的孩子们也长大了，让她欣慰的是，孩子们都喜欢医学，喜欢中医，当然是受到了家庭环境的影响。这在古代没什么了不起，学医是挣钱养家的技能，一个家族，一代只能传一人，其他人想学还不允许呢！但现在这个时代，学医可以养家，别指望发财，而能够发财的职业太多了，多到不知选什么好。从这个角度看，孩子们的选择值得肯定和夸赞。

感受四面八方的爱，也把爱洒向四面八方，这是一个基层女医生快意潇洒的生活写照。

伊学军

漫漫行医路 拳拳中医情

基本情况

伊学军，男，1969 年出生，河北保定人，中共党员，执业医师

教育经历

毕业于河北医科大学；先后师从南京中医药大学黄煌教授、河南涂华新先生，扶阳学派董学军先生、门诊经营管理专家齐铁雄老师

擅长领域

主攻中医科、疼痛科、针灸、儿科、妇科，擅长治疗颈肩腰腿痛等疑难杂症

古人学手艺，大都是师带徒。入门也会有个拜师仪式：书生拜孔子，木匠拜鲁班，拜的都是行业的“祖师爷”，最后是拜师父。行过拜师礼，就算成了师父的弟子。学艺从打杂开始，主要工作就是侍奉师父，需要给师父端茶倒水，烧火做饭，搓背洗脚，除了不让你学本事，什么事都得干。一年后，师父看你有孝心，手脚勤快，头脑灵活，才传你一点皮毛功夫，学会学不会，全靠自己悟。再考验一段时间，才传你能赚钱养家的真功夫，这是早年间跟师父学艺的规矩。

伊学军学医，是在 1987 年，行拜师礼的年代已经过去了。何况，他的老师不是别人，正是自己的叔叔。但叔叔是叔叔，师父是师父，两个身份不能混淆，什么场合该做什么事、说什么话，这得按师父的规矩办。他们叔侄之间，算是“现代版”的师徒制。

叔叔是老中医，这是伊学军选择学中医的原因。叔叔不苟言笑，很少见到他的笑脸，他有好几个徒弟，对学军并没有格外照顾。和对待其他徒弟一样，他先让学军去药房打杂，打扫卫生，整理药柜，给自己打下手。伊学军不在乎这些，他有时间就学习，从来没有闲着过，稍有空儿就练习辨认中药，背诵药名，熟悉药性，一天下来也很充实。

中药都放在柜子里，一个柜子装三味药。叔叔提出要求：必须合着眼找到柜子，再从里面找到那味药，每次都不能抓错。他也严格要求自己，并给自己立下规矩：每抓错一次药，就要再练习十次。

药抓准了，再去练熬药。熬药讲究很多，比如有的药要先用冷水泡，再用武火烧，然后再用文火炖。熬药方式和熬制时间，都有严格的程序和标准，时间不能长也不能短，否则影响药效。

那时农村穷，诊所没什么药，贵重药更没有了。为了给人看病，他和师兄弟们经常上山采药。易县是半山区，山上草药多，采回来切开晾干，储藏到药柜里备用。“这就是自己的成果呀！”看着采回来的枸杞、连翘、蒲公英等，他自言自语。

学会了识药、抓药和熬药，算是踏进了门。这一年，大师兄离开了，自己成了大师兄，不久又来了小师妹。师妹聪明伶俐，手脚轻快，比大男人更适合干杂活儿。打扫卫生、收拾诊所的活儿她全包了，学军自己能专心致志学本事了。

但师父太忙，没时间教他。但师父给人看病，他在一边看师父怎么把脉，怎么问诊，怎么开方子，边看边琢磨，有时把方子抄下来，回头再慢慢消化。师父有个习惯，看完一个病人，总喜欢喝杯茶。这是师父心情最好的时候，他便趁机向师父请教，因此每次师父看完病，他就把茶沏好了，师父慢慢品着茶，伊学军就请教问题。师父一高兴，就逐一解答。终于有一天，师父喝完一杯茶，听完伊学军回答的问题，露出难得的笑容说：从今以后，你可以给病人把脉了！

师父性格温和，不爱发脾气，但不发脾气不等于没脾气，生气的时候，只是不吭一声，不搭理人，这是他表达生气的方式，表明他已经忍无可忍了。

师父脾气温和，但对徒弟要求严格，经常冷不丁地提出一个问题，而且通常是在学军最忙的时候，还要求必须快速准确回答，回答不上来或回答错了，他会轻轻拍拍桌子说："没努力！"之后好长时间不再搭理学军——那是他又生气了。

有一次，学军正给病人扎针灸，师父突然发问："病人痰多应该扎哪里？"那时农村条件差，冬天烧煤炉，烟熏火燎的，很多人痰多，经常咳嗽，为了给乡亲们省点儿钱，病人来了学军就扎针，尽量少收钱，甚至不收钱。去痰湿的穴位，师傅专门讲过，不过，师父猛然一问，加上自己正忙，一时没有回答上来。

师父又生气了："我讲的时候你不认真听，扎哪里，扎多深，你都不知道，我不逼你学，你自己应该知道努力吧？"这是师父生气最严重的一次。

也许，伊学军的人生选择，注定和中医绑定在一起。

学成出来，他去了一家卫生院。后来县里成立中医院，他顺利地调了进去。

县中医院这个名字，听起来好像很大，实际上条件却很差，只有十几个医生，都是外面调来的。简单的设备，好多还是老旧的，学军在这儿得到的，就是遇到一位好大夫。老大夫叫高春林，是103医院的退休大夫。之前学军跟叔叔学，觉得叔叔医术高明，最了不起，一定是中医的天花板了，遇到高大夫，才知道天外有天，人外有人。这老先生更了不起，比叔叔高出一大截！拿方剂来说，他用药种类少，最多10味，但药量偏大，不管什么病，都是几个方子来回用，治疗效果还奇好。比如感冒，头疼发烧，咳嗽，就用麻黄汤，只开三服药，吃完患者会发汗，之后嘱咐患者睡下，还不让盖被子，醒来病就好了。

最让学军佩服的，莫过于老先生的中医情怀了。他喜欢中医，愿意把绝技传下去，看学军是块好料子，便有心把一身本事传授于他，担心他学不会，总是手把手地教，毫不保留地教。老先生是军人出身，做事有板有眼，只要医院还有病人，就坚决不下班，只要有点儿时间，就抓紧时间给大家讲课。老先生不在时，学军给人看病，也要征求一下先生的意见，先生总给予力所能及的帮助。

正是受到了先生的耳濡目染，学军决心走中医之路。1997 年，学军的职业生涯发生了转折，这一年，他开办了属于自己的中医诊所，诊所设在自己村里，这个平台的搭建，让他距离梦想更近了一步。

这些年来，中医屡遭攻击，有人是存在偏见，更有人怀着不可告人的目的，对几千年中医成就视而不见，甚至无端诋毁。面对这种情况，学军也曾经犹豫过，这种不利于中医发展的现状，一定会影响到诊所的发展，但老百姓期待的眼光，叔叔和高大夫这些前辈的谆谆教诲，以及源自内心深处的责任感，让他下定决心投身中医事业："如果中医断送在我们这代人手中，我们上对不起祖先，下对不起后代，我要用中医解决百姓的疾苦，温暖患者的心。"

为了继续提升自己，他先去了河北中医学院，师从宋金刚教授学习治疗脾胃病技术。宋教授是脾胃科主任，基础扎实，待人和善，因为很多患者来自农村，经济条件不好，教授就尽量不让病人做没必要的检查，为病人节省治疗费，慕名而来的病人很多。学军记得，教授给一个病人把脉后，发现他得了胃癌，家属不相信，去医院做检查，果然就是胃癌。

通过这段时间的学习，学军掌握了治疗胃癌的方法，而且他发现，中医治疗脾胃病的效果，有时比西医要好得多，且费用十分低廉，非常适合中国的国情。

职工医院有位李梅大夫，特别擅长治疗肝胆病，是国医大师李士懋的弟子。学军听说后，想方设法托人介绍，争取到了学习机会。看着这位虔诚和善的小伙子，李大夫破例答应收他为徒。从此，很少示人的方子，李大夫都愿意拿给学军看，怕他记不住，还让他抄下来——之前还没有一个学生享受过这样高的待遇。李大夫不仅医术高明，作为医生，作为老师，还具备很多优秀的品质，比如做事认真，乐于助人。直到现在，不论什么时间，只要学军打电话过去，他都会耐心解答，从不厌倦。

师从李大夫的另一个收获，是懂得了方子的格局。有这样一种说法：中西医的区别之一，是西医看的是病、中医看的是人。人体是个大系统，一个器官出问题，会影响到另一些器官。肝胆不好，脾胃就不好，脾胃不好会导致消化不良，可以断定此人气血不足。有格局的方子需要照顾前中后每个方面，如果方子太死板，不够灵活，就像榆木疙瘩一样，缺乏灵气和视野，治疗效果也不会好。

这些年，学军拜过的大师有很多位，他们的名字，如长空中闪烁的星星，一直照耀着学军奋力前行，他们是——

第一位，自己的叔叔，带他走进了中医的大门，给予他最初的中医启蒙。

第二位，张存悌老师，火神派领军人物，教会了学军经方的运用，开阔了自己的视野。

第三位，刘长青老师，教会了他使用微针，这种长不足 4 毫米的银针，用于治疗小儿感冒、发烧、积食等等方面，具有不可替代的优势，不仅效果特别好，而针尖不接触皮肤，扎进去一点儿疼感也没有，特别适合怕疼的孩子，受到家长们的欢迎。

第四位，郭晓福老师，易县中医院的老先生，擅长治疗各种疑难杂症，先生医德高尚，医术高明，是学军学习的好榜样。

还有宋金刚老师、卢崇汉老师、贺普仁老师等。

学军今天的成就，源于这些大师们的谆谆教诲，也离不开他们的精心指点。他们是学军一生一世的老师。

沉浸在中医世界里，学军对中医理论的认识不断提升。过去没有系统学习，什么手法好就学什么，追求立竿见影的效果。这些年他才明白，只有系统学习，稳扎稳打，才能有所创新，成为一代宗师。

伊学军感触最深刻的，是扶阳派中土论。张存悌老师是当今扶阳派的领军人物，经方用得非常好，最大特点是方子纯正，大剂量用，方子不会一边倒，永远都是一边凉一边热，保持阴阳的平衡。中医讲“孤阳不长，孤阴不生”，就是这个道理，只有阳或只有阴，都不是最好的搭配，阴阳结合才是正道。

同为扶阳派，大师卢永定用药风格则迥然不同。卢大师用的是纯阳方子，生阳也化阴，两者都能获得很好的疗效，这让伊学军感到有点儿迷惑：看来，中医理论深奥无比，还有很多地方需要继续探究。

比如治疗胃病，胃气来自消化的食物，胃属土，土在东北寸草不生，脾胃温热，才能化作气血，滋养心肺肝肾，但其中一味药比较特殊，如果熬制方法不当，患者会出现轻微中毒，用药时必须和患者沟通好，告诉患者药后反应，病人就能接受了。

利用扶阳派理论，伊学军治疗过不少顽固性疾病。

曾有个口腔溃疡患者，生病达 7 年时间，严重时上颚、牙龈、舌头全都是溃疡，有的溃疡面宽度达 2 厘米，疼得睡不着觉。西医认为是缺乏维生素，于是他坚持吃水果蔬菜，吃药片，用贴片，甚至输抗生素，还是时好时坏，吃去火药还导致了严重腹泻。伊学军发现病人脉沉细，两眼无神，精神萎靡，大便不成形，断定是虚火上延，之前吃的去火药全是苦的，这次吃火神派的药是辣的，还可能有反应，这些都提前告诉了患者。

奇迹出现了！到第六天，病人说溃疡消失了，身体有劲了。又继续吃一段时间，溃疡全部消失，且很少再犯。之后，每次患者从诊所门前走过，都不忘进来夸伊学军一番。

从扶阳派学来的，不仅有医术，还有高尚的医德。伊学军有个师爷，20 世纪 50 年代从抗美援朝战场上回来后，不忘造福百姓，学习火神派理论，现在 91 岁了，还坚持给人看病。他看病全都免费，自己开方但不卖药。问他为什么不收钱，老先生笑道：济世养生是医者本色，救死扶伤是毛主席提倡的人道主义精神，政府每月给我们很多补贴，我要那么多钱干什么？

行者无疆。从踏上中医之路，到今天获得杰出的成就，其间酸甜苦辣只有自己知道。近几年，中医得到政府支持，让他看到了中医的光明未来。但社会对中医的偏见、利益群体对中医的打压依然存在，他还要在这条道路上坚定走下去，直到地老天荒！

爱心穿越四十年

贾殿魁

基本情况

贾殿魁，男，1956 年出生，河北曲周人

教育经历

毕业于河北中医学院；三代中医世家

擅长领域

伤寒，妇科，肥胖症，高血压，糖尿病，癌症，慢性病等

个人荣誉

获评“最受欢迎的好医生”、任河北省传统文化促进会医德文化传承委员会理事

一颗爱心，能行走多远？

2015 年，大河道村一位王姓女子去世了！

消息传来，贾大夫心情沉重，为她的离世感到惋惜！

早在 2010 年，贾殿魁为村民体检，就发现这人血糖特高。作为医生，他心里很不安：“你血糖指数太高，正常人餐后不超过 11，你现在已经是 19 了，到了需要干预的时候了。”“可我没什么感觉呀！”那位女子不以为然，“都这么多年了，一直是这样。”

贾大夫苦口婆心地劝了半天，那人才说去检查检查，后来贾大夫了解到，她根本就没去医院。

这是个特殊病例，血糖高的话，有人有感觉，有人没感觉，没感觉不一定没事，这类人反而更应该引起注意。如果不采取任何措施，一旦病情突然发作，可能根本来不及抢救。

以后每年这个时候，贾大夫都到这个村来一次，和乡卫生院的医生一起，为村民做一次免费的体检、每年都能遇到这个人，两人都成了熟人了。每年体检完，贾大夫就提醒她：“你血糖怎么还是这样高，最近去检查过吗？”每年，女人也同样笑着说：“我觉得没事儿。”

“血糖高不可怕，目前控制血糖的手段很多，可怕的是预防意识的缺失。”每当贾大夫说起这个人，总是有点儿伤感，有点儿内疚。

这是几年前的事情了。那时他所在的医院每年为农民免费体检，这工作很累，一天跑一个村子。他们负责 18 个村子，人员分成两组，五六个人一组，院长也亲自下乡。想到以前生病舍不得治疗的事儿，农民不禁感慨：“我们国家发展太快了！现在年轻人都应该庆幸生在这个年代！也应该感谢党、感谢我们的政府！”

唯一遗憾的是，许多农民没有保健意识。医生们进村就在喇叭上通知大家，希望大家过来体检，但就有一些人，怎么通知也不来，只好去家里找，好说歹说才能叫出来，大都是 60 以上的人。“人过 35 岁，应该每年都参加体检。”“体检不收费的，明白自己什么病平常就要注意点儿！”

也有让人欣慰的事情。一次体检，贾大夫发现一名妇女患有高血压，高压到了 200，但她自己并没感觉到。在医生指导下，她一边服药，一边调生活规律，后来逐渐稳定下来。从那以后，这人逢人便讲体检的好处。

还在很小的时候，贾殿魁经常随父亲给人看病。一天他见很多药针散落在一户人家门前空地上，药针完好无缺，他觉得太可惜了。好端端的药针还能用呢，怎么就扔了呢？后来才知道，原来是个卧床多年的病人去世了。还没用完的药针没用了——人们认为这些东西不吉利。而这个病人，父亲为他看了多年的病。人怎么说没就没了呢？

他还小，作为医生的父亲，这样的病人见得太多太多了。

听父亲说，爷爷是医生，主要看外科，用家传的膏药治病，主治疥疮、疝气，肉瘤等病。以前，这些病的发病率特别高，爷爷给人治病的膏药，都是自己熬制的。熬制膏药时讲究很多，除了质量要保证，还有其他规矩，他到现在也能不明白，规矩这么多是否有用。

爷爷行医时，正是日军侵华时期，社会动荡，民不聊生，穷人有时连饭也吃不起，更不用说看病了，但生病总得找医生。面对这些穷人，爷爷不收取任何费用。他有时在家里坐诊，有时去农村集市上出诊，不管在哪里，遇到没什么钱的人都会少收费或不收费。这个规矩，爷爷原封不动地传递给了爸爸。

为了接受“家传”，爸爸学中医很刻苦。爷爷走到哪里，他就跟到哪里，一边看爷爷给人号脉，看舌苔，开药方，自己也给爷爷打下手：取出膏药，用火烤热，等药膏融化了，平展地贴在病人患处……时间久了这套动作如行云流水，仿佛已经成为一个医生。

到了父亲“放单飞”的时候，全国就解放了。但，人们还是穷。后来到了贾大夫自己要“放单飞”，父亲谆谆告诫他：“你给人看病，只要来的都是病人，没有贫富一说，有钱给看，没钱也给看，对病人一视同仁，对穷人更要格外关心。”父亲的话，他记得很牢固，只是当自己亲身经历了好多事后，才切实地感受到了父亲的良苦用心，以及话里隐藏着的难以察觉的不安。

一个技术高超但失去本心的医生，远比一个技术拙劣的医生更可怕！

1972 年，贾殿魁初中毕业了。那时读高中很难，读大学更难，都需要保送才能入学，初中毕业已算比较有文化了。一天晚上，父亲把他叫过来，正式教他家传的中医外科。

父亲打开一个陈旧的箱子，里面全是古书，线装的，纸张泛黄，边角缺失，如同面黄肌瘦的老人，不过爸爸视如珍宝：“这是你爷爷留下的，一定要保管好，将来还有用。”贾殿魁一本一本地翻着，嘴里念着书名：《汤头歌》《金匮要略》《膏药书》，大都是清光绪年间印刷的，据说，这些书的现代印刷本在书店都能找到，读起来也方便。

既然现代书这么方便，保留它们有什么用呢？直到现在，他也弄不明白，但自己也按父亲的叮嘱，一直保存到现在。

贾殿魁学中医是从《汤头歌》开始的。这是一本关于中医方剂的书，清代人编写的，书中整理了300多个方剂，分为补益、发表、攻里、涌吐等20个类别，便于初学者背诵。虽然作者把方剂编写成了脍炙人口的“打油诗”，但篇数太多，更何况句子并不完全押韵，背诵和理解起来都挺难。

后来贾殿魁还背药性。地域不同，药性就不同，比如贝母，四川的可能更好，即使都是四川的，药效也不完全相同，毕竟四川地域面积太大了。松潘的比四川其他地方的要好一些，当然，药材的采摘季节、不同部位、加工过程、炮制方法等，也会让原本相同的中药材具有不同的药性，这是多么复杂的内容呀！可贾殿魁还是努力将这些背熟了。

父亲给人看病时也带着他。对父亲医术的敬佩，源于父亲治疗一个女患者的事情。到卫生院的时候，病人舌根都发黑了。之前她在县医院输液，输了液就见好，不输液就不行了。父亲诊断为温病。那时贾殿魁刚开始行医，开始用药时效果并不好，后来父亲亲自上手，用了犀角地黄汤，病就好了。这个案例，让他对父亲更为敬重。

民间有句古话：“人过三十不学艺”。古人寿命短，过了三十身体开始走下坡路，再学手艺的话，身心财力投入与余生创造的价值不匹配。现代人寿命大大延长，仍有很多人拿这句话当挡箭牌，为自己的懒惰寻找借口。

1997年，贾殿魁已到不惑之年。面对日新月异的医学科技革命，他依然决定继续深造学习，这让很多人感到诧异：“这个岁数了，还图个啥？”“又升不了职，加不了薪，白白浪费时间！”殿魁不这么想。第一，是要对自己进步负责。人越学越年轻，放弃学习等于放弃了追求。第二，要对病人负责。本事不行，岂不是把病人给耽误了吗？第三，要为后代着想，不能给孩子们树立榜样，怎么要求孩子刻苦学习？

那一年，他考上了一所中医学校，两年后顺利完成了学业，拿到了梦寐以求的毕业证书！

其实到这个时候，贾殿魁已经是一个很优秀的医生了。很多久治不愈的病人，都慕名前来找他治疗。2014 年秋天，有个年轻女孩突然咳嗽不止，在省会一家医院治疗，十几天仍不见效果，反而陷入昏迷，后来为排痰医生不得不切开咽喉，高烧却一直不退，人也没有醒来。在这家医院表示无法治疗后，她的家人联系了一辆救护车，连夜把病人送到县医院。在县医院治疗期间，还得到了邯郸一家医院一位博士生导师的远程指导，可惜一个月仍不见好转。家人绝望了，开始准备后事，这时贾大夫和主任商量："已经到这个地步了，能不能让我用中药试试？"主任在征求家属意见后，同意了。

此时，病人已经不能进食了，更何况是中药？贾大夫借助鼻饲管，将特制的药液输进病人身体，以止咳化痰为主，十几天后，痰逐渐少了。这时再用羚羊角治疗，这是一种珍贵中药材，配合其他药物一起治疗，终于，烧退下去了，病人能坐起来了。

前段时间，贾大夫还见到了那个女孩。几年前她结了婚，还生了两个小孩，一见到他就喊"恩人"呢。

这次抢救过程惊心动魄，但只是一个特例。平平淡淡是贾殿魁一生的写照，他高小毕业后，勉强读完了初中，人们都觉得 20 世纪 50 年代出生的人，有个文凭就可以了。他没有安于命运的安排，一边行医一边学习，直到 2016 年才退休，但又重返医疗第一线。一颗爱心穿越了四十年时光，至今依然闪烁着人性的光芒。

医治自己

曹美婷

基本情况

曹美婷，女，1969 年出生，河北邯郸人

教育经历

石家庄华医医学专业学校，山西省眼科医院，铭奥眼科研究所

擅长领域

鼻炎，腺样体，眼科

和患者交流时，曹美婷的声音是柔和的，动作是轻快的，眼睛里充满着爱。不仅对待患者是这样，任何人和她交流，都能从她的眼神和声音中感受到她来自内心深处的对患者的爱。

阳光灿烂，微风和煦，我们与曹大夫连线。当线路接通以后，我们就仿佛走在了一起，跟随她的脚步，重走她二十年走过的道路，体会职业成长的酸甜苦辣，感受她丰富多彩的内心世界。

作为医生，最美好的感受，一定来源于病人的感激，来源于最朴实无华的表达方式，特别是来自广大农村的病人。

还是从那位八十多岁的老人说起吧。那是 1987 年，曹大夫在一家诊所坐诊。临近中午时，诊所走进一位老人，看样子有八十多岁，她头发全白，走路很小心，一手拄着拐杖，一手在空中摸索着什么。她迈进诊所的大门，足足花了好几分钟的时间。凭直觉就知道，老人患了严重的眼病。

那时，曹美婷刚毕业不久，还是很多人眼中的孩子。实际上她那时已经是技艺娴熟的医生了。读大学时，她选择耳鼻喉专业作为专业发展方向。这是因为，最近那些年，生活环境遭到破坏，饮用水被污染，空气中飘着各种刺鼻的味道，各种噪音在耳边不断，人的器官遭遇了历史上最严重的“侵犯”，耳鼻喉患病率大幅提高。在这种情况下，曹美婷做出了这个决定。

见老人进来，曹大夫扶她坐下，让她先歇一歇，喝杯热水，等老人不再气喘的时候，才满面笑容地询问她的病情，为老人做眼科检查。

老人自述，眼睛看东西模糊，这毛病已经好几年了，最近一年，几乎已经失明了，即使在大白天，也只能看到一丝微弱的亮光。“是不是我的眼要瞎了？”看得出来，老人很着急。

20 世纪 90 年代初，人们生活得到很大改善，但农民的日子还不好过，大病不敢去医院，小病能扛过去就扛过去，不能扛过去就简单弄点儿药。人们看病，都是尽量去村里的诊所，不敢轻易去医院，进了大医院，先把身体检查一个遍，那是一笔不小的费用。至于老人，除非孩子们舍得花钱，否则大都不愿意去看病，担心增加孩子们的负担。眼前这位老人，如果不是实在看不见东西了，才不会到这里来呢。

曹大夫为患者做了检查，在活体生物显微镜裂隙灯下，她看到老人眼睛内晶体十分浑浊，浑浊是老人中很正常的，但是到了一定程度就可以定义为白内障了。曹大夫治疗很多患者，很少看到这样严重的，到了这种地步，只有两个选择：一是做手术，手术难度不大，没什么风险，老人也可以做；另一个是放任不管，随它去，毕竟老人的余生不长了，视力模糊多年，已经习惯这种生活了。

“老人家，还是做手术吧，手术后就可以看见东西了。”

手术需要费用，曹大夫了解到，老人有子女，虽然生活不太宽裕，但为老人做手术的钱还可以出得起，只是老人自己不愿意做：“老了，不做了，孙子还等着娶媳妇呢，我眼睛不要紧，不值得花钱了。”

中国的老人，是世界上最善良的老人，他们把子女养大，还要给他们带孩子，辛辛苦苦忙碌一生，自己生病了，也不愿意拖累孩子！曹大夫眼睛湿润了。

眼前的老人，让她想到自己的亲人。她十七岁的时候，父亲就离全家而去，留下了母亲和她的五个姐姐、一个哥哥。在那个生活极其困难的年代，母亲带着一家人艰难度日。后来在三姐的帮助下，她如愿考上了大学，选择专业时，三姐就劝她：“要不，你考个医学院吧，像爸爸一样给人看病，也有一个稳定的收入。”

这样，她选择了一所医学院，又在太原的医院进修了两年时间，一年学眼科，一年学耳鼻喉。职业的种子生根发芽了。

手术前，曹大夫为老人全面检查了身体，消除了可能带来的风险隐患。尽管手术没有难度，自己也做过很多例了，但手术前，她还是认真地检查了手术器械，确认了手术流程。

这是实习老师反复强调的。那年她在一家医院进修，幸运地遇到一位好老师。老师人很善良，技术也高，曹大夫至今还记得他讲课时的情景：手术前，一定要消毒彻底，一般情况下，我们使用碘伏消毒液，涂在患者眼睑皮肤上，之后，再用开睑器开睑，同时使用聚维酮碘进行结膜囊消毒。接着，选择手术切口……至今，曹大夫还牢记这些操作要领呢。

手术时，老人很配合，只用了半小时就结束了。老人出来后感到特别惊讶：“看人这么清楚？好多年都没有这么清楚地看人了！”老人眼睛湿润了。

曹大夫又为她量了一下血压，确认正常没事时，才让人带她回家。如果是学生，一般还要做一下视力检测确认手术效果，但老人没有——老人的话就是最好的证明，还需要测量视力吗？

有人说，见的患者多了，好多医生的心都已经麻木了，这话有一定道理，但曹美婷正相反，治疗的患者越多，越感到肩上责任的重大，特别是那些生活困难的病人，总能触碰到她内心深处最柔弱的地方。为那个老人做手术，不是她的第一次手术，当然绝对不会是最后一次，但只有这一次，对她影响最大，给她印象最深。术后，老人用颤抖的声音表达感激之情的话语，一直激励着她努力工作，帮助患者重新树立起生活的勇气和信心！

这样的患者还有很多。2016 年，她接诊了一个患者，女孩，11 岁，家长说，孩子有鼻炎，严重时无法呼吸，每天刚十点就犯困，困得睁不开眼，老师给家长打电话："把孩子带回家吧，休息一段时间，病好了再来。"

家长理解老师的用心，但孩子如果耽误课的时间长了，功课就落下了，难道还让孩子休学不成？

曹大夫没有自己的孩子，但为很多孩子治过病，明白孩子就是家长的全部，孩子生病，最着急的是家长，而不是孩子。医者仁心，作为医生，爱心就是一味良药，孩子的病情激发了女性心中最伟大的母爱！

曹大夫为孩子做了 CT：的确是鼻炎，不过比想象的更严重。现在多数鼻炎和咽炎都是气候造成的，空气冷暖不定，空气中有害物质超标，环境改变不了，病就难以治愈。幸运的是，曹大夫对鼻炎有专门研究，女孩有希望了！

用药几天后，孩子高兴得跳起来："妈妈，鼻子通气的感觉原来是这样的啊！"母亲也如梦方醒："原来孩子这么多年来，一直没有享受过鼻子通气的感觉啊！"

和很多医生一样，曹大夫也遇到过一些患者，即使自己用尽所有办法，也没有解除他们的痛苦。他们带着希望来，又带着失望离开，这是她最难过的时候。这让她明白，医学不是万能的，医生也不是万能的，疾病也有让人无可奈何的时候，唯有不竭的爱能照亮患者的心灵，因为每个医生的爱心，都源源不断地释放着人性的光芒！

工作多年，她在耳鼻喉方面积累了丰富的治疗经验，她本人也变得远近闻名。个人品牌逐渐建立，获得了患者的认可和赞誉，也引起了同行的注意。

2020 年，曹大夫接到一个电话，是一所有名的大医院的院长打来的。原来，院长和她是同乡，在外地开医院多年，因为要扩大规模，院长四处寻网罗人才，最后把目光放在曹美婷身上。

为了这次合作，两人交流了很多次，对美婷的技术，院长非常认同，而院长开出的待遇，美婷也没有异议。最后一次交流中，院长问了一个奇怪的问题：作为一个医生，我们怎样对待病人？

美婷的回答是：在为病人医治之前，先医治好自己的病！

是呀！病人的病多种多样，有的适合看中医，有的适合看西医，有的适用于这种方法，有的适合于用另一种方法。家人把患者交给我们医生，我们尽力救治。作为医生，我们永远承担着人文关怀的使命，让患者即使处于生命最后阶段，还能享受到人间温暖。如果没有慈爱心、悲悯心和同情心，这个医生一定有“病”。我们都应该大声对他说：请先医治自己的病！

院长点点头，笑了。

新的生活开始了。几年来，她的时间交给了患者，也把患者的赞誉收获回来。医学发展日新月异，新技术、新设备和新疗法层出不穷，在人们眼前展示出一个丰富多彩的世界，医学的未来充满了无限可能，需要医生去学习，去探索，去创新。

但，医治自己的病，是曹美婷也是所有医生永恒追求的职业主题。

黄兆富

学而不厌
修必有德

基本情况

黄兆富，男，1976 年出生，浙江温州人，主治医师

教育经历

毕业于郑州大学医学院，后就读于浙江中医药大学，师承国医大师李佃贵、北京中医药大学徐荣谦教授等

擅长领域

儿科疾病贴敷治疗，中药灌肠，小儿推拿等

哮喘，脾胃调理，小儿呼吸道感染，小儿厌食症、小儿湿疹

高月神经敏化疗法治疗中风偏瘫

黄兆富出生于1976年，出生后因为种种原因时常生病，印象中父亲经常三更半夜背着他去医院或卫生室输液打针。

他那时还小，把医生当救星，觉得医生一来病就好。他也常幻想自己就是医生，生病后自己能给自己看病，还能给别人看，甚至幻想过给人看病的情景：身着白大褂，手持听诊器，给病人号脉、诊断、开药方，病人在他前面排成一队，看完病患者高高兴兴地离开……

每次想到这里，心里又骄傲又神气，俨然自己就是个医生。因此他读中学时，心里总装着一个白衣天使梦，想读个名牌大学，从那里跨进医学科学的圣殿……

但，现实有点儿残酷，高考过后，名牌大学梦破碎了！

海明威曾经说过：一个人可以被毁灭，但不能被打败！刚开始独立面对生活，就被残酷现实重重敲打了一拳。黄兆富没有选择退缩和放任：名牌大学读不成，学医的理想不能丢！不管手里的牌有多糟糕，反转取胜的方法一定存在，从那天起，他重新开始了求学之旅……

通过了自学考试，拿到了大学文凭；毕业成绩，并列前茅，还获得了三好学生等荣誉。

后来他又考上浙江中医药大学中医学专业，获得本科学历。

在取得了执业医师资格后，他开办了属于自己的诊所。

在基层工作过程中，他不断去外地拜师学习，掌握了穴位注射治疗疼痛类疾病的技术、高月神经敏化疗法治疗中风偏瘫及疑难杂症的治疗技术。

他又去大医院进修实习，掌握了治疗腰椎间盘突出、膝关节疼痛等疾病的方法。

……

学习是艰辛的。他缴不起学费，不敢购买书籍和器械，但办法总比困难多。有一次，他和几个朋友去一家中医机构学习，学费贵，别人缴得起自己缴不起，于是就想方设法去“蹭课”，于是他这个教室出来，就下一个教室听课，听了这个老师的课，再去听另一个老师的课，在多个教室之间进进出出。现在想起这事，心里还十分愧疚——老师们也许已经发现了他，但以自己的宽容成就了这个刻苦求学的孩子。

东西没白学，效果立竿见影。比如有个儿科配方，是中药散剂，用时要先将药碾成粉，直接用开水冲，不需要咀嚼，一天三次，只需要开三天的药，很快就能见效，儿童吃起来还十分方便。之前他也接触过中医，总觉得效果比较慢，可眼前看到的正相反——效果太快了。

这家机构还有贴敷，让人惊喜的是，这个疗法一问世，就在全国引发了巨大的反响。它的特点是疗效快，使用简单，没有副作用，对多数常见病都有很好的效果。有外地在这里做生意的人，即使回到家乡，生病后还会回来治疗，或电话咨询这里的医生。

学了就用，不去尝试什么也干不成。兆富每学一种新疗法，就在自己诊所实验。自从 2006 年开了诊所后，诊所一度以儿科为主营业务，全部用中药散剂，实验一段时间后，有孩子家长反映药太苦，孩子不愿意服用。兆富就进行了改造：重新调整配方，家长和孩子慢慢接受了。

早些年，输液盛行，孩子生病医生就输液，过量使用抗生素。因为输液效果明显，家长都喜欢输液，但谁也不知道，这种疗法的危害也不小。这种状况，直到最近十几年才有所改善。这是因为国家加强了管控，同时大力扶持中医，中医的春天终于来临了。

有一种理论：儿科病大都与积食有关。过去是营养不够，现在是营养过剩。家长担心孩子发育不好，总是想尽办法让孩子多吃饭，因此引发了多种疾病。兆富听说有家医院，研发了一种治疗积食的中药——清积液，由金银花、桔梗、淡竹叶、茯苓等配成，是颗粒剂。通过研究这个配方，他对中医药的理解更深了一步。

临床上，他遇到了一个奇怪的病例：孩子咽喉炎好了，过几天又来了，这次是口腔溃疡，等口腔溃疡好了，过几天又来了，这次是肺炎，下次是晚上睡觉不停翻身……症状一个接着一个，难以恢复健康。最后兆富得出一个结论：这些病，都与积食有关。于是他对症下药，效果显著。

2014 年，正骨推拿在全国火了起来。兆富还是跟着潮流走，兆富的爱人也是学医的，遇到新疗法，大家就一起学。北京有位叫冯天有的正骨专家，是空军医院的教授，兆富本想拜师学医，多掌握一项技能，但这次让他失望了。

原来，这位老师名气很大，弟子也多，想拜他为师的人太多了，老师轻易不收徒弟。兆富在北京找了好多关系，就是敲不开这扇门。“我该再努努力，万一这事成了呢。”说起这事，他至今还念念不忘呢！

学习正骨推拿这个梦想，终于以兆富在河南中医药大学第三附属医院疼痛科进修一年的方式实现了。听说那里有个大夫，原本不是从事正骨的，只因为眼睛高度近视，不能再从事原来的专业了，就专攻正骨技术——眼睛不好使，正适合学正骨，盲人按摩之所以比常人好，就是由于视力不佳，触觉变得比常人更敏锐。

2016 年，兆富花了一年时间学正骨，老师技术很神奇，用手一摸，或者旋转一下颈部，就知道哪里错位了，稍微一用手法，就能调整过来。老师有时也看片子，即使戴着眼镜看，也要把片子贴近眼睛，这时兆富就想：一个人即使有再严重的缺陷，只要愿意努力，就一定能找准专业、行业和职业，上天把你送到这个世界，一定给了你在这个世界的活路，世上没有绝路，只有一心要走向绝路的人。

正骨方法当然很好。兆富接诊过一个腰椎间盘突出的患者，患者自述，自己干家务活儿摔倒了，拍了片子说腰椎间盘突出了，医生建议手术，患者不同意。兆富用推拿法，结合针灸，患者很快活动自如了。一天大家聚餐，朋友们见他腰不弯了，走路挺稳当，便和他开玩笑："原来你不是残疾人呀？"

陈建辉是兆富的另一个老师，他精通针灸，兼通推拿，针刀技术也不错。针法是他自己的发明，他还出版过一本专著，也是大师级的人物。有了之前拜师失败的经历，这次兆富谨慎多了。哪知老师很热情，半点儿架子都没有。他和学生谈笑风生，亲如一家。兆富都有点儿不好意思了。

几年学习，兆富掌握了多门"绝技"。这些绝技本来是各成一派、独立使用的，因为古人有门户之见，不轻易接受外来元素，确保"本色不改"。但兆富却敢于创新，不循成规，把针灸、推拿、中药、正骨，以及其他各种疗法整合在一起，形成一套"组合拳"，威力自然大多了。

比如，小儿便秘，就适合中药灌肠法。配好中药，加入生理盐水，加热到人体温度，再用输液管向直肠滴注，15 分钟就能排便。有时根据病情，也要结合口服、贴敷等方法，在保证没有副作用的前提下来提高治疗效果。采用这些方法，孩子不闹不哭，最多三天就好了。

孩子生病，不少是由于家长照料不当造成的。要解决这个问题，就需要改变家长的思想。为此，兆富走进幼儿园，走进学校和社区，举办了很多场公益演讲。兆富为了让家长相信课程内容，从不留自己的联系方式。课程内容也十分实用，如孩子为什么会发烧，如何正确对待发烧，为什么尽量不用退烧药，在家里如何处理等。

讲座不仅让家长了解了孩子的病理。还消除了家长对幼儿园的误解。比如孩子在幼儿园发烧，不是到了幼儿园才发烧，是头一天晚上就开始发烧了。家长听了很惊讶，“原来是这个样子呀！”

兆富有个愿望，开设一个公益大讲堂，到村委会给农民讲课，去幼儿园讲课，到社区讲课，这样举办了十几场，每场最多到了200多人。只是计划还没完成，疫情便不请而来，阻断了兆富的设想。“好事多磨”，兆富这样安慰自己。

儿童健康固然重要，但成人慢性病也挺折磨人的。有的病人懂点儿医疗常识，但多数是半吊子。从治疗角度看，半吊子还不如小白，小白啥也不知道，医生说什么就听什么，反而有利于治疗。半吊子多少懂点儿，医生怎么说，他都表示怀疑，你说这病怎么治？

兆富要改变的，是成年人的不良习惯。其实，我们常见的慢性病，都是不良的生活习惯造成的。比如颈椎病源于坐姿不正确，如果不从源头改变习惯，即使调理好了还会复发，患者不应简单把希望完全寄托在医生身上。

还有一个误解：很多人觉得，姿势越舒服，越有利于身体健康，有人喜欢“葛优躺”，有人喜欢跷二郎腿，有人喜欢躺着看手机，都是典型的不良习惯，对自身健康有害无益。

技术是学来的，品德是修来的。

病人是弱势群体，是值得我们同情的人，就医时需要理解，需要安慰。很多患者来看病，都担心医药费。怎样能看好病还省点儿钱，检验着医者的良知。

小时候，黄兆富家里不富裕，所以他行医后颇能理解病人无钱看病的焦灼，就为自己制定“三不”铁律：第一，不给患者开大方，用药尽量少，以减轻患者负担；第二，不与药厂合作，药厂为卖药，往往免费提供技术，用技术绑定药物，诊所成了药品推销商；第三，不靠卖药赚钱，以药养医不可取，是变相损害患者利益。赢得患者的心，留住患者的人，才是诊所持续发展、基业长青的坦途正道。

学我 像我 超越我

尤飞

个人简介

尤飞，男，1971 年出生，安徽宿州人

教育经历

毕业于皖北医学院；2006 年取得执业医师资格证书

擅长领域

中医肝病和肛肠科

个人荣誉

1998 年成为中国中医肛肠医学会会员

2010 年获得中国中医改良埋线传承

2021 年获得中医传统医学确有专长资格证书

尤飞的入门老师是父亲。他自幼随父亲学习中医，后于安徽中医学院进修，从事临床 30 余年，并多次跟国内医疗界著名专家学习，具有扎实的理论基础及治疗经验，曾在多个三甲医院进修，也经常参加国医大师培训班，拜访许多民间中医，为传承而精进！他以“悬壶济世为苍生，妙手回春救世人”为己任，把医德医技作为立业之本，医术精湛，救人无数，名扬皖北！他的父亲曾任中医院的副主任医师，他的终极目标是超越父亲！尤飞医师以家传 200 余年的中医肝病秘方回馈社会，其秘方对乙肝病毒携带、转氨酶增高和胆红素异常等病症疗效显著！

他刚接触中医的时候，是在 20 世纪 80 年代初，正是肝病猖獗的时候。

父亲在县城一家中医院当医生，他什么时候去县城工作，尤飞已经不记得了。只是，每当周六下午，他就跑到村口等父亲，不久就看见父亲骑着自行车回来，每当这个时候，他就会跑着迎上去，喊着“爸爸！爸爸！”那是他最幸福的时候。

因为是医生，父亲格外受村里人的尊重，20 世纪 80 年代初，农民生活还挺苦，因为忙于田里的农活，忙于一家人的生计，人们不注意健康，生病了也舍不得看，大多都是硬挨，除非再也受不了才到医院去治疗。

但他们村的乡亲们是有福的，他们生病后，都盼着星期日，因为这天尤飞父亲在家休息，大家就可以享受到免费的治疗和咨询了。

父亲最擅长治疗的是肝病。那时，经济才刚刚开始繁荣起来，小餐馆也多了起来，但卫生条件不好，没有消杀意识。农民自己也没有预防意识，也不注意家庭卫生。还有一些医疗机构，也由于设备受限等原因，致使乙肝病毒通过密切接触和医疗废物快速传播，在全国形成蔓延之势。

最致命的是，患者感染乙肝病毒后，早期没有什么症状，只是略有呕吐、恶心、四肢乏力，但一般人不去往乙肝想，等到四肢酸懒无力的时候才去看病，这时已经晚了，很多人已经转成肝硬化和肝腹水，治疗起来就非常困难了。

尤飞学习中医，就是从治疗乙肝和肝硬化开始的。

当然，也是跟父亲学的。农民没钱，住不起医院，得肝病都找村里医生，吃的也是中药，当然，这种病也非常适合用中医治疗，尤飞如今应用的是家传 200 多年历史的“乙肝子母散”中药方剂。是治疗肝硬化和肝腹水方面目前疗效较好、副作用较少的最常用方剂。父亲教他的时候，喜欢让病人服用传统的鳖甲逐淤汤、龙胆泄肝汤或家传的乙肝子母散，根据临床辨证加减用药。这几个方剂如今使用了上百年，算是比较经典的药方。每次在父亲开出方子后，尤飞拿在手里看好长时间，先把它背下来，有时间就去琢磨。为什么是这几味药？它们的剂量是怎么算出来的？这个方子适合肝病的哪个阶段？

那时他还小，天真地以为，只要学习中药学和方剂学，就可以给人看病了，后来发现没有那么简单，中药作用和疗效加上方剂学的君臣佐使研究了好长时间，才恍然大悟：原来中医药是那么博大深邃呀！

后来很长时间，尤飞终于知道如何调节量的大小了。比如青壮年应该剂量大一点儿，老人小孩应该剂量小一点；久病应该剂量少配合扶正固本，病初应该剂量大一点儿配合清热利湿、保肝排毒的药。开始他还掌握不好剂量，时间久了就能掌握得特别准确。有一天，来了一个病人，父亲看过尤飞开出方子后，笑着说："你可以出师了。"又接着说："比我那个年代学得还快！"

父亲学医时是第三代，当然都是中医。再早的时候，中医有很多讲究，比如针灸讲究时间段，如中午12点之前效果非常好，下午效果没有上午效果明显，因为中医分阴阳，上午为阳，下午为阴；炮制中药材要提前沐浴更衣，逢年过节要祭祀药神，比如拜拜神医华佗、李时珍、张仲景、孙思邈。

尤飞待病人也和善，视病人如亲人。父亲对尤飞学医很支持，但说到技术，方剂和辨证论治，则十分严格，要求也格外高。

父亲常说一句话：学我，像我，超越我！

尤飞跟随父亲学习治疗肝病，真的是学到精髓了。他自己有个最经典的案例。患者男，40多岁，原来是开大排档的，因为经常熬夜，饮食无规律，消毒不彻底，或者根本不消毒，得了病。开始只觉得肚子大，以为是吃肉喝酒太多的原因，后来觉得不对劲儿，去医院检查才知道是肝硬化腹水。医院没有别的办法，就是过段时间从肚子里抽一次水，治疗后要补充营养和蛋白，再反复抽水。久而久之，体质越来越差。

尤飞见到病人的时候，病人身体已经十分虚弱了。体重从160斤瘦到了70斤左右；原先穿42码的鞋，后来全身开始浮肿，45码的都穿不进去。之前生龙活虎的一个人，连说话的力气都没有，一家人都愁坏了。

尤飞一开始给他应用保肝利尿的中药方剂，服用一段时间后又改用保肝排毒的中药方剂，针对病人症状不断调整方剂。每次调整方剂，都认真观察患者的气色、神情、舌苔、舌质、脉象，并采集分泌物进行分析。这是父亲最常用的诊疗方法，不仔细观察病人的病情，是开不出好的方子来的，效果当然不明显！

果然这方案很有效果。患者症状越来越轻，大小便也正常了；接着肚子及全身也开始舒服了，走路也有力气了，病人和家属非常高兴。吃了几个疗程的中药后，病情基本稳定下来了。

继续调理，尤飞又调整了方案，每吃两天停一天，这样几个月下来，症状基本消失了。

后来尤飞才知道，病人好了以后，还是不相信这是真的，怀疑是否真的好转了，于是悄悄去了县医院做了检查，检查显示各项指标都正常！他还是不相信，又去了几家三甲医院检查，结果都显示，胆红素、转氨酶等多项指标都正常了，大小便也正常。直到确信自己的病真的好了，才把事情告诉了尤飞！

信任的建立，原来是这么难！

也不能怪病人，这样的患者尤飞也不是第一次遇到。尤飞记得，几年前，有个患者来诊所是被家人抱下来的，治疗几个疗程后自己开始慢慢能走路了。到了第五六个月后，体重也慢慢增加了，饮食也增多了，肝腹水基本消失了，他悄悄去几个三甲医院检查，直到几次检查结果都一样，才和尤飞说自己已经康复了！

直到今天，那位患者身体还非常健康呢，还在一个小区当保安，因为常去尤飞的诊所表达自己的感激，每次去都把自己的故事讲一遍给其他病人听。每次去的时候还带着大包小包的东西去感谢尤飞呢！

时代总是在进步，从 20 世纪 90 年代初，政府加大了对肝病的防治力度，现在这病还存在，所幸大规模流行的情况被遏制住了。

“但愿世上人无病，何惜架上药生尘。”

进入新世纪，尤飞把目光瞄向了广阔的外部世界。

随着人民生活水平的提高，患者对治疗方法提出了更高要求，过去人们只关注疗效，只要有效果，就愿意接受治疗，后来才发现，不少医院大量使用抗生素和激素而不考虑副作用，让人们付出了沉痛的代价。近年来我们国家意识到中医的重要性，于是绿色疗法逐渐被人们接受。

在 1993 年的一天，尤飞在报纸上看到一个广告，在国内某个城市有个医疗机构开设肛肠培训班，正在招收学员，学习一种独创的绿色疗法，尤飞当时就下定决心去报名学习。

那时，社会上有很多培训机构，鱼龙混杂，但这是一家非常正规的医疗机构，他们发明了一种绿色疗法，设计出一种新的传播模式，通过培训医生，使他们尽快掌握这门技能去服务更多的病人。

这是针对肛肠患者治疗开发的一种新的治疗方法，疗效非常好，有栓剂，有药熏，还有内服、挂线等疗法，一般先用熏剂再用栓剂加上内服，十次为一个疗程。轻型的痔疮一个疗程就可以治愈，较复杂的 2 到 3 个疗程即可治愈，在此基础上，这家机构又发明了新的绿色疗法——电离子和激光，优点就是微创无痛苦、随治随走，几种方法综合运用，为肛肠治疗开辟了一个新途径。尤飞学成归来后，病人越来越多，口碑越来越好！

然而，“道高一尺，魔高一丈”，科技在进步，疾病也没有闲着。随着环境的恶化、大气的污染和食品添加剂的过度使用、化肥农药的残留和生活节奏的加快，新病种不断出现，损害着人体健康，治疗起来难度很大，给医务工作者提出了更严峻的挑战。

老父亲是在2013年驾鹤西去的，但他的话尤飞记得很清楚：学我，像我，超越我！尤飞也明白：超越父亲，要先超越自己！

李艳杰

心如良药

基本情况

李艳杰，女，1975 年出生，内蒙古呼伦贝尔人

教育经历

毕业于黑龙江省中医药大学，中医主治医师

擅长领域

中药贴敷，针灸全科医疗

获得荣誉

2017 年所在单位获得中华医学会“儿童消化性疾病诊疗规范与合理用药优秀研修单位”荣誉

2018 年获得“春播之星”奖

2021 年获得中国中医药研究促进会“爱心大使”荣誉

2017年的一天，清风徐徐，艳阳高照，李艳杰大夫送走最后一名患者家属，静静地坐在灿烂的阳光里。

此时此刻，爸爸带女孩来看病的经过，又缓缓地在她眼前演绎了一遍。

一个月前，一对年轻夫妻抱着孩子来看病，孩子不满一周岁，不知什么原因，忽然发烧咳嗽。发烧咳嗽不是大事，小两口起初没在意，只带着孩子去了诊所，吃药打针，打针吃药，几天下来，孩子还是咳个不停。这时两人慌了手脚，赶紧去了旗医院，医生诊断为肺炎。输了几天液，孩子还是不见好转。

都说有病乱投医。两人四处打听，听说贴敷可以治病，还没副作用，就抱着试试看的心理找到李艳杰。

艳杰记得，两人抱着孩子走进诊所时，孩子爸爸的眼光有点儿不对劲儿。凭直觉，她知道这人对自己不信任，只是架不住妻子唠叨，才勉强来的。果然，他进门就问东问西，挑三拣四,一脸狐疑。

艳杰想：你怀疑，我不做解释；你不问，我不做回答；你生气，我装作不知；你站在一边盯着，我该怎么办就怎么办。她有条不紊地为孩子诊断检查，调配药物，再轻轻贴在孩子身上，动作干净利落，而“心理战”一直贯穿看病的全过程。

第二天，孩子不咳嗽了，三天后，肺炎就全好了。

后来艳杰才知道，原来，从旗医院出来，夫妻俩就开始争论：爸爸要去哈尔滨大医院，担心耽误了治疗；妈妈要先试试贴敷，不行再去哈尔滨，毕竟路远，去一趟不容易。孩子爸爸拗不过，勉强来到这里，难怪带着怨气！

孩子好了后爸爸赶来致谢，艳杰和他开玩笑：“我当时就知道你不信任我！”孩子爸爸一愣，歉意地笑了笑：“你是怎么知道的？”后来这位爸爸介绍过很多病人过来！

艳杰选择从医，且专攻贴敷，还要从头说起。

1994年，李艳杰在家待业，就想给自己找点儿事情做。当时有同学去了黑龙江省中医药大学学习中西医结合，觉得挺好，艳杰找到同学了解了一番后，后也参加了自学考试，想通过自考圆了大学梦。

她就这样去了哈尔滨。虽叫自考，还是要全日制上课，她从此走上了白衣天使之路。

人们说，梦想是蓝色的，理想是金色的，但现实却是苦涩的。艳杰没多想，为了学到真本事，成为受人尊敬的医生，她比别人更勤奋，也更刻苦，有股不服输的精神。中医深奥难懂，西医枯燥乏味，学起来都很难，是对毅力的挑战。但既然选择了，就要一路坚持到底。这个性格是那个年代培养出来的。毕业之后，她多次参加执业考试，终于修成正果！

章塔尔村是阿荣旗下面一个小村，距旗中心不远，宽阔的阿伦河从西北蜿蜒而来，从村中间静静流过，又向东南方而去，最后投入嫩江温暖的怀抱。从阿荣旗西望，便是茫茫的呼伦贝尔大草原。

这是艳杰工作的第一个地方。2002 年，她带着大小包裹，也带着希望与梦想，来到该村的卫生室。当她放下行李的时候，她自己都没想到，这一待，就是 21 年！

村子不大，人口不多。艳杰初来乍到，多少有点儿失望：房屋太简陋了！她毕竟没在农村生活过。好在人们都很好，也都喜欢她。只是病人不相信她会看病，总用怀疑的眼光看她，似乎在说：一个小姑娘，能给人看病吗？

也难怪，才 20 多岁，怎么让人相信呢？艳杰也苦恼：没人找她看病，能力提升不了，啥时候才能熬出头？

诊所患者少，还有个原因，就是村民收入不高，舍不得花钱，头疼脑热的小毛病，就忍就忍，实在不行才找医生。即使来了，也舍不得做进一步检查，只要点儿药片什么的，艳杰经常守着空空的诊室发呆。

但她没有闲着：患者不找我，我就找患者。她性情温柔，说话温和，时时面带笑容，给患者让座、倒茶，陪他们拉拉家常，问问病情，介绍一下注意事项……心理距离近了，隔阂就没有了，信任关系建立起来了。

果然，大娘大妈开始把她当作自家人了，有话都愿意和她唠唠，“孙子考了第一名了”“老母鸡弄丢了”“孩子不听话了”等，时间久了，便有人找她看病了。后来大家发现，这丫头看病也有两下子！

有一天．艳杰正看电视，是一个综艺节目，考题是“哪位护士反对输液”，艳杰就想护士就是打针的，怎么会反对输液？但随着节目中那位护士阐述抗生素的危害，再看到触目惊心的画面，这一幕深深触动了艳杰的神经。

那时，医生都喜欢输液。病人来了，就直接挂吊瓶，无精打采的病人，输液后立刻有了精神。但多数人不知道，这会对人体造成巨大的、无法挽回的伤害，特别是对正在发育的孩子！

艳杰想，我为何不能改变一下自己的诊疗方式？

可是，哪里有安全有效的疗法呢？

她四处打听，正好有业务员让她了解到有个“贴敷疗法”，正在齐齐哈尔举办培训班，这就是一场“及时雨”！于是她马上报了名，直奔齐齐哈尔。

2013 年，艳杰引进了贴敷疗法。这疗法对治疗儿童发烧、咳嗽，肺炎等儿童疾病，效果特别好，当然，最主要的是，孩子不痛苦，没有副作用。贴敷就成了她采用的核心疗法。

但是，推广这种疗法并不容易。有些患者，已经习惯了输液，觉得输液效果快，来诊所就要求输液。艳杰耐心劝导，不厌其烦地讲解抗生素的危害，希望他们接受贴敷疗法。结果是，人们不相信她的话，甚至怀疑她太想赚钱了，不然为什么卖力推广她的疗法呢？习惯的力量有多可怕呀！

精诚所至，金石为开。一遍遍的解释说明，终于推开了患者的心扉。随着国家出台了相关政策，禁止大量使用抗生素，人们才恍然大悟：原来李大夫是为了我们好呀！

一切都在好转。2006 年，蒙西水泥公司选中了章塔尔村，在这里建造了水泥厂。村民得到巨额补偿，还高高兴兴当了工人，周边的村子，也因此而受益。有的在厂里就业，有的在周边开了商店、饭店和理发馆……很多村民盖了新房，买了汽车，日子越来越红火。之前有病不敢治、舍不得花钱的日子，随着时代的变迁，也一去不复返了。

贴敷疗法能治疗很多病，但不能治疗所有病。遇到不适合贴敷治疗的疾病，有时候就得用一些创伤性比较大的疗法，或者是接受药物会产生副作用的现实。于是她常想，还有其他绿色疗法吗？多几种疗法，不就有更多患者受益吗？

为了这一点，几年来她四处打听，东奔西走，听说哪里有，就到哪里去，参加了很多培训班，把这些绝技一一掌握在手。

2018 年，李艳杰去了武汉，听郝万山的课，跟老先生学精方！

2019 年，她前往北京，跟王文远先生学习平衡针，这种针用时短，见效快，疗效好，令她难忘的是，这位 70 多岁的老先生，总是站着讲课，他讲授平衡针的原理和应用，讲得有条有理，清楚透彻。

2020年，听说宫长祥先生针灸特别好，她就去郑州学习。有趣的是，刚学完归来，就遇到一位患者，进门拄着一根大棍子，艳杰用学到的针法给他扎针，想试试这针法的效果。患者也高高兴兴地配合。第二天，这人又来了，艳杰吓了一跳：他自己走着来的！那根棍子已经“下岗”了！

还有个九岁女孩，在其他诊所一直按支气管炎治疗，输液十多天不见效果。艳杰检查后诊断为鼻炎，推荐用贴敷疗法，鼻炎很快就好了。孩子妈妈特别感激，千恩万谢，还送了锦旗！艳杰自己也特别开心。

总结治病实践，李艳杰颇有感叹。

疗效好坏与人的心情有关。以她的经验，儿科病最容易治，因为儿童很配合，孩子看见医生就像看到了救星。但如果家人不配合，且在孩子面前表现出来，就会扰乱孩子心情，进而影响治疗效果。最头痛的是成年人，他们略有医学知识，总怀疑医生为病人设套路，不积极配合效果就好不到哪里去。

还有，她认为，生病是正常的，用不着害怕，有医生动辄判患者的病为绝症，这是不负责任的行为。世上有多少病，就有多少种治疗方法，除了常用药，还有其他药也能治病：有时一根草是一味药，一片叶子也是一味药，灿烂的阳光，清澈的泉水，也都是良药。最有效的药就是心情，医生心情好，病人的病就好得快。同样，患者心情好，身上的病好得也快，医生患者心情都好，那就是世上最好的治病的药。中医绿色疗法已经得到国医大师们的大力支持，如张大宁说选择哪种治疗方法让患者恢复得快、副作用小，就应该推广哪种治疗方法。

“人心如良药！”艳杰如是说。

烧不死的草 就是春天

严春生

基本情况

严春生，男，1955 年出生，广东惠州人，中医执业医师

教育经历

振兴中医函授学院 + 师承

擅长领域

运用贴敷疗法，对儿童多种疾病疗效显著

运用中西汇通理论，治疗急慢性前列腺炎、阳痿、早泄和湿热病等，疗效显著。

妇科疾病，如月经不调、不孕、HPV 感染、多囊卵巢综合征、闭经、功能性子宫出血等

2022年，严春生接到一个电话，是一个老板打来的。老板身体有些不适，请严大夫去检查一下。请人上门诊治，在惠州是常事。很多老板忙于生意，经常抽烟喝酒，生活没规律，饮食不正常，患高脂血症、脂肪肝等疾病的人越来越多，因为太忙，他们有病也顾不上去医院，嫌挂号排队耽误时间，便请名医上门看病。加上为防范疫情，工厂处于隔离状态，人们不能随便外出，有病也尽量请医生来。这样的电话他接到的不少。

严大夫为他号脉后，告诉他肺上有结节，但不知道良性还是恶性。这位老板把头摇得像拨浪鼓，明显不相信。

“还是去医院检查一下吧。”严大夫劝他。

几天后，老板来电话：“严大夫，你说得对，肺部确有磨玻璃样结节，医生说要定期复查。”

惠州地处南方，毗邻香港和深圳，改革开放后，这里的电子、炼油、塑料化工行业迅速崛起，迅速成为经济最发达的地区之一。人们有钱了，用在健康上的钱就多了，身体稍有不适，便会找名医看病，诊所门庭若市，严医生经常忙不过来。

闲暇时间，他常想：如果当初不选择当医生，或者不来惠州发展，自己今天会是什么样子呢?

严春生的医生梦，从很小的时候就在心中孕育了，他如同一棵旷野中的草，在经历了漫长寒冬的折磨后，终于冲破了最后一层坚土，遇到了阳光灿烂、芳华似锦的春天。

他出生在江西。早年间，父亲被人贩子从广东卖到江西，给一家大户人家当干儿子。因为不是亲生的，父亲经常被人欺负，放牛、养羊、打草、收庄稼，一年到头忙个不停，过年都不得休息。有一次生了重病，不仅得不到救治，还被人扔在茅房里，多日不管不顾，还是主人发现后才请了医生，父亲才被救活过来。

江西解放后，因这户大户人家当过“保长”，父亲也受到连累，被定为“四类分子家属”，经常挨批斗。父亲忠厚老实，从不做坏事，虽然被批斗，还有人暗中照顾，偷偷给他送饭。这世间的人，有的坏事做尽，让人愤怒，他们虽活犹死；有人积善行德，善待他人，他们最值得尊敬！

这事儿是父亲讲给他的。从那时起，春生立志当一个有用的好人。

行医之路真难。20 世纪 60 年代初，人们生活极其困难，作为家中长子，春生承担了所有家务。是家里的顶梁柱。有活他自己抢着干，有吃的让给弟弟妹妹；挑水、割草、养猪、养羊……什么活儿都干。一次家人生病，附近没医生，他步行十几公里请医生。治病要花钱，家里也没钱，于是用上了各种土办法。记得流感流行时，人们就去找大青叶、地胆草，然后煮水喝下去。那时他总想：如果我是医生该多好呀！

可是，在那个年代，这个梦想是多么难实现呀。他读书时赶上“文化大革命”，人们都去“闹革命”了，谁还读书？也没法读书。高中毕业后他只能务农。能上大学的也都是“根红苗正”的贫下中农，轮不到严春生这些“四类分子家属”的孩子。

1973 年 3 月 3 日，人们还没有从年味中醒来，春生就接到村里的通知：让他去一所小学教书。他高中毕业，是“知识分子”，正适合教书，但他一口回绝了：“我想当医生！”

很多人不解：当老师多好，又挣工分，又拿工资，还能分口粮。他家里粮食都不够吃，一年到头还超支，父母都是社员群众，没一个当干部的，他不想当老师，一定是财迷心窍，想着挣什么大钱呢！

严春生有自己的思考：这些年，他目睹了无钱治病、无处治病的窘迫，有亲人，也有邻居，也有同学。他们生病后，要不是没钱看病，要不就是买不到药，那年代缺医少药，几乎使人陷入绝境。自己想当医生，不是想“食医”而是想保身，更能帮助人，想让自己做既有兴趣又有益的事情。

机缘巧合，镇里有家医院，院长和自己熟识，两人经常聊天，慢慢成了朋友。一天，院长告诉他一个好消息：县里组织人去参加培训，学完就能当赤脚医生了！

为了学习，他花费了很多时间：将近一年多的理论学习，半年多的临床实习，后又加学了三个月，前前后后，一共有两三年时间。

还有其他成本呢。他还买了部分书籍。那时书店少，买书要跑很远的路，有一本《医学衷中参西录》，就是春生跑了四十公里、找了几家书店才买到的。

世上有多少磨难，人生便有多少坚韧。学成归来，他也没有如愿当上医生，而是去农田干活。因为村里有的干部不高兴：放着老师你不当，偏要去学医当医生，我们偏不安排你当医生！而且，学习期间，还要扣口粮。

“扣就扣吧。”严春生认了。

只要心中有梦想，哪里都是修行的道场。他不气馁，不抱怨，回家后就搂着医书读，有时一直读到深夜。附近村有个祖传名老中医，他就拜老先生为师，老先生看他这么执着，欣然应允。

当时有个勘探队，在附近村勘探矿石。勘探队常年在外作业，生活没有规律，严春生没事就和他们聊天，也帮他们看病。没想到这居然成了他的“罪状”。于是他被批判。对他来说，这是一个沉重的打击！

事情过后，严春生依然坚持梦想：总有一天，我会成为一个医生！

他有个亲戚是中医，精通医古文，一再对他强调：“学中医，首先要读懂《伤寒论》，读懂了就一通百通，中医名家无不是精通伤寒论，特别是伤寒的六经可统万病。”在此之前，他也听人这么说过，但书是文言文写成的，十分难懂。老先生的话给他提了醒，一定要闯过文言文这道关！

于是，他买来《伤寒论》，一字字一行行读起来。

“问曰：脉有三部，阴阳相乘，荣卫血气，在人体躬。呼吸出入，上下于中，因息游布，津液流通。随时动作，效象形容。春弦秋浮，冬沉夏洪。察色观脉……”

这些句子，多少能理解一些，但不能全懂。

于是他又买来伤寒论的部分白话译本，一点一点读。

新问题又来了：读懂了文言文，不等于理解了其中内涵。况且，各家解释也不一样，“千人千伤寒”，甚至互相矛盾，只有继续读、继续悟，不懂就找老师问，很多疑点才能像冰块一样逐渐消融。

当他还是赤脚医生的时候，严春生就遇到一位用中药、西药都治疗不好的患者。患者是成年女性，反复发热月余，到乡镇住院治疗也没有效，也没查出原因，医院提出到上级医院进行检查治疗。在那个年代，不是人人都有钱到上级医院治疗的。他毛遂自荐，为患者用中医治疗。患者情况是：每天都发烧一至二次，有时不发热，和常人一样，有时候发烧不退很难受。这不就是伤寒论的少阳“正邪分争，休作有时”吗？正邪相争，发热就是“作”，不发热就是“休”。严春生使用小柴胡汤加减，病人喝后第二天开始，发热时间减少了，体温也没那么高了，治疗一周后就痊愈了。

这是让他深刻体会到做医生价值的一件事儿，也让他认识到中医能够治好病、治难病，使他对中医的信心和热爱倍增。

1981年。严春生取得了相关证书，在村里开了自己的诊所，追寻了多年的梦想终于实现了。

严春生过去学的是中医，取证是考西医，两者如何结合到一起，这让他感到困惑。实习期间，他就遇到过这种情况：一患者长期衰弱乏力、精神淡漠、嗜睡、不喜活动、代谢功能低下，几乎失去劳动能力，中医诊断为虚寒症，属于少阴病，是由阳气不足引起的；西医认为是激素分泌不足，需长期激素治疗。当时他就一直在思考，中医西医差别在哪里？通过西医的检查，采用中医的温阳疗法，患者居然好转，而且还能做家务了。他认为学习中医也应该懂西医的知识，才能中西相通。

诊所转向中医，是去惠州之后的事儿。他并不认为西医不好，而是觉得自己更适合当中医。20世纪90年代，中医受到轻视，针灸、艾灸、经方等，都得不到重视，但自己喜欢中医。中医的神奇疗效和略带神秘感的实践和理论，一直深深吸引着他，把他带向一个难以割舍的世界。越神秘，越有吸引力，很长时间以来，他一直在思考：那层神秘的面纱究竟是什么？这时，一连串问题就会摆在面前：

中医为什么能治病？

中医治病的理论基础是什么？

辨证施治有没有临床价值？

……

为了解除这些困惑，他虚心向老先生学习，哪里有培训班，就去哪里学习。哪位名医技术好，就去拜哪位名医为师。由此，他逐渐了解到中医理论和实践之间的关系，在临床诊疗中也逐渐开始得心应手。

读了《伤寒论》，才理解张仲景的伟大。伤寒论是辨病论治，并不是教科书里的辨证论治，“太阳病脉证并治，少阳病脉证并治……”，疾病表现在当下，一定有过去的原因，一个原因引发一个结果，这个结果又是另一个结果的原因。只有追溯出完整的逻辑链条，才能明白疾病发生发展的原因，自然也就有相应的治疗方法。伤寒六经病证是多维度的，虽然是取类比象，但是有很强大的内部逻辑思维。 他学习伤寒论能方证对应，还能用六经气化理论去学习理解。曲折的学医道路、多年的人生历练，以及精湛的医疗技术，让他对医生、对医学，对人生的价值和意义有了深刻认识，形成了独特的价值信仰系，表现在如下几个方面。

第一，专注中医事业，夯实中医基础。

他喜欢中医，后期以中医为主，终成为一名优秀医生，形成了自己的医疗认知。以《素问》为例，《素问》是中医基础理论，由于年代久远，人们对内容理解存在许多误区。严春生坚持将书中表述与治疗实践结合，进而形成了不同于他人和书本的理解。例如，《素问·阴阳应象大论》里有“善治者治皮毛”的记载，一般人认为，治疗疾病要从外感疾病及病情轻浅阶段入手，要用发表药，希望疗效更快。而他认为，所谓的“皮毛”，就是人体卫气，是人体的阳气。“未治疾病，先调阳气”，这可能是《素问》中皮毛的本义。

根据此理论，春生医生采用贴敷疗法，用以治疗小儿多种疾病，逐渐将中医理论延伸到痔疮、妇科、男科等领域，取得显著成效，求诊者络绎不绝。

第二，专注一种技能，更好服务特定群体。

中医离不开号脉，它是医生的“眼睛”。春生精读《伤寒杂病论》，精心研究脉诊，对肺结节、乳腺结节、卵巢囊肿、子宫肌瘤、胆囊结石、息肉等疾病，能通过简单脉诊，提示患者及时早发现，为治疗争取更多时间。

由于生活环境原因，最近一些年，女性生育能力普遍下降，依据中医理论，他专门研究不孕症。一个特殊的案例，诠释了他在这方面的成就。一名44岁的患者，一直想生二胎，两次人工受孕都失败了，接受春生调理，两个月后成功怀孕。春生也因此远近闻名。

第三，专心治病救人，不做无良医商。

医者的责任是治病救人，医商则未必。他们中有的人以盈利为目的，违背了医者仁心的古训。从医之初，春生的诊所接诊过很多生活困难的患者，对这类患者，他会主动减免诊费，甚至不计成本。十多年前，曾有患者带女儿求诊，孩子患有严重皮肤病，因为诊所设施所限，严大夫建议到大医院治疗。患者泪如雨下，坦言大医院花钱多，家里没钱不敢去。他当下拿出钱来资助患者，在场的人无不为之动容。还有一个环卫工人，女儿失踪，儿子患精神疾病，自己也多病缠身，久治不愈，春生多年坚持为患者治疗，从没有赚他钱，还要倒垫钱。

有人不解：诊所不赚钱就罢了，不至于还送钱给病人吧？还有人说这一定是他家的亲戚。对此，他从不辩解。他认为，中医治病有“三因制宜”因时、因地、因人。“三因”即是要我们医生从道德上去理解天地的运行规律，即敬天爱人，敬畏天地，尊重生命，在天为道在地为德，在自己的能力范围内帮助困难患者，就是敬天爱人，也就是做个有道德的医生，这也是医者的初心和使命。

“医术精湛，为人谦逊，居功不就。”这是严春生的座右铭。从医多年，他为许多患者解除了病痛，荣誉不少却从不宣扬，锦旗很多却从不张贴。四十多年如一日的信念坚守，成就了他精湛的医术、高尚的医德和纯洁无瑕的灵魂。

吕凤仙

我的梦想我的路

基本情况

吕凤仙，女，1974 年出生，浙江台州人，中医主治医师、国家二级心理咨询师

教育经历

毕业于山东中医药大学；先后师从崔秀芳、郑承濬、段哲峰等中医名宿和中国基层门诊经营管理专家齐铁雄

擅长领域

下肢静脉曲张，老烂腿，妇科病，以及疑难杂症

个人荣誉

湘雅医学院高级研修班授课导师

中国中医药研究促进会针刀医学专业委员会委员

北京汉章针刀医学研究院浙江省学术部常务委员

浙江省台州市“中青年骨干中医师”称号

全国周围血管协会授予“下肢静脉曲张特技名医”称号

在路上

位于浙江台州的仙居，素有八山一水一分田之说，这里山清水秀，人杰地灵，是一个千年古城，东晋置县原名乐安，五代时改名永安，1000 多年前，宋真宗以其“洞天名山屏蔽周卫，而多神仙之宅”，将永安县改名为仙居县，意为神仙居住之地。1974 年的夏天，在仙居这个小县城，有一个女婴出生了，妈妈给她取名叫凤仙，妈妈说，凤是百鸟之王，仙是仙子，也只有超凡脱俗、行善得道的人才能为仙。女孩在爸爸妈妈的关爱下慢慢长大，在小学期间乖巧懂事，成绩也一直名列前茅，小她三岁的妹妹也聪明伶俐，姐妹俩一直是父母手心里的宝。

那时农忙，学校都要放假一周，让孩子们帮忙务农，一起收庄稼。但爸爸妈妈宁愿自己辛苦，干活时间长一点儿，当天气热起来就让姐妹俩回家休息，有空看看书，说那些体力活儿不是女孩子做的。

小学时，老师问同学们长大后的理想是什么。那时的凤仙还没有目标，就感觉教师、医生等职业很神圣，就说自己长大后要当一名医生。

小学一晃就结束了，因为成绩一直都比较优异，凤仙顺利进了重点中学。记得初一那年，身体一直很好的妈妈突发晕厥，那时凤仙吓坏了。爸爸找来了赤脚医生，给妈妈扎了针灸，妈妈竟然一下子就苏醒了，喝了点儿温水后人就舒服了。那时凤仙就暗暗告诉自己，以后也要当一名出色的医生，减少人类之病痛，实现健康之完美。

凤仙目标明确，就是想当医生，那时她的同桌也想当医生，两人商量一起报考，后来同桌考上了农大，学的是兽医，她如愿考上了医学院。有趣的是，班里有好几个同学都考了医学院，有的学临床，有的学化验，有的学药学专业，毕业后像蒲公英的种子飘落在全国各地。

通知书来了，但学费有点儿贵，因父母都是农民，经济有点儿紧张，而凤仙之前很少出县城，上大学是第一次出远门，妈妈送到车站，凤仙一个人踏上了到济南的列车。那时妈妈说，送她到学校的路费可以省下来给凤仙当生活费。凤仙带着行李一个人走进车站时，回头望着妈妈，妈妈站在风中，眼中还飘着不舍的泪花。

父母养育着姐妹俩不容易，在那个物资匮乏的年代，重男轻女的思想严重，但凤仙的父母比较开明，而且他们认为只有好好读书才有机会跳出农村。

凤仙和妹妹都比较懂事，在学校都努力学习，成绩一直名列前茅，后来妹妹也考上了大学，攻读她心仪的法律专业。妹妹毕业后在岗位上干得也很出色，被提拔为单位领导，而凤仙也如愿以偿地当上了医生。

梦想之路

凤仙在山东读大学期间，学的是中西医结合专业，中医和西医的理论知识都得学、都得背。《黄帝内经》《伤寒杂病论》《医古文》等经典医书当然也都得背。医学院学生的生活不像其他专业的同学那么丰富多彩，甚至被好多人认为是枯燥乏味的，但是因为喜欢，凤仙也乐此不疲，常常是“三更灯火五更鸡”地学习。五年的大学生活也为凤仙以后的工作打下了扎实的理论基础。

在凤仙成长的路上，遇到了很多贵人，其中最重要的一位是仙居人民医院原院长季一鸣老师，他是主任医师，是长辈，也是凤仙的领导。季院长经常和凤仙讲，知识是无穷无尽的，既然选择了医学这条路，就要持续不断地努力学习，技术求精，工作争优，上班时和同志搞好团结，莫于人前说是非。这些话凤仙都一直记在心里。记得有一次他在查房时看了凤仙的病历书写，当着很多医生的面表扬了她。凤仙知道是为了鼓励她，但这样的专家夸她，她都有点儿不好意思了。

还有一位是中医院原副院长潘志伟老师，他是省内知名的中西医结合专家，因为他在每次提问时，凤仙凭借自己扎实的理论基础都能对答如流，所以他对凤仙也是赞赏有加。

毕业实习结束后，凤仙被分配到医院上班。医院的一位老中医知名度很高，退休后被医院返聘回来，凤仙跟他同一间办公室，办公桌面对面，开始他看的病人多，凤仙看的病人少。可能是刚毕业，大家看凤仙年轻，不相信她的医术。老中医不上班的时候，年轻医生值班，慢慢地有人看凤仙治好了好多疑难杂症，就开始信任她了，凤仙治好病后也很有成就感，也很欣慰，感到自己能力得到了展示，可以学以致用了。5 年后，在医院领导的栽培及自身的不断努力，凤仙成了科室的主力。

2004 年，由于喜欢接受挑战及不服输的性格，凤仙离开了原来的医院，选择创业，创立了社区门诊。古人云，读书三年无病可治，治病三年无方可用。为了提升自己、精进技术，她每年都要不断地外出学习，同时取得了好多的荣誉证书。为了勤求古训，博采众长，凤仙走遍了大江南北，寻访名师，有大医院的教授，也有身怀绝技的老中医，从北京、上海到广州，如果把这些经历串起来，就是一首诗，一首写在大地上的长长的抒情诗。

把自己的临床实践予以有效整合，目前凤仙在下肢静脉曲张、老烂腿、糖尿病等创口修复、妇科病的调理，以及一些疑难杂症上积累很多经典案例。

病例 1：老烂腿

老者，男，75 岁，患老烂腿数十年，在多家医院治疗无果。大医院的治疗方案一般是植皮和截肢，费用高，还要成为残疾人，患者本人不接受。后来在患者朋友的推荐下，在凤仙这里治疗。凤仙采用“三氧和细胞再生”的技术，使患者三个月不到就痊愈了，病人治愈之后，又介绍其他病人过来，并感激地对凤仙说：“以前人家叫我‘烂脚’，现在直呼我大名了，哈哈！”这样的案例很多，也让凤仙在患者中的口碑越来越好。

病例 2：高血压

在快节奏的生活中，人民的生活越来越好，而社区中的高血压患者也越来越多，常规西医治疗是终身服药，而凤仙在临床中采用中药泡脚以及中药口服等方法，效果都很理想。有不少领导和企业家在凤仙这里调理，都取得了很好的疗效。

前段时间有个患者，本是陪着妻子过来的，凤仙发现他腰围很大，身材魁梧，为他检查血压后发现，舒张压达到了 180mmHg 以上，收缩压也达到了 110mmHg。于是他在凤仙这里用中医调理了一周，血压稳下来了，自己也感觉轻松多了。他走后和凤仙一直保持着联系，血压控制得也很稳定，打破了“终身服药”的模式。不少病人在这个老患者的介绍下慕名而来。这样的病例数不胜数。临床 20 多年，除患者治病痛、助健康之完美，一直是凤仙的追求。

凤仙不仅是个医生，也是个妈妈，是个女儿。她希望孩子不用抗生素和激素，因为她深知那些东西过多运用会对身体造成伤害。绿色诊疗无副作用，安全是治疗的前提和准则，所以在治疗下肢静脉曲张方面，凤仙采用了不手术、不开刀、不打硬化剂的方式，不影响患者工作和生活。而在创口修复、糖尿病治疗等方面，都是采取不手术的细胞再生技术，多年来创造了一个又一个奇迹。

一次次的外出学习，都是为了寻找更好更绿色的治疗方法，凤仙对患者都是“医者父母心”，既然选择了医学这条路，那就注定要不断学习、精进技术。每次当凤仙收到患者送来的锦旗的时候，都会觉得做一名医生，这种回报比物质更加珍贵。这些年一路走来，凤仙最大的骄傲不是自己的双学历，也不是“骨干中医师”的称号，而是有了清晰的人生定位。就像齐老师当时说的一样：人生不一定无所不能，但必须有所不为。凤仙现在只做几个特色专科：静脉曲张、老烂腿、妇科病，她要把余生全部精力，都用在这几个病特色病和常见病上，希望在这几个方面有所成就。

凤仙虽然没有三甲医院医生的光芒，却同样用多年学习的技术，为百姓健康保驾护航。凤仙很骄傲，觉得基层医生就是百姓随叫随到的120，她愿用自己的仁心医术，让患者获得身心健康。

这就是吕凤仙，一个有情怀的医生，创办了一个有温度的诊所。愿她的故事带给你价值，让更多的人了解基层医生，了解基层的诊所，呵护患者的健康，抚慰受伤的心灵。

一路有你

一路上取得了不少成绩，这是凤仙多年努力换来的成果，也是很多“贵人”相助的结果。父母没有一点儿重男轻女的思想，竭尽全力供女儿们读大学；丈夫给了凤仙充分的理解和支持，公公，婆婆为她付出了很多很多，家中的大小事都替她想好了、做好了，饭是他们做，孩子是他们带，什么事他们都替凤仙操心，凤仙真心实意地感谢他们！作为医生，凤仙付出了自己应该付出的，收获了应该收获的，而病人的微笑，就是她最大的收获！

千里求医路

基本情况

武懿鹏，男，1988 年出生，山西太谷人，中医世家。

教育经历

毕业于山西医科大学临床医学专业，先后在河北黄骅耳鼻喉同仁医院、河北康灵中医耳鼻喉医院、北京敬医堂耳鼻喉医学研究院进修

擅长领域

耳鼻喉常见病、多发病

个人荣誉：

国家第一批“中医确有专长医师”资格证

中华耳鼻喉医学会山西分会会长

中医耳鼻喉国际论坛专家委员会委员

提到晋商，人们会想到平遥，其实晋商不只来自平遥，不出名的太谷也是晋商的一大发源地。太谷地处晋中，近代官商甚多。但不少人有钱就贪图享受，于是过上了飞鹰走狗、寻花问柳的日子，起居无常、饮食无度的生活，让很多人身体早早垮了，因此对医生的需求格外迫切，人们对名医趋之若鹜。

药不离医，医不离药。医生多了，药材生意就多了。这一时期出现了很多中医和药店。例如，明代名医石立生并非太谷出生，只是在太谷行医，并创建了“广盛号”药铺，成为盛极一时的“药企”。于是相应的，中医文化在太谷盛行不衰。“以义制利”“修合虽无人见，存心自有天知”“非义而为，一介不取；合情之道，九百何辞”等理念，也广为流传。

懿鹏的爸爸是中医，爷爷也是中医，再往上他就弄不清了。他高中毕业填报志愿，没加思考就选择了医学院。在以前，和其他手艺一样，医术也有通过家庭往下传承的。而如今，尽管时代变了，学医的传统还在许多这样的家庭中薪火相传。

爷爷生活的年代，私人是不能开诊所的。村里有药铺，也叫卫生所、保健站。爷爷从小学医，后在卫生所上班。爸爸爱读书，爱学习，但家里穷，除课本和小人书，能看的就只有爷爷的医书了，那是爸爸精神食粮的一部分。不过他有的书能读懂，例如《赤脚医生手册》，有的读不懂，例如《伤寒杂病论》。懿鹏也想过，这些文言文写成的书，父亲和爷爷到底能读懂多少？

“我高中背了好多文言文，在医学院又学了医古文这门课，至今还有好多内容弄不明白呢！”

懿鹏记事时，父亲就开诊所了。诊所在离村大队不远的小院子里，后来邻居盖房子把那儿征用了，父亲就和村里申请批了块地，重新盖了新卫生所。在小院子里的诊所还是比较简陋的，大件只有一张桌子，几条板凳，两个木头做成的中药柜而已。药的种类不多，工具就是听诊器、温度计、血压计。当时进药还得自己去药材公司进。那会儿懿鹏最开心的一件事就是和妈妈去城里进药，站在小踏板前边唱着歌就进城了。

父亲经常出门，大都是给人看病去了。父亲一走，诊所就成了懿鹏和妹妹的乐园，他俩翻中药柜子，看里面各种各样的中药材，药草散发着淡淡的药香，于是就深深吸一口气，沉浸在药香里。兄妹俩也喜欢看装着药片的瓶子，他们把瓶子从药架子上取下来，反复琢磨着上面的说明书，心里也纳闷儿："这小小的药片，人吃了就能治病？"就这样，诊所环境潜移默化地影响了他的职业选择，大概这也是被动学习的一种方式吧。

20 世纪 90 年代，政府鼓励个体创业。父亲响应号召，学成以后就自己开诊所了。父亲的启蒙老师是爷爷，他跟爷爷学了一段时间后，就去当地一家部队医院进修了。二十出头的年轻人，热血方刚，做事勤快、头脑也灵活，很招人待见。那会儿他相当于学徒工，老师是一位外科医生，技术特别好。那家医院不大，医生也不多。听姑姑和奶奶聊天，说父亲胆子特别大，啥事都敢干。有天大中午，值班医生回家吃饭了，偏偏这时来了病人。这人干活儿时不小心被机器夹伤，伤口还流着血，人疼得"哎呀，哎呀"地喊叫。父亲刚来进修不久，资格不够，但情况紧急呀，就自己动手救治。还别说，伤口处理得还挺好呢。

父亲进修很辛苦，工资也不多，但他业余时间从不放弃学习。奶奶说，父亲每天下班后还要去晋中一家医院学习。正是数九寒冬，天气奇寒，父亲穿着破旧单薄的衣服，骑着自行车，一路上冻得直发抖。

懿鹏曾有些"叛逆基因"。大专毕业后，他想"专升本"，却因过分自负，结果居然没有考上。他心情沮丧，人没精打采的，啥事也不愿意干，整天胡吃海喝，在诊所打杂混日子。不管父亲还是母亲，谁说一句他就和谁吵，谁说也不听，气得父母整天骂他："这么大的人，天天向父母要钱，你脸也不红？""别人忙得要死，你却啥事不干，你就这样心安理得？"

其实，这只是一阵短暂的叛逆期。懿鹏骨子里是想干大事的。他不愿意忙于鸡毛蒜皮的小事，想出去见识外面的大世界。人小心大，可能是这代人共有的特征吧。

2013 年，乡镇卫生院招人，属于全额财政事业编制。听到这个消息，懿鹏一下子跳了起来："啊，太好了，我必须得去报个名！"如果能考上，不就成了有正式工作的人了吗？那就不用整天看父母的脸色被骂了！

他把消息告诉父母。父母见他有上进心，倒是挺高兴的，但看他漫不经心的样子，还是冷冷地说："考也白考，你考不上的！"他们对懿鹏不抱太大希望。

本来想听父母夸奖几句的，没想到又是一盆冷水。他年轻气盛，怎能咽下这口气？"好，你们说我不行，我倒要给你们看看。"他心里始终憋着这句话。

人若觉醒，力量之大是难以想象的。从那天起，他上午在诊所帮忙，中午稍微打个盹儿，下午就去农大图书馆看书学习。晚上到饭点，口袋也没什么钱，随便买些咸菜、馒头对付一下就是晚饭。晚上诊所关了门，他继续挑灯夜战，复习到凌晨两三点……那是一段很苦很累的日子。有人来找他，母亲也懒得解释，只说一句“出去玩了”了事。母亲是误解了他，以为他真出去玩了。哪里知道，母亲说他出去玩的时候，他正在图书馆里认真看书，准备卫生院的招聘考试呢。

母亲说的那些气话，搅乱了他的心情。已经临近考试了，他这会儿不能受到过多干扰，他努力让自己平静下来、安心备考。

夜色降临，星光闪烁，一阵秋风吹过来，阵阵凉意袭上心头。“万一考不上呢？”不知为什么，他想起这个问题。

那天从考场走出来，懿鹏感到有点儿失落。没想到，几天后，在他依旧心情沮丧的时候，大好消息传来，自己竟然入围了！接下来一段时间，他参加了面试、体检，也顺利过关了。这意外的惊喜，也把父母冰冷的心暖热了：“你还挺给我们长脸的！”父母终于露出了久违的笑容。

爱读书爱学习，这个基因可能也遗传吧。懿鹏与父亲一样，从小就喜欢学习，过去学医是业余爱好，自己搞专科后，爱好就变成了刚需——不学习先进技术，不用几年时间，就会变成井底之蛙。这些年，随着科技发展，医学技术层出不穷，新疗法不断出现，逼着每个医生都要“走出去”。

懿鹏计算过，十几年来，他每年支付的学费为8万左右，十年就是80万。这对普通家庭来说不算小数目。也有人质疑这笔投入是否值得。“投资学习是资产，不投资就是负债！”懿鹏如是说。

有一个案例，正好诠释学习的价值。2013年，父亲听说有个治疗鼻炎的新技术，便推荐自己学习。但需要2万元学费，同行几个人觉得太贵。父亲的意见是：“价格是一方面，但不能只考虑价格，疗效才是最主要的。有了疗效，收益自然会随之而来。”

事实证明父亲是对的。这种疗法引进后，因为治疗效果好，患者慕名而来，越来越多，收益早已超过了最初的学费投资。

艺无止境！从那时起，只要有点儿时间，懿鹏就出去找个“充电站”充电，专攻耳鼻喉科。人们调侃他“不是在外地学习，就是在去外地学习的路上”。学习付出的，不仅仅是学费，还有人力、物力、时间和精力等无形成本，都是无法用金钱来衡量的。

2016年，他去了黄骅一家医院学习耳鼻喉微创技术。这种技术是在内镜技术发明后的产物，是一种在内镜下用低温等离子电凝技术进行的手术，具有创伤小、愈合快、无痛苦等优点。这是他第一次接触微创技术，报名时他拉来两个朋友，组成一个现代版的“三人行”团队。

同行的两人，一人来自汾阳，一人来自长治，和懿鹏一样都是学而不厌之人。在黄骅学习半个月，他们初步了解了微创技术，只是觉得心里还没底儿。

同年，又听说河北有个耳鼻喉研究治疗机构，兼做培训，也有内镜，但治疗方法是更有特色的纯中药穴位透皮技术。很明显，懿鹏一人再次前往河北充电，在“耳鼻喉医学领域”的大熔炉里又锻炼了一回。

前两次学习，他也买了设备，但并没有很好地开展治疗，诊所仍以传统雾化、喷药、熏蒸和棉棒给药等疗法为主。

2018年，懿鹏第三次出发，再次去学习耳鼻喉技术。这次学习选在北京。与之前的不同，北京机构师资力量更强，技术力量更雄厚，设备操作也更简单。

“只要努力，上帝也会垂青你。”曾经有人这么说。出去学习，不一定每次都有收获，但持续学习带来的，一定是意想不到的“大惊喜”。

在北京学习期间，懿鹏系统掌握了耳鼻喉治疗技术。现代技术加上传统手法，多种方法、综合运用。经过多年的摸爬滚打和不断外出学习，最终形成了一套自己完整的治疗体系，在收获技术和疗效的同时，也收获了患者的一致好评和赞美。

有天晚上，懿鹏正要休息，接到了好友来电，当然还是交流一起外出学习的内容。这些年，不时出去学习，各种专业技术学得多了，也不觉得新鲜了。但这次不同，这个培训班不讲技术，不讲疗法，只讲如何经营诊所。当朋友问“要不要去”时，懿鹏毫不犹豫地说：“去！”第二天凌晨4点，天刚微微亮，懿鹏独自一人又踏上了外出求学的道路。

朋友说得没错。那是他们第一次接触齐铁雄老师，第一次接触经营诊所课程。之前觉得，医生就是治病的，技术没问题一切就安好。这观点听起来没错，做起来就不是那么回事了。父亲也有过类似经历。那年学了新技术，心里便有了底气，一副志在必得的样子。诊所采用新技术后，疗效也的确很棒。可不知道怎的，患者越来越少，父亲也纳闷：说没疗效吧，疗效明摆着呢，说服务不好吧，觉得也尽了心，患者就是不买账，思来想去，不知从哪里入手改善。

大师一句话，点醒梦中人！这些疑惑和不解，在齐老师的课堂上得到了答案。诊所经营的经典话语，通过一堂堂课，源源不断地浸透在几个人心里：

“你是谁不重要，患者认为你是谁才重要！”

“不是技术好诊所才有名，而是诊所有名了技术才好。”

“最好的饭店经理不是厨师，最好的诊所所长不是医生。”

这些话如醍醐灌顶，让人豁然开朗。之前自己双眼就盯着技术，没给经营分一点儿余光，哪能不走弯路呢！医术再好也不见得能服务好患者，这难道不是一个值得深思的问题吗？

寻找属于自己的诗句

王兴潮

基本情况

王兴潮，男，1980 年出生，云南楚雄人，中共党员，全科副主任医师，岐黄学者

教育经历

毕业于云南中医药大学，师从于博士研究生导师、云南中医药大学前校长、云南省名中医熊磊教授；后参加北京大学高级研修班

擅长领域

儿童常见病及疑难病，软组织损伤及疼痛疾病

个人荣誉

中华中医药学会中医馆联盟主任委员，中国民间中医医药研究开发协会理事，云南中医药学会外治委员会副主任委员，世界中医药学会联合会儿科专业委员会委员，滇南医学流派、扶阳医学儿科名医工作室负责人，国医大师孙光荣中和医派传承工作室云南负责人；获得世界针刀医学会联合会属于针刀医学成就奖、云南省楚雄州基层公共卫生工作先进个人、东瓜镇党总支部优秀党员等奖项和荣誉；发表学术论文 30 余篇，出版专著 5 部

王兴潮出身中医世家。爷爷是当地名医，在缺医少药的年代，他喜欢用针灸或艾灸治病，这样可以不收或少收病人费用。穷人本来就没钱，生病后还要花钱，也是没办法的事情。同情与怜悯，是古今中外所有好医生都应该具备的职业品质。

父亲继承了爷爷的职业，他小时候就跟着爷爷上山采药，把采回来的鲜湿的中药材晾干，再切成小段。如果是叶子入药，就晒干后碾成粉末，储存在平时不住人的房子里。

兴潮从小就看着父亲给病人看病，扎针灸、熏艾灸、开药方、还常年闻着浓浓的药香。就这样耳濡目染，日夜接触，潜移默化地接受中医文化的濡染。

兴潮平时放学后，或者周末不上学的时候，也在家里帮忙，收拾房间、递送各种用品，也拿着药方去抓药，能干点儿什么就干点儿什么。有时父亲号完脉，就让他也上手体验，针灸没危险的穴位时，父亲也会让他试试身手。当然他只是觉得好玩而已，还不能体会父亲的深意。

父亲性格温和，但对他要求却很严格。兴潮十几岁，刚能读懂医书的时候，父亲就让他阅读各种医学经典。尽管他读起来还是一知半解的，但不影响他的阅读兴趣。《黄帝内经》《伤寒论》《金匮要略》《濒湖脉学》《长沙方歌括》等经典医书里有些精华的论述，都是那个时候背诵的，至今还有些句子熟读能诵。

因为理解有困难，这些经典句在当时起不到多大作用，也不能让他成为一个合格的医生，但他浓厚的职业情怀，就是在常年阅读和背诵时一点点积累起来的。

第一次感受医生的价值，是他在诊所帮忙时。

那年他十六岁。一天，父亲正在诊所看病，兴潮也在诊所帮忙。突然有个老人慌里慌张冲进诊所，怀里还抱着个小孩。老人神情紧张，情绪激动，进门就大声呼叫："医生快点！快点！快点！我家小孩昏过去了，快救救我家小孩，医生快救救我家小孩！"这种情况虽是少数，但兴潮也见过不止一次了。不用说，孩子的情况一定是非常紧急！

看到这种情况，兴潮顾不得自己的"身份"，快速来到孩子跟前，触诊问诊后，他判断是高热惊厥。在诊所帮忙，儿科病见得最多，也经常听父亲说，抢救方法很简单，就是针刺人中和十宣穴、在孩子耳尖放血。兴潮马上对孩子施救，一系列操作结束，孩子“哇”地哭了出来，显然是清醒过来了，紧接着抽搐也停止了。看到孩子没事了，孩子奶奶这才长出了一口气，拉着兴潮的手激动地说；“是你救了我的小孙子，孩子爸妈都不在，要不是你救他，孩子有个三长两短的，我当奶奶的该怎么办呀？”

“治病救人是我该做的，您不用客气！”接着，他又对孩子奶奶说：“孩子还没完全退烧，我开一些贴敷的药，贴上去烧就会退掉。”

平时，兴潮也经常接受别人的感谢，但今天孩子奶奶说的每一句话，都是发自内心的真实情感。经历了这样一件事，他坚定了学医的决心：将来做一个百姓欢迎的好大夫！

兴潮喜欢中医，也与儿时经历有关。小时候，他身体不太好，经常感冒发烧、拉肚子等，似乎比别人更容易生病。每次生病，父亲就用中草药调治。中药多是山上采来的，父亲把药煎熬好，然后让他服下去，没多长时间病痛就减轻了不少。中药大多是苦的，难以下咽，但为了治病，也只能咽下去。多少年过去了，这种感觉慢慢变成了甘甜的回忆。

后来，兴潮进入云南中医药大学读书，读了《本草纲目》，才发现古人的伟大：李时珍为了整理古典医书记载的药草药效，亲自带着徒弟，常年上山采药，并亲自品尝，将草药的形状、味道、药效一一记录下来。这部经典至今仍然恩泽华夏子孙后代。当然受当时科技水平的限制，李时珍这本书还有一些缺陷。作为新时代青年，兴潮觉得应当接过这个历史重担，将中医文化源源不断传承下去。而民间中草药一直是中医研究的薄弱之处，也因为它与经方关系密切，兴潮才下定决心，研究了大量名家医典医案，寻找中药与治疗之间的内在关系。

从走进大学那天起，王兴潮就被云南中医药大学校训所吸引。

进入学府大门，迎面的文化石上，镌刻着“崇德和合，博学敦行”八个大字。还有“大医精诚”等，都赫然在目。1957 年云南中医药大学设立了中医师资班、针灸师资训练班等，中药调剂班，这是当时云南省卫生厅厅长兼校长的王天顺做出的重大决定，体现了他对中医的高度认可的态度和发展中医事业的决心。八字校训讲的是“尊崇医德，以和为贵，广泛学习，努力践行”的理念，这和中医文化内涵是一脉相承的。每次从这里走过，王兴潮心中都充满了无限敬意。

2001年，他以优异的成绩毕业了，被分配在昆明医科大学附属医院，他是怀着满腔热血参加工作的，能被分配在昆明，也不是很容易的事情，但王兴潮发现，这里和自己的理想格格不入，工作日复一日，年复一年，几乎没有变化，刚毕业的兴奋感逐渐消失。“我是不是进入了心理学家所说的‘职业倦怠期’？”有时他这样问自己。静静一想，真不是，只是觉得这条路与当年的理想是背离的，继续走下去，会越走越远的。

“悟已往之不谏，知来者之可追。”他决定做一回现代版的陶渊明，辞去别人眼里看来不错的工作，寻找属于自己的诗与远方。

他选择一条在自己看来虽艰难但有意义的道路，也是距离梦想最近，最接近成功的道路——创业。他觉得，在这条路上行走，即使一个人独行千里，也永远不会孤单，因为有一颗火热的中医心为伴，还有什么可以担心的呢！用孟子的话来说，就是“虽千万人，吾往矣”！

2010年8月9日，楚雄市东瓜镇彝人民居社区卫生服务站正式挂牌成立了。为了这一天的到来，王兴潮精心筹备了两年时间，期间克服了难以想象的困难，总融资额达130余万元。在不少人的眼里，这算不上什么大投资，但对刚创业的王兴潮来说，就是一个天文数字了。

经过十年蓬勃发展，服务站已从一个籍籍无名的社区医疗机构发展壮大为有一定社会影响力和坚实群众基础的综合性医疗机构。十年奋斗，十年辉煌，一系列荣誉证明了王兴潮团队的努力：

2013年获得由河南四知堂评选的“年度十佳名医”荣誉称号；

2020年获得由好医生医疗集团评选的“基层百佳名医”荣誉称号；同年获得由中国医疗行业协会评选的“中国知名医学专家特色医院”荣誉称号；

……

2019年，为迎接建院10周年大庆，也为了进一步现实心中传承发扬中医的梦想，以改善医疗条件和就医环境，更好促进社区居民身体健康，王兴潮决定对原服务站进行升级改造。改造后的服务站，环境优雅、舒适整洁、设施齐全，分为诊疗区和休息区等多个功能区域；团队以打造品质中医为己任，致力提供优质服务，同时服务站正式更名崇圣堂中彝医馆。至此，王兴潮顺利完成了二次创业的伟大壮举！

近年来，在王兴潮带领下，医馆团队经过不断努力，得到稳步发展，很多诊疗技术取得了重大突破，赢得大众的广泛认可。

文化是组织的灵魂，王兴潮受到母校文化的浸润，非常重视文化建设。在走向成功的今天，文化引领已经上升为崇圣堂中彝医馆的重大举措。

崇圣堂中彝医馆文化体系如下：

价值理念：用爱心说实话，用专业赢尊敬，

用亲情育人才，用真诚化世心！

经营理念：无我利他！

质量理念：严格把关每一道诊疗服务环节！

服务理念：就诊便捷，舒心就医，安心用药

有一个地方叫崇圣堂中彝医馆；有一种愿望叫药到病除；有一种梦想叫惠泽苍生；有一种信念叫尊圣崇德！

金义

药房里开出的心花

基本情况

金义，1962 年出生，浙江义乌人，中共党员，主治中医师

教育经历

师从北京中医药大学附属东直门医院徐荣谦教授，国医大师、针灸泰斗贺普仁教授之子贺喜教授，海派儿科推拿金义成教授

擅长领域

中药贴敷，针灸，中医儿科、妇科等

个人荣誉

海派儿科推拿第二代传承人，臣字门第七代弟子，贺氏针灸第三代学术传承人；海派儿科推拿分会副会长，中华中医儿科肺炎联盟理事，中国中医药促进会综合儿科分会理事，中华中医药促进会小儿推拿分会理事；担任《儿童体质学》《中国推拿大全》编委，2016 年 6 月获评“首届全国百位最美基层好医生”

六十岁，在我国被称为“花甲之年”。古人以天干地支记录年份，十个天干，十二个地支，两者排列组合，每过六十年，便完成一个轮回，所以有“六十甲子一轮回”的说法。

在各行各业中，都有很多人，没到或刚到“花甲之年”，就选择了离退休，过上了儿孙绕膝的生活。还有一些人，他们因为有一技之长，被原单位返聘，在原来岗位上发挥余热；也有的选择了再就业，开始了人生的第二个春天。不过，到了花甲之年，大多数人即使选择继续工作，也不愿担任重要职务，只是做些辅助别人的小事。

金义今年六十岁，和其他人不同，她没有停下来，依然在努力地工作着，快乐地工作着，而且始终活跃在医疗战线的最前沿。她用一颗爱心，一腔热血，浇灌出一朵永不凋谢的心花。

一粒种子，一颗希望，感受了好风的情，懂得了好雨的爱，无论飘到哪里，都能生根发芽，绽放出生命的娇艳。

讲述金义的故事，需要从 1978 年开始。

秋天的一个早晨，金义起床后，发现妈妈早已把早餐摆在餐桌上了。妈妈一边催她用餐，一面替她收拾东西：衣服、被褥、洗漱用具，还有随身带的零钱，都整齐地放在房间一角，静静地等待着主人的到来。

今天，是她参加工作的日子。这是她第一份工作，今天是她第一天上班，多年求学的日子终于结束了，她多少有些激动——这个日子值得纪念！

为了争取这个工作名额，父母没少花费心思。本来只有一个名额，还是给一位医生叔叔留的，赶上那位叔叔身体不好，不愿意去条件差的乡下。另外，卫生局长有个女儿，局长希望女儿能去，却也因为身体原因，没有办法去偏远地方。这样，看似很难拿到的名额，到了金义的手里。这对于身为普通医生的父母来说，原本是一件不容易办到的事情。

金义上班的单位，是个乡镇卫生院，名叫福田卫生院。所在的村子不算大，距离义乌县城约有好几公里，不过金义眼中，这个距离并不算近，毕竟金义从未出过远门。

这天，母女两人乘坐公共汽车，沿着公路摇摇晃晃一路前行。远处，群山起伏连绵，山中草木葱茏，植被茂密。

“松下问童子，言师采药去，只在此山中，云深不知处。”上学时背过这首诗，只是没感觉，今天才深刻感受到“纸上得来终觉浅”的道理。

“或许，爷爷采药就到过这座山里吧。”遥望着一座座山峦，她这样想。

义乌是多山之地。1949年以前，国家积贫积弱，百姓民不聊生。学一门技能，养一家老小，是多数人的梦想。爷爷就是带着这个想法从医的。爷爷去世早，没给金义留下太多印象，只是经常听爸爸说，爷爷心地善良，为人处世大方，他在家开了个药铺，给穷人看病经常不要钱，这一点对爸爸影响很大。因为买不到药材，爷爷经常进山采药，采回来的药晾干后切成段，需要的时候再拿出来用。

因为人好医术高，爷爷远近有名，来求医问药的人络绎不绝，后来家里也做些小生意，生活条件也改善了不少。

我国古代文化，文史哲巫医不分家，学医过程中，爷爷读《伤寒杂病论》之类的医书，也读四书五经等儒家经典，算是半个读书人。爸爸能读书参军，跳出义乌这个小圈子，见识更广阔的外部世界，也与爷爷重视文化教育有关。

那天是一个老爷爷接待她们娘儿俩的。金义猜测，这可能就是院里的宗老师。一问，果然是他。

卫生院很穷，只有两排平房。拿出几间做了诊室。另外那些是宿舍和杂物间。金义去的时候，卫生院只有三个大夫，一个中医，一个西医，一个专攻妇科。没有食堂，要自己生火做饭，菜是从家里带来的，在这里热一热，大家就坐在一起吃。有宿舍，都是平房，老旧的木门窗，灰砖铺的地面，四面不严实，还透风，宿舍里有张木床，这就是金义住的地方。

来这家卫生院，金义是冲着老中医宗大夫来的。老中医年近60岁，听人说，他医术很高，很多人都想跟他学，无奈名额有限。金义喜欢中医，宁可来乡下工作，也要跟他学，这可能是遗传了父亲的韧性。

金义那年才16岁，正是花季少女，这是她第一次离开父母。妈妈走时，她故作坚强，没有落泪。但就在第一天晚上，就有一阵孤独感向她袭来，她哭了。

老师过来问她为什么哭，还安慰她：“我们是医生，医生是给人治病的，人生病后比我们难受得多，他们都不哭，我们哭什么？”

是呀。老师说的和父亲说的一样。父亲早年参军，在总参测绘部队，是一名军医，他常年在野外，一待就是几十天，翻山越岭，风餐露宿，生活没有一点儿规律。这样的条件下，还要坚决完成工作，战士们不叫苦，不喊累，每次都能顺利完成任务。那是 20 世纪 50 年代啊，国家百废待兴，经济非常困难，而现在她只是觉得有点儿孤单，又怎么克服不了呢？

想到这里，她心情逐渐平静下来。老师和蔼可亲，把自己当成他的亲闺女，诊所伙食不好，就让她到家里吃，或把饭菜做好后带过来。其他医生也把她当成自己的孩子，对她照顾得无微不至，在温暖如春的环境里，她慢慢地忘记了孤单和寂寞——这里是另一个家呀！

金义听爸爸的话，一直严格要求自己。爸爸说过："小孩子要有上进心，手脚要勤快，力气存不下来，只有本事才能存下来。"所以，别人不做的事情自己做，她扫地、打水、扫厕所、收拾诊室、为大家做饭做菜……脏活儿累活儿抢着干，切药晒药样样都会，见谁就给帮忙，什么活儿都能干好，从不知道懈怠。她人很细心，照顾人很周到，老师有肾病，不吃盐，金义烧饭就不放盐，从来没有忘记过。

诊所患者来看病，都是奔着老中医来的。老中医名气大，附近东阳、浦江的患者也都来，诊所经常挤满了人。老中医忙的时候，她就帮着照顾患者。她对患者像亲人，嘘寒问暖，关怀备至，让病人感到特别温馨，都夸这个孩子懂事。

老先生医术好、水平高，对金义也是倾囊相授，金义呢，也没让师父失望，学习很刻苦。师父给人看病，她就在旁边观看，师父说什么，她就记下来。师父经常布置作业，过几天就给她一本书，让她背下书中的内容，她都能按时背好，不敢有丝毫懈怠。为了加深记忆，她经常把书中内容抄下来，平时带在身上，有时间就掏出来背，像小学生背课文一样。

师父嫌金义字不好看，便教她练书法，他把中药名写在纸上，让金义当字帖练。《黄帝内经》《汤头歌》，各种中药名，都是用这种方式背熟的。这种"强迫式"的教育方法，一直被现代教育所诟病，然而金义却对此毫无怨言，始终对老师爱戴有加，感激颇深。

那是 20 世纪 80 年代初，她光荣地加入了中国共产党。

树木的每一圈年轮，如同人生的每一次选择，无论职业状态如何变换，方向只有一个——向上，再向上！

1999 年，金义开了属于自己的诊所。

做出这一选择，起因是父亲的离世。

这一年，父亲生病住进了医院。父亲得的是癌症，住院那些天，金义就有了一种压迫感——尽量多抽时间陪陪父亲，最后送父亲一程。

照顾父亲期间，她注意到同病房很多病人都很“不差钱”。义乌这个地方，经济发达，很多来看病的人，家里都很有钱，生病后不怕花钱，请最好的医生，用最好的药，什么营养品好就吃什么。她也想给自己的父亲这样的条件，可是，自己工作多年，并没存下来多少钱，没办法实现这个愿望。她心如刀割一般，感到愧对父亲的养育之恩。

父亲才 69 岁啊，不该这样离开自己的家人！因为受到爷爷的影响，父亲也选择了从医之路，他与爷爷一样，都有一颗善良的心。常年野外作业，他学会了蛇伤的抢救方法。因为这种情况比较紧急，遇到蛇伤后很多医院都处理不了，只能到部队求助。每当接到求助消息，父亲就二话不说马上赶到，救过无数蛇伤患者。父亲给邻居们看病，经常是不收钱的，那时家里条件比邻居们好一些，有能力帮助这些人，有时父亲也上山采草药，回来后分发给别人，邻居们都很感激他。

可是，这样一个人居然要走了。而自己，虽然是一名医生，却也只能眼睁睁看着亲人离开而无能为力。如果说，癌症是顽症，医学上目前还治愈不了，也就算了。问题是，让他多延长一段生命，尽量减轻一些病痛，多享受一些生活的美好，也许本可以实现，但因为自己没钱而做不到，这对于癌症患者的家人来说，是多么难受啊！

为了父亲，也为了更多像父亲这样的人，她走上了一条创业路。为了创业，她先后在北京中医药大学、江西赣南医学院进修；参加成人高考，修完了本科课程；考取了主治医师资格……一点点积累着自己的创业资本。

20 世纪末，谈“创业”这个词，总带着一种浪漫情怀，只有亲历者才知道其中的滋味。金义深爱中医，这源于家庭环境的熏陶。但自己的诊所开办初期，以西医为主，这是不得已的办法。因为那时社会上对中医存有错误认知，认为学中医需要时间，只有花白胡子老头才有资格看病。金义对这一点有深刻认识，人们到卫生院看病，都是冲着老中医来的，哪怕老中医忙得顾不上吃饭，哪怕金义那边没人排队，人们也愿意排队等老中医看。如果自己开一家中医诊所，像她这样不到40岁的医生，是没人来找她看病的。提到这事，金义总感到有点儿沮丧："一个小小的中医梦，居然也这么难以实现！"

有一段时间，各地诊所流行输液，过量使用抗生素，这给儿童健康带来不少隐患。但输液效果立竿见影，家长缺乏基本的健康知识，看到孩子病情立刻好转，就觉得医生水平高，药到病除。特别是有一些病情严重的孩子，家长一进诊所就要求输液。

"这是多么可怕的事情啊！"金义心想。

这再次激发了她的中医情怀，连续几天，她都无法入眠，辗转反侧，思绪万千。医生的使命是治病救人，如果为了挣钱欺瞒病人，这与职业精神是背道而驰的！中医是辨证施治，副作用很小。这不就是现在人们说的绿色疗法吗？

也是机缘巧合，正在这时，她听说了一个消息：山西亚宝药业面向全国推广贴敷疗法。这种疗法使用方便，将药物放在贴布上，贴到人体对应的部位，对多种疾病都有很好的疗效。更打动金义的，是它几乎没有副作用。

还有，从经营角度看，论开方子，自己不如老中医；论综合实力，自己不如大医院。贴敷是多年沉淀发明出来中医疗法，一些老中医因为年龄问题不愿接受新事物，大医院因为体制问题难以引进，但这正是适合自己诊所的好项目。

金义做事雷厉风行，决定了事情就立即行动。那年夏天，天气炎热，参加培训的浙江人，约好在杭州集合，乘坐大巴车，浩浩荡荡出发了。

经过学习，她发现贴敷真是好东西：内病外治，疗效出奇地好。

面对病人金义不厌其烦地解释：贴敷是几千年前老祖宗发明的，输液输的都是抗生素，对孩子危害很大，贴敷用的是纯中药，体外给药，让孩子们远离抗生素，增强免疫功能，对孩子没有伤害。

金义真诚的态度，无疑在告诉病人：我都是为了你们好。时间长了，患者也看到了效果，慢慢地相信了。从他们的眼神里，金义发现，怀疑变成了信任，无动于衷变成了万分感激！

这事让金义明白：世上最难的事情，是把自己的思想装进别人的脑袋。不说别人，就是自己最要好的朋友都这样。他家孩子生病了，咳嗽不止，呼吸像拉风箱，呼噜呼噜的，在医院输液，十天不见好转。金义劝他：“我刚学习贴敷疗法回来，效果很好，不用打盐水，更不用激素。”朋友也是半信半疑：“这是真的吗？”眼睛紧紧盯着金义。

贴敷让她深刻感受到了绿色疗法的好处，也明白了中医还有很多种疗法，使用起来都简单方便，患者也不受罪，尤其适合儿童。

技术高超，待人和善，这些因素综合起来，让小小的诊所变得出名起来。后来，《中国医药报》记者来采访，向医生和患者推荐贴敷疗法，还介绍了金大夫的医术医德。文章发表后，诊所更加出名了。

诊所经营良好，并没有让她忘记初心，相反，当年只是希望父亲能享受晚年的想法，如今推及每个病人的身上。这是一次次治病的经历带给她的转变。她清楚地记得这些病例。

一个孩子，刚出生几个月，浑身长满了湿疹，满头满脸都是，眉毛里也长满了湿疹，像头皮屑一样一层一层的，家长着急呀：“孩子真可怜，医生你一定要帮我们治好孩子的病！”金义就用最安全的疗法，推拿、中药、药膏……几天后湿疹消失了，家长满是感激。

安徽一个小孩，六岁，刚上学，常年便秘，奶奶带孩子来时已经一周没大便了。孩子哭，冲着奶奶喊：“奶奶，你把大便处给我堵上吧，我不想大便。”奶奶也悄悄抹泪，这孩子父母忙着事业，孩子从小就待在奶奶身边。中国人的文化是“隔辈亲”，奶奶格外溺爱孩子，看着孩子这样难受，自己心里能不难受？金义给孩子先贴药，再做推拿，嘱咐家长按时吃药，每天给孩子揉肚子，一个月后便秘全好了，当主播的妈妈特意开车一小时过来感谢金义：“为这孩子我快崩溃了，本来决定辞掉工作照顾孩子的。没想到这么快就好了！”

这样的案例还有很多很多，病人家属为了表达感激之情，路过这里的时候，经常给她带来好多东西：水果、营养品，土特产……

现在，每天慕名前来的患者在门前排起了长队，她每天都要接诊 100 多个病人。有的人想方设法通过关系挂号，也有病患者为排队而争吵。金义也着急，可人不能分身，看病也不能敷衍，诊所也只有十来个医务人员，还有接待、配药、治疗等工作，根本忙不过来。

名声大了，医院收入增加了，金义反而觉得责任更大更重了。开诊所的初衷是想改善生病的父亲的生活水平，但后来她发现，只要用心服务患者，最终改变的却是自己，也为患者带来福音。

在金义诊所的走廊里、墙壁上，悬挂着很多孩子的照片，孩子们满脸笑容，精神焕发，与当初来看病时判若两人。金义每次在照片前走过，心里都无比欣慰——为病人，特别是孩子解除痛苦，才是医务工作者最伟大、最崇高的使命。

一棵树苗，虽然羸弱，但能广泛吸收土壤中的营养，接纳四面八方的来风，才能长成头连白云、脚踏大地的参天大树。

有句话叫“艺无止境”。即，任何一门学科，探索起来都是没有止境的，医学更是如此。金义从事基层临床工作 40 余年，但这并不意味着，自己的医术可以封神了。

恰恰相反，这些年，接触了更多患者，也为他们解除了病痛，她眼界越来越开阔，技能越来越娴熟，却越来越觉得自己需要继续学习深造。

对此种心态，有人做过解释：人的知识如同一个圆圈，圆圈内是自己已掌握的知识，圆圈外是自己不知道的知识，知识越多，圆圈越大，不知道的知识就越多。

学习是终生要做的事情！金义体会到这一点。

然而，学习之路并非一帆风顺。已经几十岁的人了，还有诊所需要有人照看，如果出去学习，肯定影响诊所经营，时间损失也不能不计算，这需要自己下定决心的。

金义明白这个道理，一旦停止了学习，就等于停止了前行，一个医生的职业生命就宣布终止了。所以她不管多忙多累，也决不会停下来。

2016 年，金义去北京跟贺喜大师学针灸，贺大师的针灸技术已经出神入化了，让人学了还想再学，前后几期，金义都学了下来。从义乌到北京，她每次都是晚上六点半到北京，在附近找个宾馆住下，第二天早晨四点半起来跟诊，没有一点儿休息时间，为了尽快掌握针灸技术，每个人都很努力。

金义遇到的困难，还不止这些呢。

按一般人思路，只要想学习，能够支付得起学费，其他都不会有问题。其实不然，金义还真的遇到了拜师难的问题。

2017 年，金义去上海拜师，她要拜的是海派儿科推拿创始人金义成教授。金义一开口，教授就回绝了："我只招收科班出身的学生。"言外之意，你这样的是不够格的。一时间气氛十分尴尬。金义心想：这教授有偏见，我得想象办法说服他。金义从小就聪明伶俐，人见人爱，说话办事都利索，这点儿小事哪能办不到呢。

她采用迂回策略："您看咱俩多有缘份，你叫金义成，我叫金义，重了两个字，不是有缘分又是什么？"她看教授有些动摇，就一鼓作气继续进攻："师父，您收我为我弟子吧，我肯定不会给您丢脸的。您看……"一番软磨硬泡，师父居然被逗笑了。

从金义开始，师父破了自己定的"戒条"，面向社会，广收门徒，不再强调"科班出身"了！

这些年，只要听说哪里有相关学术活动，她就一定要去参加，有人来看病，只要她不在，就会明白：金大夫又出去学习了！

从开诊所那天起，只要听说有好的培训班，或者有知名医生收徒，她都会去争取。

北京东直门医院儿科名医徐荣谦教授是第六代"臣字门"弟子。臣字门弟子前面几代都是单传，到了徐荣谦教授这里，形成一个完整的门派。金义听说徐教授收徒的消息后立即动身，前去拜师，并有幸成为臣字门第七代的弟子，被授医名"金世臣"。每年，臣字门 100 多个弟子都会举办交流活动。这是金义收获比较大的一次进修学习。

这些年，为了学习，她去过很多地方：广州、深圳、郑州、南京、北京、武汉、长沙……足迹遍及全国各地。她学到的，除了高超的医术外，还有博大开阔的胸襟。特别是一些老教授，他们思想不保守，教授学生时从不藏着掖着。在医术提高的同时，金义觉得，自己的品德、情操、人格、精神、风骨和灵魂，都获得了进步和升华。

如今，人们生活条件好了，很多家长溺爱孩子，因为饮食不节、坐姿不正、趴着看书、运动量小等原因，儿童和青少年疾病越来越多，高低肩、长短腿、脊椎侧弯、抽动症频发，严重影响了身体发育，这让她忽然萌发了一个念头：专门研究这个群体的疾病，帮助家长解除对孩子的担忧。

通过熟人介绍，金义认识了长沙一位名医，是20世纪70年代留英的学者，对儿童和青少年生长发育研究颇深，结合药物和针灸，调脾胃，助生长。学成归来，金义用自己掌握的知识，用绿色疗法为孩子们调理身体。很多忧心忡忡的家长，看到孩子长高了、健壮了，脸上都露出了久违的笑容。

2017年6月，人民网、《中国医药报》和《健康时报》三家新闻平台联合发起了“最美基层医生”评选活动，金义凭借高超的医术、高尚的职业道德，以及强烈的社会责任感，经过一轮轮投票以及评委的一致肯定，她从众多竞争者中脱颖而出，获得首届“最美基层好医生”的光荣称号。

看着桌上一张张荣誉证书、墙上一张张孩子的笑脸，金义的思绪又回到过去，回到儿时，在中心医院的大院里，一群“医二代”——医院医生的孩子在尽情玩耍，那一幕幕充满欢快的场景，时时出现在自己眼前……

有一次，一个孩子打开一个药斗子，一群孩子好奇地往里看，里面是川芎、黄芪和党参；再打开一个药斗子，里面是川贝母、黄连和甘草：再打开一个……呀！一个斗子和一个斗子里的药材都不一样。这么多药斗子，这么多药材，数都数不过来呀！

又有一次，医生开出药方后，孩子们争先恐后抢过来，递进去，盖章后又拿出来，再跑到诊室给病人……一张单子就这么传来传去，传递着孩子的童年的快乐。

当医生的叔叔阿姨经常拿出一片药材对孩子们说：“来，猜猜这是什么药？”一个孩子抢着回答：“仙鹤草！”他答对了，赢得了一粒枸杞。枸杞放在嘴里，像葡萄干一样甜。甜在孩子们的心中。

金义就是其中一个孩子，那个其乐融融的环境，催生了她的一个美好梦想：当一个医生，为病人治病！如今，梦想的种子已经生根发芽，在金义心中开出了娇艳的花朵。

您的健康
我的心愿

丁贤欣

基本情况

丁贤欣，1986 年出生，重庆江津人，中医执业医师。执业中药师

教育经历

毕业于长沙医学院，先后跟随重庆市新桥医院吴士明教授、成都金针刀创始人金泽明教授、中国中医药研究促进会中西医结合敏化针疗法创始人高月教授等名师学习深造；拜国医大师范氏指刀创始人范智山为师

擅长领域

颈肩腰腿痛，各种关节腔积液，痛风性关节炎，带状疱疹后遗神经痛，会阴痛，漏尿，男科，男女性功能减退，面肌痉挛，面瘫，偏瘫后遗症，下肢静脉曲张等疑难杂症

个人荣誉

北京华夏医道“优秀华医奖”

中国中医药研究促进会中西医结合敏化针疗法分会理事

中华中医药学会中医馆共同体学会委员

重庆地处中国西南，属于亚热带季风气候，常年温暖湿润，周边有山脉环绕，山中多有飞流瀑布，草木茂盛。当地植物具备多样性，很多植物都有药用价值，其中还不乏一些名贵的中药材，是古代民间中医采药的好去处。丁贤欣医生就出生在这样一个山林俊秀的地方，父亲是民间中医，很多乡邻常常从几公里以外的地方走路到贤欣家看病。贤欣从小耳濡目染，父亲为乡邻们看病的种种情景多年后仍历历在目。遇到经济有困难的病人，父亲还会减免费用，父亲因仁爱和善举受到了许多人的爱戴，他们为了表达自己的感激之情常常送来自家种的菜，还有鸡蛋以及各种家禽。为了降低治疗成本、增强治疗效果，家里治病用的中药，很大一部分都是父亲带着家人一起上山亲自采的，回家后还会细心地分拣、洗净、切断、晾干、收藏。

和父亲一起上山采药是贤欣小时候最欢乐的时光之一，父亲会跟他讲关于采药的种种知识，比如时间和季节选择的重要性："月五日亦五，那堪时正午。采药药最灵，问疾疾即愈。"这是宋代四川一位高僧写的一首采药诗。意思是，每年五月初五正中午，正是采药的好时节，这个时间采摘的药材，药性最大，用来治病效果是最好的。

诗中描写的采药的意境、季节的选择等，与丁贤欣少年采药的感受和认知是一致的。

"古代上山采药，是一件神圣的事，为了不惊动山神、药神，要沐浴更衣，还要在山脚下祭拜神灵，不然可能空手而归，甚至摔下悬崖，命丧山林。"这让贤欣从小就对自然、天地万物、生命有着敬畏。

阳光灿烂的日子，父子两人就背着工具上山采药了。采药讲究节气，什么季节采什么药，要根据药效确定，不是什么时候都能采。比如柴胡要在春秋两季采，青蒿在生长茂盛期和花开之前采，通常是种植当年 10 月到 11 月，茎叶开始变为枯褐色的时候。

"还有，药材的部位不同，加工方式和炮制过程不同，药效也有不同，甚至差别很大。"父亲的讲解，为他打开了一个崭新的中药世界的大门。

在他稍大一些的时候，父亲开始教他一些简单的针灸，父亲的针法很简单，有的病只扎几针，效果却出奇地好。他喜欢针灸和中药并用："很多人家里不富裕，生病再花一大笔钱，那日子就没法过了，用针灸和中药治疗，能给病人省下很多钱。"从这句话里，贤欣明白了：医生的责任不仅是治病，还要给予人文关怀。病人需要医生，更需要一个有温度的医生。

童年时见到的父亲为乡邻们治病的种种情景，都深深地烙印在了贤欣小小的心里。父亲是善良的、仁爱的，受人尊敬的。上山采药的过程中父亲常常说的一句话是："人要顺应自然，顺应天地。"这一朴素的理念以及父亲的言传身教都给了他最初的中医启蒙，让他对中医药产生了浓厚的兴趣。

还有一件事情对贤欣产生了深远的影响。有一年冬天，有个远房亲戚去山上的田里干活儿，在路上走着就突然摔倒了，一直昏迷不醒，经过一番抢救，人是醒了过来，但再也站不起来了。为了方便后续康复治疗，那位亲戚被抬到了贤欣家。虽然经过两三个月的精心调治，恢复依然不太理想。后来亲戚就被抬回家里去。每隔一段时间家里人就要到贤欣家拿中药，也会讲述病人的情况；卧床的日子比生病还难受，那是一种看不到尽头的煎熬。试想一下，一个人无法站立行走，无法坐起，无法翻身，无法自行进食，甚至连大小便都不能离开人，这对于普通家庭来说，无疑是沉重的负担，甚至可以说是一场灾难。

这些见闻常常让贤欣陷入沉思，怎么好端端的人，就成了这个样子呢！病人毫无生活质量可言，更别说尊严了！难道就没有更好的医疗技术？

贤欣后来学医，立志把疼痛和偏瘫作为研究方向，与亲戚的这段经历带给他的冲击以及关于生命与健康的思考密不可分。

2008 年，贤欣从长沙医学院毕业，开始走向社会，成为一家诊所的医生。诊所有位医生，成了他进入临床实践的启蒙老师，这位老师很厉害，中西医都懂。老师的父亲是军人，是卫生连的连长，他从小受父亲影响，身上有一股军人气质：声音洪亮，做事果断，雷厉风行，对人还特好。在老师的熏陶下，贤欣也养成了一个习惯：患者一进诊所，他就迎上去，端茶倒水，嘘寒问暖，让患者感受到有家一般的温暖。

"医生多一分关爱，病人就少一分痛苦。"老师经常对他说这句话。开办自己的诊所后，贤欣坚持一个原则：对困难群体，能不收费就不收费，能少收费就不多收费。特别是保洁和环卫工人，普遍年龄偏大，收入低，大都有慢性病，能扎针就扎针，不能扎针才开药，好多药都是免费送的——医生第一责任是治病救人，第二才是维持家用。

贤欣从医过程中，接触到好几位老师，这几位老师对针灸都有很高的造诣。其中带给他影响最深远的是高月老师。

高月老师的医学贡献是发明了神经敏化针疗法。他提出整个神经系统的传导路径，根据临床症状和运动功能，来判定神经系统的哪个部位出现敏化，让该部位去接近神经而不是刺激神经，通过损伤电流和脉冲震动，达到恢复神经的能动性的作用，让已经敏化的神经脱敏，恢复正常状态和功能。

那时贤欣还年轻，学习神经敏化针回来，自己虽然很自信，但患者不接受，更喜欢年纪大的医生，这让他感到既无奈又失落，

一天，诊所进来一个男患者，面部肌肉瘫痪、口角歪斜、曾在沙坪坝区某医院诊断为面瘫，在该院治疗两个月，效果不太理想。贤欣接诊时，发现他犹犹豫豫，吞吞吐吐，不大愿意配合。这样的患者贤欣见多了，知道他是不相信自己，就反复介绍神经敏化针："人生病就是神经敏化了，神经和肌肉接收的脉冲流减少……这套针法已经治好了很多病人，你可以问问这些人……"

患者被打动了。扎了一两次后，面部肌肉瘫痪、口角歪斜等情况明显好转，十五次后基本痊愈。一天，有患者找贤欣，贤欣正要问他什么情况，这人笑了："丁大夫，你不认识我了吗？"贤欣一看也愣住了："怎么是你？"原来，这位患者病后没有心思打扮自己，来看病时也是邋里邋遢的，一点儿精神也没有；现在病好了，把自己打扮得非常帅气，贤欣差点儿没认出来。

"那一刻，我有一种被需要的感觉。"

从萌生给自己家人治病的念头，到能帮助到很多病人，这一步他走了十几年！

现在，他的事业发展很快，诊所每天接待 100 多名病人，自己不得不招聘更多医护人员和培养学徒，也在努力想办法开办更多诊所、为更多的患者解除痛苦。

在接诊的患者中，很多人生活并不富裕。这要求医生在治疗时把医疗费因素考虑进去。"在保证治疗效果的基础上，尽量不让患者花冤枉钱，"他经常对年轻医护人员这样说，"我们要视病人如亲人。"

"我们眼中只有病人，他们没有高低贵贱，只有病种之分。"诊所作为培训班带教基地，作为主要讲师，贤欣经常为新入职的医护人员讲解专业知识，如接诊、查体、研究病例，沟通协作等方法。每次讲解结束，他都反复强调

诊所的那些之前已重复了很多遍的理念：

对病人一视同仁，给病人更多关爱，与病人共抗风雨！

我们和病人是同一战壕里的战友，疾病才是我们共同的敌人！

我们不能一味追求利益。

爱从来不是单向的！贤欣为患者做出的贡献，也源于他人曾经的帮助。学习敏化针时，他手头一点儿钱也没有，只好四处借钱，同事、朋友知道他为人善良又有大志，都乐意帮助他。其中一位老师，一下子就拿出2万元，让他至今感激不尽。要知道，总学费加起来才3万！他的一位罗姓伙伴，不光鼓励自己，还和自己一起度过了最困难的创业初期。还有同学、朋友，家人……

2020年，贤欣收到了他从医以来的第一面锦旗，那是一对五十多岁的夫妇送来的，那位丈夫拉着丁医生的手，由衷感谢丁医生为他爱人治好了多年的腿疾，摆脱了疼痛。他说："妻子的腿治好了，我们家的生活又恢复了往日的欢愉，还着手计划出去旅游，看看祖国的大好河山。"大叔的这番话给了贤欣极大的鼓舞，激励着他在医学这条道路上不断地精进，为更多的患者带来健康。自此之后，诊所的锦旗越来越多，这些都是患者对贤欣的肯定。

但令他印象最深并深受感动的，是来自一位大姐的一束鲜花和卡片。那是2022年一个非常平凡的星期天早晨，贤欣依然像往常一样在诊所忙碌着，突然一位外卖小哥抱着一束鲜花走进来，他问："请问哪位是丁医生？"在场的医护人员以及病人都把目光投向正在工作中的丁医生，他也有些惊愕地抬头看了看外卖小哥，说："我就是！"外卖小哥把鲜花送给了丁医生后就走了。好奇心让诊所的护士们都围了过来，打趣地说："呀，丁医生，哪个美女送给你的鲜花呀！莫非是哪个暗恋你的美女？"护士的话让丁医生很不好意思，他的爱人就在旁边呢！他赶忙解释说："哪来的人送花给我嘛！更别说美女了，肯定是送错了。"这时他的爱人走过来，取出花里的一张小卡片，并大声地念出来："白衣是你的制服，微笑是你的态度，你给病人最贴心的照顾、最到位的帮助，为患者铺了一条通往健康的路。患者将视你为支柱，有人说这是你的道路，我想说这是你的付出。"后面还写着："丁老师：祝你生活愉快，事业有成！"

爱人把鲜花送到贤欣手里，诊所里顿时响起了热烈的掌声，大家都把最美好的赞扬和祝福送给丁医生。彼时的贤欣早已热泪盈眶，回想学医路上的点点滴滴，以及工作后的种种场景，在这一刻他感觉无比值得，无比幸福！

“医学之路漫漫而远兮，吾将上下求索”，这是激励贤欣不断攀登医学高峰的信念。贤欣一直致力于当好一名医生，不辱使命，为守护基层百姓的健康而尽心、尽力。您的健康，我的心愿！

双福，梦想开始的地方

罗杨

基本情况

罗杨，男，1983 年出生，重庆江津人，中共党员，执业中医师，执业中西医结合主治医师，执业中药师，执业西药师

教育经历

毕业于北京中医药大学；在北京协和医院、中日友好医院、北京中医药大学东直门医院进修学习

擅长领域

中医药脾胃科、心脑血管科、男科、儿科、皮肤科等

个人荣誉

中华中医药学会中医馆共同体委员

发表《中医药与食疗临床治疗白庇（白癜风）探究》等多篇论文

从重庆江津老家双福社区走出来，到北京中医药大学读书，罗杨已经在这里读了两年书了。

那天，他正往教室走，快到图书馆门前的小亭子时，迎面走来一个老者：“同学，你知道图书馆的张其成老师在哪个办公室吗？”他说话言语谦和，彬彬有礼。

抬头看来人，此人虽衣着朴素，但气质不凡，看年纪就知道不是学生。

“认识，他是我的老师，讲《易经》的，张老师讲课神采飞扬，分析问题透彻深入，中医药大学的师生几乎都认识他，您跟我来吧。”

罗杨带他去见张老师，不巧张老师没在办公室。已近中午，罗杨邀请他：“咱们去食堂吃饭吧，用我的饭卡。”

两人边吃边聊，从聊天中罗杨得知，这人叫孙耀祖（估计是后来改的名字），是位民间老医生，住在香山，喜欢研究中医，和很多喜欢中医的人一样，没机会拿到行医资格，有点儿类似过去人们说的“游医”。他来这里找张老师，是想请教中药炮制中遇到的问题。显然，他很敬佩张老师。

饭后告别，孙耀祖拿出一张名片：“这是我的电话，你见了张老师，说我来找过他。咱们算是有缘分，这周末你如果有时间，就到我住处找我，咱们交流一下。”

没想到，一个其貌不扬的人，却有这么浓浓的中医情怀，罗杨爽快地答应了。

周日，按照孙老师给的地址，罗杨坐了三个小时的公交车，又下车步行走了二十分钟，才来到孙老师的住所，进屋一看，被眼前的景象惊呆了！

这里有两间房子。一间塞满了书，都是中医古籍，床上、地上、纸箱子里都是。另一间房塞满了中药，都是原料药，麻黄、党参、黄芪、甘草等，散发出浓浓的药香味儿。屋里还有一些中药炮制所需的工具，一看就知道主人是个痴迷中医的人，在民间这样的人还有很多很多。

孙老师告诉罗杨，自己从小就迷恋中医，现在中医日子不好过，不是中医药不行，是中药材不行。他指着地上的中药材说：“你看这些原料药，都是道地药材，炮制过程也十分讲究，如果严格按古法炮制，药效怎么可能不好呢？”他摇摇头，叹了口气。

他讲了一个故事：有个 70 多岁的老太太，身体虚弱瘦小，体内有结石，大医院不愿接收，说手术有风险。孙老师自己配制中药药材为她治疗。药材一部分是自己采的，一部分是亲自挑选的，都是纯正药材，患者服用后几天，结石就排出来了。说着，孙老师把结石拿出来给罗杨看，大的如豌豆，小的如米粒儿。“大医院排结石有很多方法，咱们的是不是最简单、最经济？”

罗杨震惊了：中医太神奇了！完全超出了自己的想象，过去经常有人说，高手在民间，现在看来，民间的确有很多中医高手。

遇到奇人，让罗杨觉得，当初选择中医是无比正确的决定。还在双福老家的时候，他的心里就播下了一粒种子：将来学中医，像外婆和妈妈一样，为双福社区居民看病。

罗杨出生在重庆江津双福社区，起名叫罗杨，是把父姓和母姓加在了一起组成的。外婆家也在农村，那时她是村里的妇女主任，经常看到农村妇女因病得不到及时治疗而离世，心里十分难过，就一边做妇女工作，一边跟一位叫张和琴的老医生学中医，后来成了一名光荣的赤脚医生。

受外婆的影响，妈妈长大后也选择了当医生。罗杨妈妈最初是学校老师，那年村卫生室有个名额，她就抓住机会进了村卫生室，后来又进入双福镇卫生院工作，那年她 20 岁左右，这一干就是几十年，直到 2013 年，才从双福镇卫生院光荣退休。

妈妈也是中共党员，对自己要求格外严格，对患者却关怀备至。30 年前，妈妈刚从医时，就遇到一位患者，生病后吐血，吃不下东西，人瘦得不成样子。去江津区中心医院检查，医院说是胃癌，建议住院动手术。可他住院没几天就跑了出来——交不起住院费了！

后来妈妈了解到，患者妻子患有精神病，生活不能自理，家里还有两个孩子，老大生下来就有病，家人曾经想扔掉，只是孩子姑姑反对，才捡回来一条命。他本人得了病，还是不治之症，一家人可怎么过呢？

罗杨妈妈看过化验单，心如刀扎一般，如果这根顶梁柱没了，这家人就算完了。她尽量安慰患者：“我尝试一下，尽最大努力！”她想说这病能治好，借此安慰一下病人，但还是没有说出口。

妈妈用中医药方法治疗，药材有的是从山上采来的，有的是自己种出来的。治疗一段时间后，患者居然不再吐血了，再后来可以吃点儿东西。医院大夫曾说过，这病没得治，最多再活一年时间。结果是：一年下来人还活着，身体长肉了，体重稳定了，人也有了精气神了。

有了疗效，妈妈更有信心了。她密切观察患者病情变化，全部用中医药治疗，几乎没用过西药，这样慢慢地，这个患者就好了起来。这么多年来，患者妹妹逢人便说：“杨医生（罗妈妈）就是活菩萨！哥哥病好了，日子就有了盼头，后来两个孩子都读了大学，找到了工作，如今一家人幸福地生活着。”

原来医生是这么伟大呀！过去知道当医生好，没考虑过中医西医，妈妈给人治病的故事，让他决定当一名医生。自己遇到那位孙老师，更让自己坚定了当一名中医医生的信心。职业大厦就是这样一点点建起来的。

从北京中医药大学毕业后，罗杨没有留在大城市，而是回到生养自己的故乡——重庆江津双福新区。过去这地方不大，只有三四万人，如今经过扩建，高楼林立，道路笔直，成为一个 20 多万人的经济开发区。社区诊所不多，人们看病相对困难。因此，罗杨才做出这个决定。诊所里经常有老人来看病，见到罗杨就会打招呼：“你外婆还健在？”“你妈妈还给我看过病呢！”“一家三代都是医生，多好呀！”来就诊的患者，看罗杨就像看自家孩子，双福社区的居民淳朴又善良，他们一直滋养着罗杨的医生梦！

过去好多年了，人们还没忘外婆和妈妈。罗杨想，她们被人铭记，并非人们记性好，而是她俩都把病人装在心里，给予他们贴心的服务和无微不至的关怀。经常有康复的患者上门，带着一只鸡或一只鸭，几个鸡蛋或几个水果，用淳朴的方式，表达他们内心的感激。

罗杨的诊所发展很快，现在有十几名医护人员了，远比外婆和妈妈行医时的条件好多了。妈妈也不愿闲着，她每天精神饱满地来诊所，把诊所检查一个遍，甚至午餐时也不忘叮嘱大家：“那个小女孩的病查明没有？”“小李，你那套治疗方案还要再考虑一下，我感觉不完善。”“你们要注意形象，给患者留下好的印象。”这些唠叨体现了老一代医务工作者的责任心和使命感。

罗杨给诊所几个定位，这些定位与自己密切相关。就说儿科吧，有一年自己的孩子病了，原因是孩子外婆外公溺爱，导致孩子都五六岁了还让别人喂饭，不喂就不吃，每次都是外婆外公追着孩子跑，逮住了就喂饭，而且孩子特别挑食。这在中国这不是个别现象，固然有教养方式的原因，也有孩子体质方面的原因。为了自己，也为了孩子，罗杨开始研究用中药材和针灸，调理孩子的脾胃。经过几个月的研究和实践，孩子吃饭习惯改过来了，开始自己吃饭了，也不挑食了，有时晚上还叫饿。自己的孩子就是榜样，家长们互相交流，吸引来更多孩子来调理，诊所为他们分别建立档案，形成系统的中医药儿科脾胃调理方法。如今，罗杨每天都能接到家长的微信："我儿子同班的学生要过来，也是积食引起的，麻烦你给看看。""罗大夫，听人说咱们在双福的诊所能调理孩子积食，是真的吗？""孩子要升学，不能耽误，你看晚上去诊所，你能晚点儿下班吗？"

近几十年，心脑血管发病率突然增高。2021 年底，姑父突发脑梗，多亏罗杨抢救才逃过一劫。这也是诊所把心血管病当作重点治疗项目的直接原因。

姑父是特殊体质，以前血脂血糖都高，罗杨反复叮嘱姑姑："别不当回事儿，姑父如果再发病就晚了。"还开了一些药，让姑姑带回家。

第二天，姑姑把药又提了回来："你姑父说，他先去医院检查检查，真有事儿再找你。"罗杨明白，这是他们不相信自己。这样的事他经历的多了。

2022 年 5 月，妈妈告诉他一个消息："姑父脑梗复发，中风偏瘫了，住进江津区中心医院，已经在 ICU 抢救 7 天了，前后花了 10 多万，后来又去江津区中医院做康复理疗，又花了 8 万多，唉！"

姑姑很后悔，后悔没有听罗杨的话："如果你姑父来你这里治疗，你还有什么办法没有？"人都是这样，没病的时候不去预防，有病时临时抱佛脚。而心脑血管这类疾病，预防重于治疗。如果当初服用了罗杨开的药，费用也只需一两千元，更重要的是，姑父不至于坐轮椅上，再也站立不起来了。

罗杨喜欢用例子说服人：人体就像汽车，需要经常保养，经常更换机油和零配件，不保养就会出事儿，处在高速公路上就有生命危险。这话他逢人便说，也算普及一下血脑血管预防知识吧。

有梦想总是好的，先不管能不能实现。罗杨最初的医生梦诞生在重庆江津双福，未来还要开设更多的中医药连锁诊所，走出双福社区，让更多的社区居民享受到优质的医疗服务，也让那些志同道合的朋友们都有一个美好的未来！

自信人生三十年

叶小川

基本情况

叶小川，男，1971 年出生，重庆长寿人，全科主治医师

教育经历

毕业于成都中医药大学

擅长领域

多种优秀针法及祖国传统针法；内科，妇科，儿科，皮肤科等

个人荣誉

高月神经敏化疗法新思路特聘专家

中国中医药促进会中西结合敏化分会副秘书长

从小到大，叶小川是高度自信的人。

还是十几岁的孩子的时候，叶小川的一个举动，就惊动了卫生所里的很多医生。

秋季的一天，卫生所来了一个病人，病人满脸愁容，一脸病态，自述头疼得厉害，难以忍受，脸上还有一块红，自己也不记得这红斑何时有的，是因为什么原因有的。

一位医生为病人看病，断定是虫子爬过或咬过，这虫子身体有毒，需要涂上或口服药物对毒素进行消杀。重庆这个地方，夏季温度高，又潮湿，虫子肆虐，被蚊虫叮咬是常事，一般涂上点儿药水，或者口服一些药物就好了。

医生正要开药，旁边观看的叶小川说话了："这红斑不是虫子爬过，应该是带状疱疹。"这下，医生和病人都愣住了。

叶小川接着说，如果是虫子爬过或咬过，不应该这么疼，疼成这个样子，应该是带状疱疹！

后来，病人做了多项检查，果然是带状疱疹！

医生奇怪："你一个小孩子，怎么知道是带状疱疹？"

其实，叶小川做出这个判断，并非是瞎猜，而是有依据的。他更小的时候，经常读妈妈的赤脚医生教材，了解带状疱疹的基本症状，也懂得一些基本原理。依据这些知识，他从病人的分布区域和疼的程度判断，认为这绝不是蚊虫叮咬的症状。

当然，这不是他第一次给人"看病"。再往前几年，他更小的时候，就喜欢读书。由于妈妈是医生，家里的书也都是医书，最令人深刻的是一本赤脚医生教材，这本 20 世纪 70 年代的书，他不知道翻过多少遍，在那个年代，医学发展还很落后，各方面条件也远远比不上现在，但有一点令叶小川难忘的，就是那本书写得非常通俗，病例、药理都讲得非常清楚，如何治疗，如何使用手法，都讲解得非常详细，人一看就懂。几十年后，叶小川读了很多当今的医书，发现很多书其实还不如那本书对自己更有帮助。

当时，在读了妈妈的医书后，小小的叶小川就有一种冲动：我现在能不能给人看病呢？这想法有点儿大胆。但越是胆子大的孩子，越有创造精神，将来越能做出一番事业。

这不，给人看病的想法一出来，他就一直寻找这个机会，这一天，机会终于来了。

有一天，爸爸在外地生病了，没办法，妈妈只能放下赤脚医生的工作，去外地照顾爸爸。可病人不知道这事，每天还是到卫生室来看病，听说医生没在家，总是有点儿失望。叶小川看到机会，就主动表示，他也能给他们看病！

人们光是惊讶，后来一想，都是头疼脑热的小病，这孩子见得多了，会看病也是正常的，不妨让他试试。这一试不要紧，让他名声大振，当然，人们惊奇的不是他医术有多高，而是一个孩子居然会看病。

这些本事不是凭空来的，是他从医书中学来的。他读书，也喜欢动脑筋。妈妈是医生，经常给人看病，看病时还和病人讲解病情，开药方后还告诉病人用药注意事项。但有些病，他总觉得妈妈分析得不对，和自己的判断不一样。因为他也读过妈妈的书呀！

就这样，他在不断读书和思考中，学会了给人看病，当然，这是那个时代特有的现象，放到今天，一定是非法行医了。

逆反心态的孩子都放荡不羁。1992 年，小川二十出头，正是喜欢做梦、喜欢幻想的年龄，这让他经常与父亲闹别扭，这一闹，小孩子脾气就上来了——干脆不读书了。不过他没有离家出走，也没有沉湎游戏，更没有和社会上的混混们混在一起，而是选择了自己喜欢的职业——学医。

看来，这选择既有偶然因素，也是必然结果。

从小有了基础，学医速度就快多了。刚学医没几天，小川就展示出天才的一面。一名患者，左侧胸闷，经常心慌，小川断言是冠心病。当时这病并不多见，很多医生也接触不多，这刚入门的学徒怎么张口就说是冠心病？患者去医院检查，果然是。这事让他想到了别人经常说的“天才”，他心里很得意，更是充满了自信、自豪感，于是一鼓作气，把大学医学教材全都读了一个遍。

叶小川一直有个梦想——开家属于自己的诊所。开诊所需要资质，需要考试。有了之前的底子，叶小川觉得，这世界上没有什么能难得倒自己的事情。

不就是考试吗？之前参加升学考试，父母担心他考不上重点中学，他自己就极度自信：“我目标是重庆长寿中学。”父母听说后笑了：“长寿中学？那可是重点中的重点，多少‘别人家的孩子’梦寐以求的学校，你能考上？”

父母的担心并非多余。重庆长寿中学是一座历史悠久的学校，成立于1904年，有100多年的历史了，其前身是知名的凤山书院，有着鲜明的办学宗旨，1949年后，成为重庆最有名的中学之一。这孩子居然说自己有把握考上？

不过，叶小川没说大话，他真的被这所学校录取了！

一个人有了自信，便具有了能量，谁知道自信中蕴含的潜能有多大？

如今，面对执业资格考试，从内心里说，真的没什么难的。平时考试，其实没多少功利性，他尚且可以全力以赴；眼前的考试，直接与能否开诊所关系甚为密切，他怎能不好好努力！

考试结果再次证明，父母的担心真的是多余的。那一年，他取得了全区第一名的好成绩，成功取到了诊所的开办资质。

学医过程中，叶小川也非常自信，觉得自己一定能成为名医。当然，实现这个目标需要努力。只要虚心学习，没有什么实现不了的。为此，他四处请教名医，寻找道术兼备、身怀绝技的老中医。

功夫不负有心人，2017年，他听说有位中医教授，创建了一套神经敏化疗法。该理论认为，神经在形成过程中，会出现多重搭配刺激神经，把神经功能发挥出来，解除神经卡压，是激发生命活动的根本。

这位教授影响力很大，在全国有学员几千人，是知名的中国中医药大师，在中西医结合领域有独到的见解。小川听说后，于次年找到大师拜师学习。他主要学习大师的针法。其特点是扎下去就可以立即拔出来，方便快捷，有奇特效果。小川学会不久，便遇到一个88岁的老太太，患有腰椎间盘突出，因为年龄较大，医院不愿接收。叶小川便按照刚掌握的敏化疗法，为患者扎了针，一针扎下去，便产生了立竿见影的效果。这种效果是他自己也没有想到的。

学习针法过程是艰难的，更让他敬仰的是大体老师。说到大体老师，常人可能不知道，这里做个科普：大体老师其实不是“老师”，是立下遗嘱捐出自己遗体的人。捐出的遗体用来供医学研究。从大体老师身上，医学生能学到了书本上学不到的东西，尤其会对解剖学有更加深刻的认识。因为人体有多个层次，肌肉、血管、神经、五脏六腑等，不解剖尸体，很难真正掌握这些知识。在大体老师的帮助下，课程学习变得更加直观，也减少了实际操作中的很多风险。

记得第一次上解剖课，老师庄重地站在大体老师旁边，也让学员站在面前。第一次见大体老师，小川第一种感觉是害怕，接下来的感觉却是伟大。他们把身体贡献给医学事业，这不是一般人能做到的。大家第一次上课，一起向大体老师三鞠躬，表达为医学事业做出巨大奉献的前辈们。

三鞠躬后，叶小川和大家一样，眼泪情不自禁地流下来。

老师的针法，对很多疾病有很好效果。比如肩周炎，就非常适合扎针。这针法有特点：万病只一针。就是说，不管什么病，基本就需要扎一针。很多医生给病人扎针，同时扎很多针，一时效果好，但效果不持久。过分追求短期效果的做法，并不是十分明智的。

针灸对治疗糖尿病也有很好的效果。随着生活水平的提升、压力的增加，很多人暴饮暴食，生活没有规律，导致 2 型糖尿病。这种病在西医被判为不可治愈。但中医里没有“不治之症”的概念。神经敏化疗法认为，不管什么病，都与神经系统有关，激活了神经系统，就能清走疾病。这一点叶小川也是十分自信的，和他对其他任何技能一样自信。

用针法刺激经络，获得治疗效果，是叶小川研究的一个课题，他走访名师，研读经典，掌握了一套完整系统的治疗方法。他认为里面的干细胞出了问题，如果这些生病的干细胞得到恢复，胰岛细胞也能恢复正常。按照这个理论，叶大夫治疗了 20 多例患者。结合神经敏化的思路，他又为很多糖尿病人解除了痛苦。甚至有大医院的老教授，也都来这里接受治疗。曾有个退休干部，患糖尿病 18 年了，受尽了该病的折磨。听说叶大夫的疗法后，带着试试的心态来到这里。叶大夫为他扎了一针，第二天早饭前，血糖就降到了 7 左右，困扰他 18 年的血糖病，居然在很短时间就见到了确切的疗效。

不知道哪位大师说过，自信是成功的秘密武器。从选择行医，到掌握一技之长，是自信伴随着他一步一步走进医学世界，一步一步走向人生的高地。我们祝福他，一直走下去，走到天涯海角，走向地老天荒！

代代相传的使命

邢春雨

基本情况

邢春雨，男，1984 年出生，河北邯郸人，中共党员，中医医师

精于经历

毕业于华北煤炭中医药大学，后在中日友好医院、北京大学等院所学习

擅长领域

肛肠科，中医内科等

个人荣誉

荣获“先进乡医工作者”称号

中华国医经方高级研究员

世界中医药学会联合会会员

春雨出生在邯郸临漳，一个盛产故事的地方。

临漳，古称邺，地处河北南端，位于中原腹地，西望太行，东临齐鲁，素有“天下之腰膂、中原之襟喉”之誉。

临漳有许多故事，这里有铜雀台，曹冲称象、七步成诗、文姬归汉等故事均发生在这里。最著名的是西门豹治邺的故事。

两千多年前，邺地来了一位县令，名叫西门豹，他发现这里有个现象，每年洪水泛滥的季节，当地官绅与巫婆就勾结起来，他们借口为河伯娶妻，大肆搜刮百姓钱财。西门豹非常生气，于是设计把官绅、巫婆抛入河里，还救下了“河伯”的新娘，之后为了造福百姓，便大修水利，挖多条渠道，邺地重新繁荣富裕了起来。

鲁迅先生在《中国人失掉自信力了吗？》中说道：“我们从古以来，就有埋头苦干的人，有拼命硬干的人，有为民请命的人，有舍身求法的人，……这就是中国的脊梁。”

用这个标准衡量，西门豹就是中国的脊梁，其治邺之举和大禹治水及李冰父子修建都江堰一样，都是造福百姓后代、千古流芳的善举。

时代在飞速发展，个人英雄主义的年代已经过去了，但英雄精神不散，中国的“脊梁”在今天以另一种形式出现——在平凡的职业中，践行着为生民立命的伟大使命。

本文主人公邢春雨，出生在20世纪80年代，初中时期的春雨，并不是老师眼中的“好孩子”。那时少年气盛，喜欢幻想，天上飞的鸟儿、水中游的鱼儿，都能引发出他无限的联想。至于社会责任，年少的他还没有考虑过。

初中毕业，奇妙的幻想消失了，看云做梦的岁月结束了。现实逼他做出了选择：到卫生学校学习，今后当一名医生。

做出这个选择，也是有原因的。老父亲就是医生，当年背着药箱，行走在田间地头，穿行于大街小巷，谁家有病人就到谁家去，凭着自己的医术，为乡邻们消除病痛，也换来了他们的尊重和敬仰。曾有一个患者，是位老太太，家里孩子没了，自己成了孤寡老人，糖尿病、高血压、心脏病等老年人的慢性病她身上都有。春雨的父亲每次给她看病，都只收一点儿药费，为老太太减轻负担。“老吾老以及人之老”，这正是中华民族的美德呀！

“你爸给人看病，没有吃过别人家一顿饭。”

"你爸随叫随到，从来没有推脱过，不管刮风下雨！"

"你爸医术很高，却从来不张扬，没见他夸过自己。"

这是乡亲们经常对春雨说的话。

不管干什么，先得好好学习呀。春雨想当医生，可那时人还小，玩心大，沉不下心来念书。老师在课堂上讲课，他的心早飞到田野里去了；别人放学后就回家做作业，他"逃"出教室就去河边玩耍。老父亲也生气，但生气又有什么办法呢，他就是个孩子，还没到懂事的年龄呢。

春雨在学习上觉醒较晚，直到快毕业的那一年，才猛然醒悟：虽然条条大路通罗马，读大学却是最现实的一条。这个道理明白得虽然晚了点儿，但经过一番努力，他终于如愿以偿地考上了卫生学校，那个朦朦胧胧如在大雾里的梦想，在他眼前逐渐变得清晰起来，正在一步一步迎面走来。

谁想得到，读中学时经常被老师批评的春雨，却得到了大学老师的青睐。与中学时相比，他明显懂事多了。老师上课，他事先为老师把水打好；教师节等节日，都为老师献上一束鲜花，表达对老师的爱戴之情；为了学到真本事，常跟着老师去医院见习。老师也喜欢他，有事没事带着他出去，吃饭喝茶逛街。

"读卫校时，我遇见的老师都不错，他们教学认真，要求学生严格，专业水平都很高。"多年后，春雨回忆这段历史，话语中还有点儿小兴奋。

如果生活像这样按部就班往前走，春雨的人生是可以预测的：找一家医院上班，或接过父亲的诊所，为自己、为社会付出应该付出的，获得应该获得的，终其一生完成一个平淡而高尚的心愿。

但是，在成长路上，总有一些小插曲，像河床上的一块石头，立于流淌的河水中，掀起小小的激流和一朵朵浪花。

2012 年，春雨从外面回来，回家后没说什么话，脸上没有笑容，整个人无精打采的，这和平时一点儿都不一样，平时他爱说爱笑，对谁都是一副笑脸。"今天是怎么了？"父亲心里想。

在父亲的追问下，春雨道出了原委。原来几个月前，有朋友找到春雨，还给他带来个好项目，劝他投资。说起这个"好项目"，朋友唾沫星子乱飞："你看你爸开诊所多辛苦，一天到晚不得休息，风里来雨里去，也没有为你积攒下点儿什么，不如和我一起干金融。"见春雨有点儿兴趣，朋友更来劲了：

“金融是来钱最快的行业，运气好的话，一年就可能翻几番，还不用你操心，投进去就等分红好了。”

春雨半信半疑，过去听说过这行业，只知能赚钱，也不知道风险如何，看着春雨犹豫不决的样子，朋友再次施展口吐莲花的本事，说自己能得到一手信息，好多朋友投资之后都赚钱了，不要再等了。

春雨中招了！他相信了朋友许下的诺言，然而投资全部打了水漂。

春雨后悔呀，怎么糊里糊涂就跳进去了呢？春雨的投资款，是他软磨硬泡，从父亲手里拿到的，为此还瞒着父亲编造了很多谎言。如今钱没了，怎么向父亲交代？

父亲没有责怪他，他不心疼钱，他为人看病，遇到经济上困难的，只收很少的钱，甚至干脆不收钱。他只是为春雨走过的弯路感到叹息。那天，父子聊了一个晚上，父亲说过的话，春雨至今还记在耳畔：

“人人都需要钱，但挣钱要走正路，虽然干金融没偷没抢不犯法，但钱在别人手上运转，赔了就要自认倒霉，即使赚了也不是你劳动所得，没创造什么价值，我看这是一条不归路！”

春雨不安分的心平静下来了，他放弃了不切合实际的幻想，振作精神，重新站到了原点上。

那年，他从父亲手里接过诊所，内心也真正接受了这个职业。平心而论，他本就挺喜欢当医生，误入尘埃几个月后，再次审视这个职业，发现自己更是深爱着它。那年在医院实习的时候，老师就非常喜欢他，觉得他从小受父亲影响，比常人更能理解医学、理解医生，多次鼓励他：“你一定会是一个好医生的！”这话今天听起来让他感动，也让他愧疚。

父亲给人看病，是什么病都看。春雨没走父亲那条路，总是想着超越父亲，让自己的诊所独具特色，声名远播。

他先选择了肛肠作为主攻方向，在这个领域，中日友好医院的郑丽华教授是权威，她研究肛肠病几十年，形成了一套中西医结合的方法，治疗了很多肛瘘病患者。这方法春雨之前也学过，是在邯郸医院实习时学的，不过当时没认真学，效果怎么样也不知道，只是听人说郑丽华教授是权威，才意识到这技术可能不简单，一定有极高的学习价值。

2015 年，他来到中日友好医院，正式拜师向老师学“挂线疗法”。这个疗法的好处是手术简单、痛苦小、治愈率高。春雨第一次见老师的时候，见老师衣着朴素，和蔼可亲，但和蔼中蕴含着严厉。她对春雨要求很高，也很严格。几个月后，春雨基本掌握了这一疗法，直到这时才发现它具有非常神奇的效果。

后来，为了提升技能，春雨还参加了很多培训班，走访了很多名医，在学习的道路上没有停止过脚步。父亲当年交给自己的诊所，也得到了很大发展，父亲年轻的时候自己坐诊看病，春雨接手后一段时间也是一人看病。随着慕名而来的患者越来越多，一个人再也忙不过来了，如果放在十几年前，父亲还能帮上忙，可现在父亲老了，无法承担过重的工作量。于是诊所招聘了几个医护人员，团队得到了扩容，一群志同道合的人，在同一平台上为社会奉献着自己的一份力量。

2022 年，春雨走进了中国高等学府北京大学。他在这里学的不是什么疗法，而是接受优秀传统文化的洗礼。过去，春雨是个急脾气，风风火火，做事不稳重，遇事想不开，经常和人吵架，吵架后就生气。通过在北大一段时间的学习交流，他想明白了不少道理。心情逐渐平和了下来。

父亲今年 67 岁了，他有浓浓的医生情怀，虽然已帮不上什么大忙，但仍喜欢在诊所里待着，每天都待一会儿，什么事没有也要待一会儿。他也是个农民，过去一边行医，一边干农活，现在田里没活了，都让机器代替了，但他还喜欢干，种菜种地，摆弄花草，从没有闲过。有人劝他别干了，他回答：“这辈子干完了，下辈子就不干了。”说到当医生，他却回答：“干了一辈子，下辈子还干！”

为生民立命的使命，就是这样代代相传的。

让自己喜欢上中医

刘猛

基本情况

刘猛，男，1978 年出生，天津人，中西医结合执业助理医师，中医执业医师

教育经历

毕业于河北中医药大学

擅长领域

中医贴敷，中医针灸，儿科，疑难杂症等

个人荣誉

李氏鼻炎疗法最佳医生；六元神针天津唯一传承人；全国穴位贴敷疗法最佳医生；西青区中医药适宜技术优秀医生；陕西詹医生皮肤治疗中心最佳医生；北京中医药大学中医专业技术高级研修班最佳医生；河北省传统文化促进会医德文化传承委员会理事

那是一个平平无奇的下午，一条链接被发送到刘猛的手机上，是刘猛在石家庄的一个朋友发来的，内容是一个如何经营诊所的讲座。刘猛参加过不少培训班，大多是讲治疗方法的，见这个讲座并非医学专业的，便没有特别在意。那时的他还不知道，这么一个差点被他忽视的视频讲座会对未来的他产生多大的影响。

那天晚上，结束了一整天繁忙的工作，刘猛慵懒地躺在家里的沙发上刷着手机，忽然想起来这个视频讲座，想着没什么事情，便随意听了起来。

最初，刘猛觉得，经营诊所与经营公司不同。致力于提升自己的技术、努力钻研专业知识、治好患者的病就是经营好一家诊所的关键。对于这样一个讲述如何经营诊所的视频，他只觉得是一个毫无营养的营销视频。可是，当他认真听起来才发现，视频内容与他所想大有不同，十分钟过后，他就入迷了——讲得太好了，经营诊所中遇到的问题，在这里得到了明确的答案，多年郁结在心里的疙瘩，一下子解开了。

那是刘猛第一次接触诊所经营和管理的课程。这个讲课的老师，就是本书的作者齐铁雄先生。

几年后，说起那次课程的感受，刘猛还能滔滔不绝说个不停。

第一个收获，就是改变了思维方式。以前靠感觉经营，对经营过程遇到的问题，也曾经思考过，只是不够系统，不够完整，也不够完美，解决不了实际问题。听了这次课，刘猛兴奋不已，觉得自己茅塞顿开。课程具有引领作用，对改变医生思维帮助很大。

第二个收获，掌握了沟通方法，能够轻松处理医患关系。在门诊，经常遇到患者提问："医生，你扎针疼吗？""这病能彻底治愈吗？""如果治不好怎么办？"这些患者常问的问题，回答起来并不容易，沟通不好会影响医生形象，影响医患关系。齐老师的课程里，讲解了这些问题的应对方法。让患者感到踏实、满意，才能吸引更多患者前来就诊。

第三个收获是学会正确接待病患。经营诊所的目的，是为了争取更多患者，但并不应该什么患者来了都接，有些病，诊所不具备治疗条件，或者不适合在诊所治疗，就要及时和患者说清楚，不耽误患者的时间，让患者尽快转到其他医院就诊，不延误患者的病情，这样也能有效规避诊所经营的风险。

一次网课，刘猛收获颇丰。之后，刘猛多次参加齐老师的线下课程，获得了与老师面对面交流的机会。

坦诚地说，刘猛选择当医生，并非自己的心愿，而是为了安慰父亲，不至于让他失望。

他出生在天津，父亲是一名赤脚医生，17岁开始行医，在西青区一个小镇的红医站当医生（红医站就是卫生所）。刘猛说，父亲很辛苦，经常早出晚归，每天自己没醒的时候，父亲就出门了，晚上家人们睡了，父亲才回来。半夜经常有人敲门，这时父亲二话不说，穿上衣服就走——救人如救火，稍微耽误一会儿，病人可能就有生命危险。

多年无怨无悔的付出，换回了乡亲们的回报，村里百姓都夸他，说他人好，心地善良，逢年过节，患者或家属都带着水果糕点来看望父亲。

刘猛是喜欢享受那个“高光时刻”的。看父亲骑着自行车，背着出诊箱，走过大街小巷，别人和和气气地跟他打招呼。也看见患者把一大堆好吃的东西送到家里，并对父亲千恩万谢，那感觉就像患者也在感谢自己一样。父亲还有一样优秀品质，就是特别执着，认准的事情就要干到底。那时生产队共有8个医生，改革开放以后，人们生活富裕起来，其他医生为了挣钱，纷纷离开红医站，要么去做生意了，要么自己单干了，留在红医站的，只有父亲一人。一直到70多岁还坚守在基层医生岗位上，不是为了那份收入，那点儿收入对家里来说早已不算什么了，对百姓健康的守候，是他坚持的根本原因。

父亲后来开诊所，经营得也很好。但刘猛对诊所不感兴趣，他骨子里多少有些叛逆。小时候读书，就不算优秀。每次考试，只要考得不好，就会被父亲骂一顿，这更加重了他的逆反心理。为了应付父亲，自己后来报考了中医学院，拿了个文凭，但毕业就离开本行，去做生意了。

正值青春的刘猛，年轻气盛，一心满怀着对自己理想的抱负，想在自己热爱的领域闯出属于自己的一片天地。当时的刘猛并不知道他所热爱的、追求的并为之努力的事业，并不是他会奋斗一生的目标。当时的他可能还不知道什么叫作真正的热爱，当时的他也没有感受到人生的价值和意义。

刘猛做生意期间，父亲多次说过，希望他能接手把诊所经营下去。这些年，父亲身体不好，做了一次手术，眼看着诊所无人接手，已经年迈的父亲心急如焚，多次劝说刘猛，一次、两次、三次、四次……刘猛开始动摇了。父亲一辈子行医，对这个职业有深厚的感情，不愿诊所断送在自己手中。虽然儿女自有儿女命，父亲不能逼迫孩子做出选择，但他多次明示暗示。做儿女的，哪能不考虑父亲的感受呢？他也不想让父亲抱憾终生。

何况，与哥哥相比，自己本身是医学专业出身，虽然没有当过坐堂大夫，但也没有完全离开这个行业，他在大公司打工，也是做药物销售工作。

在他思考良久过后，坦率地和父亲交流，刘猛向父亲保证：让我再在外边奋斗几年，40岁之前，我一定把诊所接过来！

做出这个决定之前，刘猛在思想上是矛盾的，那时自己的职业发展正处于巅峰期，业绩在单位非常突出，收入也很高。这时候提出辞职，领导都不敢相信，都替他感到惋惜。最难受的是，他并没有那么喜欢医学，只是心疼父亲而已。

最后，刘猛痛定思痛。人人都喜欢干自己喜欢的工作，但哪有那么多自己喜欢的工作？最好的结果是：让自己喜欢上现在的工作。

刘猛开始经营诊所以后，爆发出超强能量。早在2000年的时候，他有过在综合医院实习以及和中医专家跟师的经历，学习中医调理脾胃的方法，而大多数技术还是跟父亲学来的，父亲擅长经方，方圆几十里都很有名，附近也有一些其他诊所，但父亲诊所患者最多。刘猛接班的时候，就考虑到自己的定位，父亲经方最厉害，自己如果再去研究经方，恐怕超越不了父亲，这样就限制了自己的发展空间，倒不如自己另开辟一条赛道，实现弯道超车。

俗话说，打江山容易守江山难，接手诊所之后，外界的舆论、自己内心的焦虑，使刘猛压力非常大。但刘猛从未想过就此退缩，而是更加刻苦地钻研专业知识，提升自己的业务能力，夜以继日不断学习。

最后，刘猛选择了针灸。他第一个正式拜师的老师是袁华。袁老师是六元神针的唯一传人，精通各派针法。六元神针属于道家针法，强调天人合一的思想。从袁老师那里，刘猛不仅学会了针法，还领略到道家文化的博大精深。

第二个老师是浮针疗法创始人符仲华老师。他在传统针灸的基础上，发明了浮针疗法，来治疗全身疾病，这种疗法起效快，安全可靠，费用低，在全国影响很大。为了掌握这门技能，刘猛学习研究浮针疗法长达7年，边学习边为人治病，技术不断得到提升，为上千名患者解除了疼痛之苦。

如今，诊所发展很快，刘猛已经掌握多门诊疗方法，早已超过了父亲经营时的规模。看着刘猛的交出的成绩单，父亲露出了欣慰的笑容。从当年担心他拒绝接班，到为安慰自己勉强答应，拥有今天良好的规模，是他怎么也想不到的。

在刘猛接手诊所的初期，父亲还忧心忡忡，担心他技术不行，担心他不懂人情世故，把病患得罪了。现在，他终于放手了，自己过着种花养草、儿孙绕膝的生活。

但父亲对刘猛的教导，却从来没有放松过。他虽然不在诊所坐堂，不管诊所的具体事务，但对孩子们的教育依然严格。

他经常教导刘猛：“医术在其次，重要的是医德。学医先修德，为人要善良，为人不善，医术再高也不可能被人尊敬。”

小时候，刘猛经常被父亲提醒，家中约法三章：第一条，远离赌博，赌的结果是家破人亡，声名扫地；第二条，不与坏人交往，与坏人交往，时间长了，或被坏人伤害，或自己会变成坏人；第三条，好好念书，做个好人。这三条教诲，刘猛一直记在心里，时时提醒自己。

父亲的叮咛，在刘猛成长过程中起到很大作用。面对很多生活困难的患者，他都尽量用针灸治疗，不收取患者费用；需要药物治疗的，也只收取成本费。曾有个进城务工者的孩子，患了白血病，孩子只有两岁，在北京做了骨髓移植，本来不富裕的家庭，又花了一大笔手术费。在刘猛的诊所调养，从门诊治疗，全都是免费的，诊所还给孩子买了玩具。在医护人员精心照顾下，孩子一天天好起来。

时光荏苒，现在的刘猛，早已不是那个一腔热血想凭借自己努力闯荡江湖的叛逆青年。现在的诊所，也早已不是当年那个在乡村里的小红医站，而已经变成了规模较大的诊疗门诊。2018 年，诊所被评为“春播行动 2018 年全国穴位贴敷疗法最佳合作单位”，2022 年刘猛入选“中国基层医生年度人物”，2023 年受邀参加医齐播教育举办的基层门诊管理论坛，并在同年受聘为河北省传统文化促进会医德文化传承委员会理事。刘猛现在所拥有的成就，是二十几岁的时候怎么也想象不到的。

茫茫宇宙，时光万年，人的诞生，可能是宇宙里极偶然的事件。从这个角度说，一个人的存在或许没有什么意义。但对于人自己来说，活着，必须为自己找到一种意义，不然就变成了行尸走肉。在刘猛看来，为别人做点儿事情，就是人生的意义。

读小学时，刘猛也帮助过同学们，为的是获得老师的表扬；读河北中医药大学期间，他在班里担任班长，为全班同学服务，是为了得到同学们的尊重；如今，当患者对他说“我的病好了”的时候，他更真切地感到了人生的价值和意义。

活成父亲的样子

陈向帅

基本情况

陈向帅，男，1985 年出生，河北邯郸人，中西医结合临床执业医师

教育经历

毕业于邢台医学高等专科学校，后在山西中医药大学、中华特技名医培训学校、中国中医科学院进修学习

擅长领域

疼痛科，耳鼻喉科，皮肤科，肿瘤科，中西医结合治疗不孕不育、下肢静脉曲张等，三氧医学康复疗法

个人荣誉

中国医师协会会员；中国抗癌协会会员；河北省中西医结合学会不孕不育专委会委员；邢台市扁鹊中医药研究促进会会员；大韩医师协会授予的“优秀名医”称号

和陈向帅约时间采访，只能约到晚上。白天他要坐堂，要出诊，自己会在哪里，自己也不知道。就像父亲常说的："医生的时间不是自己的，而是病人的！"

虽然每天忙活，每天都很累，但心里挺充实。特别是看到病人痊愈，真诚地向他感谢时，他总有一种满满的自豪感从心底涌起：当一名医生，真是太伟大了！

这感觉不是现在才有的，是小时候就被植入心里的，这感觉来自他看见父亲走街串巷给人看好病后的经历。

父亲生于农户家庭，凭借自身顽强不屈的精神刻苦学习，毕业于邯郸医专。后来响应国家建设家乡的号召，回到了养育自己的家乡。

在向帅的印象里，父亲在亲戚邻里间为人憨厚，但他在医学方面考虑问题细心认真，做事严谨周密，一点儿差错都不能出。向帅怎么也不明白，这两种性格居然能完美地融合到父亲身上，这或许就是因为父亲兼具农民和医生两种身份的缘故吧。

父亲当医生，也是时代的选择。回到家乡后，父亲有幸听从了党的召唤，这是父亲走上行医道路的开始。

父亲出诊的时候，向帅就跟在后面；父亲给人看病，向帅就打下手；患者病情减轻，不断向父亲道谢，向帅就觉得患者是在感激自己。在内心深处，他把父亲的功劳"据为己有"了！

父亲行医几年，名声逐渐大了起来。有一天，从外地来了一名患者，身患癌症，大医院已经拒收了，告诉他"回家好好养养吧"。家属着急呀，听说向帅父亲医术高，便抱着试试的心态来到这里，实在不愿眼睁睁看着亲人离去。

父亲不负众望，为病人调养了几个月，病人精神越来越好了，去医院检查，各项指标逐渐趋于正常。

那个年代，癌症就是不治之症。在向帅看来，能把人从死亡线上拉回来，这人的能耐是真的大！

这是老爸的功劳，与他关联不大。直到几年后，向帅自己当上了坐堂医生，也治好了很多病人，才算找到了属于自己的神圣感。当然，迈出这一步用了好长时间。

读大学，向帅选择了医学专业，后来又两次在山西中医药大学学习，主要学的是神经外科。实习几个月，有很多事情让他记忆深刻，老师、同学，以及医院的同事们，都给了他很大的帮助。最令人难忘的是，自己参与紧急抢救，拯救了一位患者的生命，获得了一种金钱买不到的幸福感。

患者是一个35岁的男性，承包了粉刷外墙的业务，因为要检查工程进度，爬到35米高的地方，不小心摔了下来。伤者头部、胸部、骨盆、膝关节全都骨折了，内脏还有多处破裂。

救护车开来的时候，赶上老师带着向帅在急诊室值班。车还没停稳，大家便一拥而上，把伤者抬下来。此时，绿色通道手续已经办好，各项检查有条不紊地进行着：抽血化验，上溶栓药、抗感染药，推进手术室。向帅记得，为了抢救伤者，大家忙碌了48个小时，中间没吃没喝没睡觉，心中一直默默地祈祷着："你不能死！"

伤情稳定下来，伤者没有了生命危险。

从这次事件中，向帅看到了平时难以看到的东西。

从老师身上，他看到了从容不迫、临危不乱的品质。面对复杂情况，老师自始至终都很冷静，他思维清晰，动作敏捷、精准、到位，关键时刻总不忘鼓励大家，这份淡定，不仅来自其高超的专业能力，更是强烈责任心的体现。

这次抢救也让他发现了良知的意义和价值。时间就是生命，抢救高危伤者尤其如此，因为难度极大，成功率很低，稍微懈怠一点点，病人就可能撒手而去。当然在这种情况下，即使抢救失败了，家属也不会追究医生的责任。但所有医护人员无一不尽力抢救，只因医者的责任心。向帅明白了一个道理：学习技能不难，难的是修炼良知，良知是医生的灵魂。

此外，他真切地感到：生命太脆弱了！趁着自己还年轻，趁着自己有一技之长，不如赶紧做点儿事情，做点儿有益于他人和社会的事情，这样，当我们走的时候灵魂会比来时更高尚一些。

这是一个转折点，在此之前，他虽然学的是医学，但当医生的念头如浮萍，没有扎根在内心深处，甚至曾有打退堂鼓的念头。这也不难理解。小时候，总是兴趣主导选择，学医并步入社会后，才看到医生辛劳的一面，随着更多机会的出现，特别是看到有人升职了、有人发财了，联想到自己的处境，多少会有点儿失落。

经过认真思考，向帅决定选择中西医结合作为发展方向。这是因为经过多年发展，西医已成医学主流，但西医的缺点也是明显的，流程固定，缺乏变通，且费用太高；而中医是辨证论治，相当于量身定制，而且降低了治疗成本，这对普通百姓来说，是十分重要的。

认准了目标，就激活了动力。他全身心投入事业，再也没有犹豫彷徨过。他在父亲资助下出去拜师学习，走过山东、北京、四川，也去过东北，哪里有名师绝技，哪里就有他的身影。这期间，他学习了三氧疗法，颈肩腰腿痛、皮肤病、耳鼻喉病、下肢静脉曲张、肛肠病等一个接着一个地研究，并努力把所学知识整合在一起，一种疾病寻求多种方法治疗，避免了单一治疗方案的弊端。

向帅常回忆小时候被父亲逼着背诵中医药经典的事，至于为什么背诵，自己也不知道。拜师求学时，老师赞扬父亲是一个高瞻远瞩的医者，因为像《伤寒杂病论》《黄帝内经》等古代医学经典，实用性超强，体现了天人合一思想，是中医的理论基础。当然，他也读现代西医著作，了解医学发展的最新成果，紧跟现代科技的脚步。

和同行交流，也是提升技能的重要途径，学习班上机会最多，白天培训结束，晚上聚在一起，相互交流各门各派对疾病的诊疗认知。

多年苦读，他的专业能力突飞猛进，患者的赞誉就是最有力的证明。2014 年，邢台一位退休干部，慕名来到向帅诊所。这是一位食管癌患者，已经晚期了，从车上下来时，几乎不能走路，每走几步就要休息一会儿。向帅诊断后认为，还有治疗价值。他为患者制订治疗方案，不断研究尝试。经过八个月调养，患者的脸色逐渐红润起来。一家人被这奇迹惊呆了。患者女儿找到报社，把这件事刊登出来。直到现在，患者身体状况依旧不错，偶尔还干一些家务活呢。

2021 年，向帅父亲生病。父亲行医一辈子，医好的病人无数，因为操劳过度，休息不足，最后病倒自己的诊所里。他用自己的行动，践行了终其一生的理念：为患者服务，替患者着想！

这些年，中医受到了一些不公正的看待，其中原因之一，就是药效“打折”了：不是生长年分不够，提前采摘，就是炮制过程“偷工”。为此父亲很气愤，既恨那些为既得利益故意诋毁中医的人，也恨那些损害中医形象的人。为了争口气，他炮制药材时，都亲自选择药材，一丝不苟。“炮制虽繁必不敢省人工，品味虽贵必不敢减物力”的古训，也常常从父亲嘴里说出来，一直伴随着向帅的成长。

向帅自己行医后，也有过一次惊险的抢救。那一天，他在亲戚家吃饭，忽然接到一个电话，是邻居阿姨打来的：“陈大夫，你过来一下，我……”随后电话就挂了。电话断线是正常事，若在平时他不会感到意外，但今天不同，阿姨的声音令他感到有点不对劲儿：阿姨有哮喘病，病发后没有一点儿力气，刚才断线的原因，是不是……他不敢往下想。

果然，电话又来了，声音还是那样有气无力，断断续续。

向帅火速跑出门，跳上汽车，风驰电掣般向病人家驶去。

等见到病人，他立即展开急救，只几分钟，病人呼吸正常了。一种神圣感向他涌来……

科学没有边界，学的越多，疑惑越多。在为父亲治病的时候，自己遇到了无法解释的问题：诊断没有问题，药是最好的药，但效果就是不理想；同样的方法用在别人身上，效果就非常明显，用在父亲身上就没作用。这让他常常陷入思索：

有没有一种疾病，医生能百分之百地治愈？

自己之前治好患者的病，难道都是偶然？

科技那么发达了，人类到底能不能征服疾病？

人的身体在变化，人类能找到变化规律吗？

就像面对深邃浩瀚的宇宙一样，很多问题，估计很难在有生之年找到答案，但无论如何，我们都不能停止自己的脚步，必须不断探索，继续前行。

放大爱的光辉

孙云凤

基本情况

孙云凤，女，1983 年出生，辽宁大连人，高级家庭教育讲师，高级中医康复理疗师

教育经历

毕业于辽宁中医药大学，后师从国医大师李佃贵先生

擅长领域

儿科，风湿骨病

个人荣誉

中华志愿者协会会员

世界中医药学会联合会扶阳专业委员会会员

河北省传统文化促进会医德文化传承专委会理事

孙云凤，云中的凤凰，名字中寄托着父母的希望和祝福！

但儿时的遭遇，却让这“凤凰”的愿望变得遥不可及。

她出生后身体就不好，经常闹病，三次与死亡擦肩而过。其中一次，家人觉得没救了，正准备放弃时，爷爷不同意，坚持给她治病，爷爷的锲而不舍换来了她的大难不死。

不仅自己命运多舛，家人也饱受疾病之苦。2008年，父亲身体不适，去医院检查，医生诊断为喉癌，已经是晚期了，医生面无表情地说：“不用住院治疗了，回家好好养着吧。”

医生的话意味着什么，一家人都明白。云凤收拾好东西，陪父亲回家。路上父女俩谁也不说话，也不知道该说点儿什么，快到家时，父亲看着云凤问：“你把我带回家，你会给我治病吗？”

那一刻，云凤哽咽了。父亲的话，让她无言以对，她不敢抬头看父亲。人都会生病，都会死去。而对于这样的病人来说，医生的价值，就在于人的临终关怀。父亲已经走上人生最后一段路，这时若得不到慰藉，不要说父亲，云凤自己也会终生遗憾的！谁不想多活几年，多享受人生的美好呢？那时她想：如果自己是医生，会看病，爸爸或许有救，就算无力回天，至少能心情平静地离去。

第二年农历十一月，父亲走了。

屋漏偏逢连夜雨，爸爸走了不久，二叔也因病去世，二叔得的是肾癌。在很多人的观念里，只要沾上“癌”字，都被视为不治之症。生命接二连三地受到癌症的攻击，让一家人陷入痛苦之中：老天怎么这么不公平？

经历这些变故后，孙云凤当医生的念头越来越强烈。读书时，自己没选医学专业。半路出家，一切需要从头再来，这该有多难！

她开始自修中医教材，一口气读完了中医学全部本科课程。让她感到失望的是，教材上的内容虽然很多，但大多都不是自己想要的，理论性太强，缺乏操作性，也没有实践机会，医师证书是拿到了，但还没有给人看病的信心。

她更换方法，选择拜师学习。拜师需要费用，一家人也要生活，为了生计，她开了家药店，有药店收入做支撑，自己就可以出去学习了。

中医有个扶阳派，领军人物是董学军教授。扶阳派在全国各地举办了很多辅导班，很多优秀中医都是从那里走出来的。云凤和丈夫考察之后，认为扶阳派理论扎实，适应性强，治疗手法独特，疗效也非常好，就决定去学习。

两人东拼西凑，凑足了路费和学费，然后背着一箱方便面，踏上了前往北京的火车，踏上了一条希望之路，那条路，正是改变自己命运的中医之路。

在培训班上，她不仅学到了扶阳派的治疗技术，更被老师的优秀品德所感动。老师很认真，给人看病一丝不苟，问诊检查非常详细，没有一点儿纰漏。老师对学生认真负责，他经常说的一些话，让云凤终生难忘，受益无穷：

“既然选择了这一行，就要把爱放大，造福百姓，恩泽社会！”

“医生的责任，就是让病人好起来，让病人家庭好起来，也让社会好起来！”

“医生用医术帮助患者，更要用爱心帮助更多的人！”

从师学习多年，她懂得了老师的伟大——老师的职责不仅是传道、授业和解惑，更能开启人们智慧之门，他们是开发生命意义的人，医术不过是传递大爱的载体。通过治病救人这种方式，医生把内心深处的悲悯和慈爱，源源不断地传给病人，让他们感受到人世间的温暖，树立起对现实生活的信心和勇气。

老师的话，听起来很耳熟。小时候，妈妈说的好多话，虽然和老师的话不完全一样，但话语中都充满了相同的关爱，承载着博大而深沉的爱。其实，妈妈就是一位“老师”，是云凤人生的第一位老师。云凤记得，小时候，自己家附近居住着很多外地人，他们都是租房住，在附近工厂打工，生活比较困难，不少家庭为了省钱，舍不得买新鲜蔬菜。妈妈看到这情况，总是把买回的新鲜蔬菜，如白菜、土豆、萝卜等给他们送一些。邻居们有事需要帮忙，妈妈总是一口答应，放下手头的事转身就走。邻居有时会不好意思地问妈妈是否在忙，妈妈分明很忙，却对邻居说：“没事儿，我啥事儿也没有！”免得邻居心里过意不去。今天想到这些，云凤总感到自己做得还不够。毕竟，与那时相比，自己生活条件好多了，有更大能力去帮助别人了。这一点上，自己还赶不上妈妈。

为了报答妈妈的爱，她从小读书就挺刻苦，是“别人家的孩子”，尽管性格内向，不善言辞，不喜欢围着老师转，但成绩却非常优秀。开家长会，别人家的家长都参加，接受老师的“批评和教育”，唯独她不让家长来：“我成绩优秀，不需要家长操心。”一次，妈妈听说又开家长会，便偷偷来参加，老师见到妈妈，笑着说：“放心，假如班里只有一个孩子考上大学，那一定是你们家孩子！”

人生如行路，没有一马平川的大道。那年，父母做生意亏了，整天有人上门讨债。云凤没心思读书了，便开始放任自己，课听不进去，也不写作业了，甚至连课本也从未打开过，常被老师批评。后来，老师用了各种办法：当面表扬，当面交流，也用反向激励方法。妈妈心急如焚，也配合老师做工作，孩子不能就这样“废弃”了吧！大家千言万语、万语千言地开导，她才如梦初醒，回到正常状态。试想，如果没有老师和妈妈的努力，她现在在哪里、是什么状态，恐怕谁也说不清！

睡狮醒来，会爆发出巨大能量。理解了老师和妈妈的爱，云凤的成绩重新回到巅峰状态，不仅门门功课成绩名列前茅，还代表学校参加各种比赛，捧回了很多奖状奖杯。只是，因为家中生意失败，云凤主动放弃读高中的机会，选择了一所中专学校，为了早毕业，为了挣钱供妹妹读书。

有人说，云凤走了一段弯路，但她不觉得是弯路，人生不是一条直线，有时弯路反而是最近的路。即使真的绕了路，这段路也不是白走的，每一段路都有风景，每一段经历都是财富。这财富，让人终生受用不尽。

最初孙云凤学儿科，也是因为女儿生病。女儿七八个月的时候经常发烧，去儿童医院检查，发现医院治疗的办法就是打吊瓶、做雾化。流感一来，很多孩子都会中招儿，大人抱着孩子，在医院狭窄的走廊里挤来挤去，孩子遭罪，家长遭殃，这场景让人喘不过气来。

有不让孩子遭罪的办法吗？一定有！中医发展几千年，她不相信没有对付这病的办法。听人说，有一种穴位贴敷技术，把调配好的药，贴敷在病人某个穴位，一点儿不受罪，而且没有副作用。

此后一段时间，云凤开启了双城模式，乘坐火车在大连和沈阳之间来回跑。两个月的时间里风雨无阻，坚持不懈。后来又跑山东、去北京，培训班在哪个城市举办，她就在哪个城市出现。听老师讲解，看老师治病，自己亲身体会，一个个积累案例，再整理分析，熟练掌握了贴敷技术，调理好了很多孩子，到她这里接受调理的孩子越来越多。看着孩子不再受罪，心里暖融融的，她想，当年妈妈总是帮助别人，事后收获的也是这种幸福感吧。

中医古代典籍，融合了多门学科。中医就是在中国传统文化大背景下发展起来的。学医不能不学传统文化，古人学医，先读诸子百家，再读《黄帝内经》《本草纲目》《伤寒杂病论》。2015年，为了开阔视野，云凤开始学习中国传统文化，她读了《易经》《道德经》《三字经》《论语》等经典，了解了儒道释各家学说的要旨，这些看似与医学无关的典籍，实际是比中医更高一个层面的知识，有这些知识做基础，为中医理论的掌握提供了更坚实的支撑。

古代“天人合一”的理念，体现了先人对自然界的认知。古人认为，事物之间有一种因果关系，弄清原因才能预测结果，这是中医辨证施治的基础。好多病看起来是器官问题，其实是心理问题。云凤把这一点用到调理儿童多动症、抽搐症，以及成人不孕不育症上，先找原因，再找方法，摸索出了一套行之有效的方案。

曾有个患者，因输卵管堵塞，长时间不能怀孕，做了三次试管婴儿都失败了。云凤不认为是器官原因，一定有心理方面的问题。通过谈话聊天，发现患者情绪极不稳定，心理包袱重，甚至经常处于焦虑状态，在这种情况下，别说无法怀孕，就是怀孕后胎儿发育也可能不正常。她的调理就是从患者心理开始的，先让她改变心态，把眼光放长远，世上没有过不了的坎儿，没有放不下的东西。患者后来去医院，继续做试管婴儿，终于成功怀孕了！

由于升学压力，导致了不少孩子精神高度紧张，各种不该发生在学生身上的疾病却发生了。去年，孙云凤为一个男生做调理。这个孩子休学已经一年了，去大医院好多次仍不见好转。云凤让孩子把手伸出来，从简单交流方式开始，让他逐渐接受自己，然后一点点引导。最后孩子说出了生病的原因：不喜欢老师！

其实学生不喜欢某个老师，是非常正常的事，孩子小，往往受情绪支配，一点儿小事就可能恨老师，如果这种情绪长期控制自己，就成了心理疾病。这个孩子就是这样，因为不喜欢老师，所以不敢进教室，这才请了一年长假。妈妈着急，担心孩子患了精神病。不过她不大信任云凤，原计划送孩子到精神病院呢！但孩子姥姥喜欢云凤，非常认可她的判断。两个月调理下来，孩子高高兴兴回到了学校，心中也和老师“握手言和”了。

心怀敬畏之心，是传统文化一再强调的理念，也是调理疾病的重要基础。老师当年就讲过：“你们扎针灸时，心里要想着先圣先贤，想象他们就站在你身边，静静地注视着你。缺乏敬畏之心，做事心不在焉，简单应付，你是在扎针，但没有扎针的效果！”

传统文化神奇的效果，有时是不可思议的。曾经有个女患者，常年失眠，对未来彻底失望了。她住在四楼，经常望着窗外，总想抱着孩子跳下去。后来接受调理，开始阅读传统文化经典著作，慢慢改变了思维方式和生活方式，现在能宽容地看待一些事情，性格也变得开朗起来。

西医认为，人患病原因有多种；中医则认为，人之生病，不过“气血”二字，气血通畅，则百病全无。比如各种疑难杂症，看似找不到原因，难于治疗，但深入分析，发现其能在气血上找原因，不管用针灸、经方还是心理疏导，都要围绕气血做文章，疑难杂症都只是表面现象。

每次调理好一个患者，云凤感觉自己就像一颗太阳，把万丈光芒输送给了病人，这时，云凤就想起老师当年说的话：

“我的工作就是种太阳：播下一颗太阳的种子，收获无数个小太阳。我要放大爱的光辉，播撒到人间的每个角落。”

取得患者的信任有多难

冯军

基本情况

冯军，男，1979 年出生，吉林德惠人，中共党员，中医执业医师，营养师

教育经历

毕业于长春中医药大学中医系，后在北京中医院进修学习

擅长领域

皮肤科，男科，妇科

诊疗特色

推崇五行阴阳平衡诊疗法，擅长无痛腹针技术

人生箴言

用我的爱心和医术，去医治更多患者，让更多人身体健康、皮肤光润、拥有健康可爱的宝宝

世上最难的事情是什么？

不同的人，有着不同的回答。商人说，是把别人的钱装到自己口袋里；老师说，是把知识放到学生头脑里……在冯军看来，世上最难的，就是取得患者的信任了。

冯军开诊所时，村里已经有几家了。因为刚毕业，村里人都不信任他。人们看病从他家门口过，都假装去办其他的事儿，不敢说自己去看病，担心让他没面子。

更让冯军沮丧的是，不仅村里人不信任他，连自己的亲戚也不信任他。他们嘴上不说什么，但眼神里藏着要说的话："你行吗？"

一腔热血，在年轻人身上始终得不到释放，现实就像一瓢冷水，迎面泼在他身上，这有多难受！当一个被人信任、受人尊敬的医生，这是他儿时就有的梦想呀！

很小的时候，冯军就有两个愿望：一是开飞机上天，二是穿白大褂行医。读高中时，正赶上空军到学校招飞，学校走廊里贴着五彩缤纷的图片：飞行员英姿飒爽、精神抖擞，战机整齐排列、威武壮观，蓝天上，数架战机呼啸而过……把冯军看得入了迷，非要报名当飞行员。

但，正应了人们常说的那句话：理想很丰满，现实很骨感。因为个子太矮，当飞行员的梦想就被击碎了。

剩下就是当医生了，当医生应该比当飞行员容易吧？但开了诊所后，冯军才发现，天下哪有那么多容易的事儿，诊所经营困难重重，最大问题就是没患者。

冯军等待着，煎熬着。

终于，机会来了。夏天的一个傍晚，冯军本家一位大伯，突然感到肚子疼，疼得直冒汗。冯军赶紧赶过去，根据自己的判断，大伯得的应该是阑尾炎。听到他的诊断结果，大伯家人都不说话。原来，他们觉得冯军刚毕业，看病经验不足，不相信他的诊断结果，人命关天，误诊了怎么办？

犹豫之后，家人还是找了另一个医生。果然，诊断结果与冯军完全不同："只是普通胃病而已，吃点儿药、输点儿液就没事了。"家人总算松了一口气，认为可能是冯军没把握，又怕耽误治疗，故意把普通胃病说成阑尾炎。

开药、输液，嘱咐了几句，医生就离开了。谁知道，输液第二天，大伯的病忽然严重了：疼得更厉害，喊得更惨烈，汗水把衣服都浸透了……家人把他送到县医院，县医院诊断为穿孔性阑尾炎；因为太危险，县医院也不敢收治，再次转移到大医院，一番紧急抢救后，才转危为安。

此事后，人们开始对冯军另眼相看，找他看病的人越来越多了。人们从最初的“不信任”，到后来的“很信任”，是多么艰难的一步啊。

七年后，冯军把诊所从农村搬到了城里。有趣的是，之前在农村的遭遇，又在城里演绎了一遍，而且故事更曲折，更富有传奇色彩。

初来大城市，一切都要从头开始。他租下一个店面，简单装修后，门诊就开业了。但没几天，就有人来检查，理由找了一大堆：设备不完善，消毒不达标，卫生不合格……诊所被责令停业。这一折腾，好几个月时间就过去了。

换了一个地段，诊所重新开业。

诊所稳定了，患者还是没有！这是他能想到的。新来一个地方，诊所没有名气，患者哪敢过来。但冯军没想到的是，这个过渡期太长了，长到他自己都不敢相信。

有一段时间，冯军一人默默待在诊所里，一待就是半天。门前车水马龙，诊所冷冷清清，这鲜明的对比，让他心里很不是滋味。偶尔来一个患者，也是半信半疑，离开后再无音信。那种感觉，冯军一辈子都不能忘记。

家里积蓄不多了。搬到城里开诊所，就花了一大笔钱，加上房租、水电、孩子学杂费等，家底被全部掏空了。孩子馋了，要吃麻辣烫，妻子都不敢让孩子放开吃，太难了。

坚冰总有化开的时候。时间无声无息地过去了，这期间，偶有被大医院推出来的患者，抱着“有病乱投医”的心态，找到冯军。经冯军治疗后，才发现了这块“新大陆”——这疗效也太神奇了，原来不起眼的诊所里，还有这样神奇的医生！

典型的案例，是一个痔疮患者。冯军诊断为混合痔，便耐心讲解：“你是寒性体质，这种体质往往导致结节、肿瘤和增生等疾病，西医就是做手术，以后还会复发，需要再做一次，如此反复……人体好比一碗水，常温的水水面是平的，但到了零下，水结了冰，水面就不平了。中医的治疗原则，是让它回到‘常温’状态。”

患者接受了用中药调养的方案，三个月后，自己去医院检查，痔疮明显消失了。

让冯军感到遗憾的是，患者错过了最佳治疗时机，完全恢复的可能性不大了，只能尽量把手术间隔时间拉长、再拉长，不至于一两年做一次。

“这个患者就是个活广告，”冯军说，“可能是比较张扬的人吧，他见人就说，逢人便讲，身边的人都知道了。”回忆这个事，冯军总是感慨万千！

其实，自始至终，冯军对自己医术都是相当自信的，这也是取得患者信任的前提。那年，诊所被查，为了生计，他只好去别家应聘。有个诊所老板带着怀疑的目光问他：“你要多少工资？”

冯军笑了笑：“这样吧，第一个月你随便给，多少都行；第二个月你看着给，合适我就留下来！”那潜台词就是，工资太少，我就走人！

老板也义气，答应第一月给4000多元，一个月后，立刻开出了9000元工资，这在当地算是很高的工资了。

两次不被信任的经历，让冯军不禁陷入沉思：能不能有个办法，让医生和患者之间迅速建立起信任来？

其实，这问题不仅医疗行业存在，很多行业都是如此。冯军思考了很长时间，也没有得出一个满意的答案。

2019年，朋友推荐冯军去听课。课上他结识了齐老师，齐老师不是医生，但对诊所经营有很深的研究，特别是对医患关系的研究，给了冯军极大的震撼。

是呀，当今社会，人与人普遍缺乏信任。医患之间的不信任，不论对诊所还是患者，都不是一件好事情——患者得不到及时治疗，诊所也得不到发展，其结果就是“双输”。

冯军从中得到了启发：信任的建立，源于三个要素。一是提高诊疗技术，真正帮助到病人；二是以诚相待，关心患者；三是讲究方法和艺术。

这些年，冯军学了不少知识和技能，但诊所没有明确的定位，只给人以“万金油”的感觉。后期冯军开始专注有限的几个领域，争取让自己的诊所成为专科诊所。

明确定位后，他师从广安门医院鲍艳举大夫，以中医皮肤病和疑难病为主攻方向。这些年，因为水污染、大气污染、饮食习惯等问题，患皮肤病的人越来越多，虽不是致命疾病，但让人十分难受。特别是皮肤病不仅影响健康，还影响形象。如果能解除患者痛苦，不是一件很好的事吗？

可做到这一点，的确有些难。皮肤病治疗周期长、效果差，在拜师学习期间，冯军不错过一堂课，根据老师的推荐，阅读了很多医学经典，也结合西医理论，在老师指导下，收到了很好的效果，逐渐建立起自己的品牌，可以说，过硬的技术和看得见的疗效，确立了冯军诊所的地位。

真心相待，坦诚沟通，更提升了患者的信任度。有些医生为了多赚钱，诊断后就让患者买很多药，动辄开一两个月的药，甚至半年的、多半年的，加重了患者负担，疗效也差。冯军为患者开药，大都只开一周的，一周后再观察，为患者节省了费用。

冯军认为，一个好医生，当以患者为中心，处处为患者着想。多数患者都担心两个问题："这病能治好吗"和"得花多少钱"。这两个问题解决了，医患隔阂就被消除了。前者需要专业技能，后者需要职业道德。

沟通有方法，也是门艺术。沟通是人际关系的"润滑剂"，"有一说一、有二说二"的沟通方式，就算技术超群，很多病人也不能接受，更何况病人或多或少有情绪波动，此时若不讲求有效的沟通方式，是很难建立信任的。

比如打针，患者怕打针，打针前先问你："疼吗？"

你回答"疼"，患者就更怕了；回答"不疼"，也不客观。正确的回答是"有点儿疼"，意思是"的确疼，但能忍受"。既没有"撒谎"，又能让患者欣然接受。

诊所经营也需要策略。开业初期，患者不多。老师为冯军出了个主意：每天上午接诊，下午关门！

方法一提出，第一个反对的就是冯军妻子："全天有大夫坐诊，患者都不多，这下患者来了没大夫，不就得去别人家诊所了吗？"

说服不了妻子，他还要坚持："你让我试试，就算这方法不管用，我也能打工养活你！"这，几乎是哀求了。

冯军有自己的理由。来看病的是慢性病患者，他们没有急症，可接受只在上午看病。另一个理由是，患者集中在上午，人流量较大，一来在心理上吸引其他病患，令其感觉到这家诊所专业水平的确过硬，提升信任度，二来也节约了自己的时间成本。

方法奏效了，妻子也决定和冯军一起出来学习诊所经营和管理。

诊断治疗固然重要，但后续服务也不可或缺。这一点，很多医生都忽略了——患者走了就走了，能否来复诊，只能“听天由命”。

冯军为此增加了“诊后服务”。他是这样分析的：患者如果接到回访电话，一定能感受到大夫的认真，并由此感到温暖。如果病情好转，一定会继续治疗；即使暂时还没好转，也愿意接着治疗，毕竟治病需要时间，难得有这样认真负责的好大夫，愿意相信他。一个电话，拉近了彼此的距离。

现在诊所再也看不到门前冷落的景象了。患者排成了长队，冯军都忙不过来了。在忙碌的诊疗中，冯军时常会感慨：是患者的信任，让他今天有所成就，这份信任，绝不能辜负！

医路漫漫

刘丽

基本情况

刘丽，女，1980年出生，四川巴中人，中医执业医师，营养师，执业中药师

教育经历

毕业于成都中医药大学，后师从付振峰、侯桂莉、熊昌栋等知名中医

擅长领域

儿科，疑难杂症

个人荣誉

“付氏三绝针”传人

发表《老年便秘如何针灸治疗》《顽固性失眠的中医治疗方法》《腰椎间盘突出的针灸治疗经验》等多篇论文

成长之路

刘丽成长之路非常坎坷。

1980年，她出生在四川巴中一个贫穷偏僻小山村的农户家。一岁多时，因患骨髓灰质炎（即小儿麻痹症）差点儿失去生存的希望。作为村医的父亲全力救治，没日没夜多方求医问药，生命得以保住，却留下后遗症——跛脚。

好在其哥哥学习成绩优秀，影响和带领妹妹紧紧跟进。哥哥考入师范大学，妹妹从中医学校读到成都中医药大学。毕业后，身有残疾的刘丽，就业之路的艰苦可想而知。医院不予接纳，只有自己创业，又没有执业资格证，就一边找药店打工，一边寻找机会参加国家各种执业资格考试。

2003年，她考取公共营养师资格证。

2006年，她考取中医执业医师资格证。

2015年，她考取执业中药师资格证。

2016年，她考取中医主治医师资格证。

学医之路

从在药店打工到开办中医诊所，虽有了中医执业医师资格证，刘丽却不敢独立开具处方，迈不开这一步，走拜师学艺之路就显得非常迫切。于是，刘丽又走上了求学之路。

2017年，她拜侯桂莉教授为师，在侯老师的精心指导下，开启了独立中药处方的行医之路。

2018年，特聘熊昌栋教授到刘丽中医诊所指导把脉、处方，刘丽在行医之路上得以提速猛进。

2019年，她又师从付振峰教授。付教授是“付氏三绝针”的传承人，他主持的针灸讲座刘丽都尽一切努力争取不缺席。

一次付教授来到刘丽诊所指导针灸技艺，为当时正在诊所求医的一位患者操针实施治疗。这个老年患者左肺有5.5毫米的结节，需进行针灸消融术。上午10时开始扎针，扎完针后指导刘丽的大师兄走针三次，11时后收针。午后，付教授让刘丽通知该患者去医院CT复查。患者得到通知后立即与医院CT室医生联系复查，医生说：“明天上午9点钟准时来。”第二天去医院

CT 室复查后，发现左肺结节消失了！这就是付教授一次“付氏三绝针”的神奇效果，是付教授针灸治病的绝招。

药店经营实现不了梦想。报考中医专业本就是冲着当医生来的，为温饱而丢掉梦想，人的一生就不完美了。为了实现中医梦想，她利用所有业余时间，边开店边学习，让自己一步步迈进梦想的王国，这才有了后来考取的系列资质：助理医师、中医执业医师、执业中药师、中医主治医师、公共营养师。

证书名字只是个符号，在文字符号的背后，是她的时间和汗水的付出，以及支撑这种付出的精神力量。

医学这门科学的特点，是不能闭门造车，而是要走出去广泛实践。中医理论博大精深，只埋头读书而无人引导，很难成大器。外出学习、拜师学艺、同行交流便成了刘丽的生活常态。重庆、北京、上海……哪里有讲座，哪里就有她的身影。尽管行动不便，她却能风雨无阻，一项项专业能力，像涓涓细流，源源不断地汇成医学知识的大江大河，引领她向着自己的理想奔涌而去。

一次，刘丽在北京大学听课，结识了一位研究道教医学的老师。中国古代文化中，道教医学在中医针灸的传承上独树一帜，这位道医老师患有先天性疾病，个子长不高，后来拜师学习道医，自己给自己调理，个子长了十几厘米。刘丽向她学习，也是想看看道教医学的特点，解开神秘的一面，自己的能力也会得到一定提升。

那天刘丽听老师讲《伤寒杂病论》，老师列举的案例都是自己亲手治疗的，是别处治不了的疑难杂症，而且手到病除。刘丽不禁好奇地问：“我的小儿麻痹后遗症能不能调理？”

“当然能！”老师的话让她半信半疑。刘丽残疾已有 30 多年了，因为足外翻，走路一拐一拐的，像在地上画圈圈，都这么长时间了，还能有效？这让她有点儿不相信。

老师没有说大话。果然，几针扎下去后，画圈圈的症状就逐渐消失了。效果之快超过常人的想象。

这真是颠覆了刘丽对针灸的认知。她在想，中医发展几千年，尤其是针灸，已经形成了完整的治疗体系，虽然它仍在发展，派生出了各种各样的针法，但总体来讲，都没有跳出传统针灸体系。老师关于针灸的理论与实践，说明这个古老的治疗体系还有巨大的发展空间。

的确是这样，后来她多次见老师给人治病，效果都是出奇地好、出奇地快。比如她见过一位脑梗患者，找老师针灸，患者是20多年前落下的后遗症，几乎不能说话，只能看见嘴巴动，却发不出任何声音，找过好多医生，都没有效果，家属心里早就放弃了，在别人的极力推荐下，才愿意过来试试——试就试吧，估计也没有什么害处。

当时的场景让很多人感到惊讶：老师一针扎下去，病人就发出“咿咿呀呀”的声音，没几天就开口说话了，几乎恢复了正常人的语言功能。

还有自己的一位师兄，拜师之前，脖子僵直不能转动，也是病后留下的后遗症，老师也没有费多大劲儿，取出针，消消毒，在脖子和颈椎上相关几个穴位，几针扎下，一会儿工夫，脖子就可以活动了。

要知道，这都是几十年的老病，没人认为这是能治好的。

行医之路

有了外出拜师的加持，刘丽就有了独立处方的自信和勇气。2016年，她在拿到资质后，把药房直接改成诊所。琳琅满目的药品，被宽敞明亮的诊疗空间取代了。

自己可以开方了！那感觉，就像过去老乘坐别人的车子，如今开上了自己的车子一样，兴奋、激动。

刘丽真切感受到医生的价值是给患者治好病获得的。刘丽有一个病患，是个孩子，出生就有病，直到逐渐长大，就要上学读书了，却还在不断求医，总不见效，家长心急如焚，听人说刘丽医生治病有奇效，就抱着孩子慕名而来。刘丽用学来的针灸技术，给孩子做了三次针灸，病情明显减轻，后来又做了几次，总共九次，彻底治愈，孩子再也没有犯过病。

家长千言万语的感谢，让她联想到了自己的经历，自己也是小时候得的病，父母为此操碎了心，他们心中一直有愧疚感，感觉对不起孩子。如今通过自己的手，让别的孩子摆脱了病魔，这个孩子长大后不至于像自己这样身心都受伤，这该是一件多么有意义的事情呀，而这种案例已有无数。

医路漫漫，救人危难，传递福报，播撒阳光。

患者得愈，功德无量，挽回一人，带给几家快乐。

这是多么幸福美好的人生啊！

春，从来不语，却温暖了世界；

花，从来不言，却扮靓了人间。

王国营

以军人的标准

基本情况

王国营，男，1981 年出生，河南焦作人，骨科主治医师

教育经历

毕业于齐齐哈尔医学院

师从解放军第 89 医院创伤显微骨科中心范启申教授

先后在复旦大学附属华山医院、解放军总医院第三医学中心、河南省中医院疼痛科、河南省直第三人民医院椎间盘微创中心进修深造

擅长领域

颈肩腰腿痛，四肢骨折微创治疗，擅长断指再植，手足畸形矫正；

创立一针疗法、筋膜唤醒疗法、影像针法

个人荣誉

中国医师协会分会外科专业委员会委员

显微专科医院委员会委员

王国营比别人的运气好。实习期间，同班同学一边实习，一边忙着找工作，国营没想那么多，只想再多学点儿技术，技术好了，工作还愁吗？

他的实习单位是一家部队医院，部队每年都组织技术大比武，主要演练紧急抢救，演练结束后，部队进行评比，按名次给予奖励。在比武的前两天，国营忽然病了，发了高烧。领导不忍心："要不你休息吧，反正是演练，不是真上战场！"

国营理解领导的心理：他是多么愿意让自己参加比赛呀，少了一个人，之前团队训练的努力就白费了。但领导也真的不愿让一个未毕业的孩子带病参演，这会儿肯定处在矛盾之中。

"我能去，这点儿小病不算什么。"一向要强的国营没有退缩。虽然自己没有军人编制，但在部队医院工作，就必须以军人标准要求自己：服从命令，听从指挥，坚决完成任务！

演练过程又苦又累，扮演伤员的角色，每天都要伸出胳膊，让军医在上面扎针，一天就是几十次，扎一次换一个地方，反复在一个地方扎，肯定会把胳膊扎烂的。因为模拟的是战场，环境非常恶劣，刮风下雨也是难得的"好"天气，中国军人"一不怕苦，二不怕死"的精神，在这次演练中得到了完美体现。

在这次演练活动中，王国营就以军人标准严格要求自己，除了"轻伤不下火线"主动请缨外，还带病完成了全部任务。评比结果出来了，国营所在的小组获得第一名的好成绩。

消息传到上级部队，领导们十分高兴，其中一位领导正好在部队视察，看到评比结果，一定要看看小组成员，和小组成员一一握手，并合影留念。

晚上，领导为小组成员举办了庆贺晚宴，国营也在其中，当那位领导知道国营带病坚持演练的时候，十分惊讶，为自己的部队里有这样的同志而高兴。他亲切地和国营聊天。

"你参加工作多长时间了？"领导把他当成部队的军人了，得知国营只是一个实习生，就继续问他："找到工作了吗？"

国营如实回答，领导更高兴了："你看，咱们部队医院正缺人，特别缺像你这样的人，身体好，又聪明，学历又高，小伙子，我看你就留在这里吧！"怕国营不答应，领导还许下了诺言："只要干得好，部队很快就会提拔你。"

将来是否提拔，国营没有想过，但在部队实习时间长了，觉得这里氛围特别好，工作条件也不错，最主要的是能学到东西——这里的断指再接技术是全军最好的！

第二天，他就办理了入职手续，那时，实习还没结束呢，就这样成了一个光荣的解放军“准战士”。说“准战士”，是不占用部队编制，但人在部队医院上班，能在部队大熔炉得到锻炼，也是人生一件幸事。

这是2003年，是王国营毕业的第一年。他大学读的是断指再植专业，这是一门新兴学科，是在光学显微镜下，将断离的血管重新接合，并进行骨、神经、肌腱以及皮肤的整复。农耕时代，农民在农田耕作，很少发生断指事件，进入工业化社会，机器设备被大量使用，工伤事故越来越多，因不小心导致的断指病例也多了起来，断指再植技术也相应得到发展。

在部队医院工作了一年，也就是2004年，王国营得到了一个机会——去解放军第89医院学习。活动是全军组织的，这次培训机会难得，平时须有军人编制或硕士、博士学位才有资格。别人都在争抢的时候，领导却把指标给了国营。不为别的，一个人工作表现如何，领导和同事们心里是有数的。

这次培训，范启申将军是主讲老师，他是新中国第一批骨科断肢再植医生，这位1949年以前出生的部队专家，研究断肢再植技术几十年，著有大量这方面的专著，在国际上享有很高的声誉。

实习过程，除了听课，主要是临床观摩，也亲自动手做手术。大家分组学习，有手术任务时，正是大家学习的好机会。

曾有个手术，伤者是山东当地人，左手指断掉三个，国营检查后发现，其中一个指头不能正常接上了！

“不能就此放弃，大家努努力，尽我们最大努力。”不服输，就是军人的作风！

几个助手也一下子振作起来。方案很快制订出来，他们将伤者无名指移植到食指上，将来也方便拿东西，毕竟无名指的断指还基本完整，这在医学上被称为异位再植。最终按照既定方案完成了手术。

手术结束，大家进行复盘，国营与两个助手分享自己的经验：“如果手指不能接上，为了伤者生活方便，可以把大脚趾移植到手指上，这也是一种异位再植。”

他继续说："选择这种异位再植的原因，除了手指用得比较多外，就是脚上有鞋包着，缺个趾头看不出来。过去担心移植到手指上不好看，可也是没办法的事。现在有了新技术，把二脚趾的骨头和大拇指的肉整合在一起，移植到手的大拇指上，外观和作用基本和原来的手指一样了。"

随着科技发展，新的医学检查治疗设备越来越多，治疗技术也突飞猛进。断指再植技术更能体现出这一特点。因此，持续跟踪最前沿技术，就成了这一领域医生的常态。2008 年，国营赴华山医院学习，之后又在复旦大学附属华山医院手外科实习。五年大学奠定了专业基础，几年的工作经验，以及多次进修和实习，让王国营成为该领域的一名优秀医生。

回忆是美好的。当年，国营报考大学，不知道什么专业好。父母也是普通百姓，与外界接触不多，给不了他什么建议，只知道人们看病难，好医生少，当个医生收入挺稳定。国营没多想就填报了齐齐哈尔医学院。

"医生来了病人多"，说的是人们不把小病当回事，也不去医院检查，但遇到当医生的朋友，自然想到身上的毛病，都会咨询医生。每年放假回家，听说学医的大学生回来了，左邻右舍、亲朋好友都会过来，请国营看病，也有在大医院救治不愈的患者，老远跑来找他看病的。一个假期的时间，都给了这些病人，虽然辛苦，没时间干私事，但看到自己的劳动成果，还是非常欣慰的——这是他第一次感受到自己的价值。

从挣钱养家的小目标，到感受到社会责任，这一步，国营走了好多年。而深刻体会自己价值和意义的，是临床上成功抢救断指病人的成就感。

2005 年，是他上班的第二年。一天，一个 5 岁小孩因为放鞭炮，把大拇指炸断了。按照医学常识，炸药造成的断指容易感染，不宜做手术。但大家没放弃，经过一晚的努力，研究出一套抢救方案。手术成功以后，家长十分感激，那种感觉是多少钱都买不来的。家长再三表示，要儿子认国营为干爸。对家长的请求，他满脸通红："我还是个孩子，还没结婚呢！"

最惊险的一次经历，是一次持续了 16 个小时的手术。一天，孟州一家采石场的工人被抬来医院，只见双手都是鲜血，八个手指被齐刷刷切断，每只手只剩一个指头，现场惨不忍睹。情况紧急，值班医生快速组织抢救：四个人分成两个小组，一个组处理左手，一个组处理右手，每组一名医生，一名助手。大家明白，时间拖得越久，成功的可能性就越低，从采石场到医院，已经耽误了不少时间，现在必须争分夺秒，中间不吃不喝不能休息，即使这样，手术还做了16个小时，如果只一个小组做，做完左手再做右手，需要30个小时才能完成，还可能存在着不可预料的风险。

这次手术的成功，在当地产生了巨大影响，也使医院成为公认的焦作地区再植手术技术水平极高的一家医院。

我国是发展中国家，在很多方面都与发达国家有很大差距。但这断指再植技术，我们一直处于世界领先地位。该技术是西方发明的，20世纪五六十年代，我们开始引进消化，并逐渐领先，国营接触过很多外国学生，他们来我国，主要就是学习再植技术。

有人觉得，技术领先国外是值得骄傲的，但谈到这个问题，国营心情是沉重的。最近几十年，很多发达国家加强了安全管理，从国家层面严格控制生产安全，加上这些年，他们的制造加工行业外迁，在本国，生产线上的工人已经很少了。他们的专家学习再植技术，在其国内已经很难找到断指的病例了，只能跑到我们国家学习——我们还有很多伤残事故！

令人欣慰的是，进入21世纪以来，国家加大了安全生产管理，大量小作坊关停了，这种断指再植手术逐渐减少。

“但愿世间人无病，何惜架上药生尘。”古来的医训，道出了国营现在的心情：只要百姓平平安安，没有疾病，没有伤残，哪怕自己的技术荒废，也都是值得的呀。

现在，国营有了自己的事业，他创建了武陟仁德医院，自己担任院长。再植技术不是新医院的定位了——人们安全意识逐渐增强，政府法律逐渐完善，工伤事故少了，这样的手术也就越来越少了。

一身本领没有用武之地，心情本该是失落的，但这种失落，是开心的失落，是幸福的失落！将来他会转向其他专业领域，但军人的标准仍将是唯一的标准！

第二个名字叫医生

邝康平

基本情况

邝康平，男，1973 年出生，湖南郴州人，高级中医师，二级公共营养师

教育经历

毕业于湖南中医药大学，先后师从郴州市永兴县名医李甲生医师、针灸大师杨晋东教授、国医大师熊继柏教授；参加湖南省首次刀针技术培训班、北京大学高级培训班，以及国家中医药管理局平衡针灸适宜技术、颈肩腰腿痛专科专病高级研修班等

擅长领域

儿科，内科，鼻炎、静脉曲张、风湿免疫、心脑慢病及各类常见病，颈肩腰臀腿疼痛等急慢性疾病，以及各种疑难杂症等

个人荣誉

2000 年创办康平中西卫生所

永兴县基层医师协会会员

郴州市慢性疼痛针灸委员会会员

中药透皮技术学术委员会永兴分会会长

郴州市永兴县老中医院院长

马田镇先进工作者

马田社区麻疹强化免疫工作先进个人

马田农贸市场手足口病防治先进工作者

湖南郴州，是一座历史悠久的城市。考古发现，这里早在一万年前，就有人类活动的痕迹。郴州地处南岭山脉与罗霄山脉交错、长江水系与珠江水系分流的地带，自古以来为南北交通之咽喉，被称为湖南的南大门。郴州地区气候温暖湿润，周边山清水秀，风光旖旎，盛产竹子，也有“竹木之乡”的美誉，这里的竹子能长到十几米高，漫山遍野都是。农民上山砍回竹子，再用它编成家具、雕成饰品或做成牙签等，然后卖到全国各地。

然而，秀丽的风景却不一定能为百姓带来财富。近代积贫积弱，掏空了百姓的家底，以至于相当长时间里，人民生活一直处于贫困状态，直到改革开放之后，这种状况才得到改善。

邝康平的名字，是祈求健康与平和之意，可见名字里承载着父母对他、对社会的殷切期盼。他是土生土长的郴州人，小时候家里穷，经常吃不饱饭，更别说读书了，他的姐姐小学都没读完就辍学了。父亲邝良心为了养活一家人，常年没日没夜地劳作，晚上到煤矿挖煤，白天还要下地干活，即使这样，一家人过得还是紧巴巴的。没完没了的高强度劳作，父亲身体怎能撑得住？一天父亲干活时突然摔倒了——检查结果是脑出血，在床上躺了两年之后，便永远离开了爱他的家人。那一年邝康平只有 18 岁。

邝家是中医之家，父亲除了干农活外，也继承祖辈医术，有空就会给人看病。父亲看病不收费或只收一点儿费用，病人好了就送点儿鸡蛋，或者买点儿东西给他，所以看病是挣不了钱的。在缺医少药的年代，草药就是“救命稻草”，父亲经常上山采药，也会带着康平前去，采回来的药自己用一些，也卖一些，有的制成膏药，有的还能当菜吃，像鱼腥草等，吃了还能预防很多种病。

祖上传下来的，还有一款很好的膏药。清朝光绪年间，祖父邝贤衡就在当地行医。祖父苦研治病方法，发明了这种膏药，用来治疗跌打损伤等疾病。有文献记载，开国大将黄克诚在湘南起义时，邝贤衡曾大量制作膏药，免费送给革命军。当时部队行军打仗，很多人都有外伤，送去的膏药解决了部队伤员的救护问题。后来黄克诚走上革命道路，带着这款膏药参加了长征，还把膏药送给过朱德总司令。据说朱德也对这款膏药很感兴趣，对膏药赞不绝口。

到祖父邝贤衡这一代，“邝大夫”名声已经很大了，邝家制作的膏药也声名远播。从山上采回来的药材，也有一部分做成了膏药，卖到了好多地方。

年少丧父，为人生三苦之首。父亲去世后，邝康平哭得撕心裂肺。父亲辛辛苦苦一辈子，没有享受过一天的好日子。他自己是医生，治疗的病人无数，肯定清楚自己的身体状况，也一定了解有心脑血管病的潜在危险，却依然舍不得去医院检查，甚至舍不得休息几天。那时自己小，对父亲照顾不周，只能眼睁睁看着父亲在床上躺了两年，而自己却不能帮他抵御疾病的折磨。每想这里他心如刀割一般，当时心里暗暗发誓：我一定要好好学习，当一名医师，像父亲一样的医师！以安慰父亲在天之灵，为乡亲们解除病痛之苦。

人光有理想不行，还需要有与之相匹配的能力。父亲离开之前。他虽然跟父亲学习，也跟当地名医李甲生学习，但仅仅是学了一点儿皮毛而已，连父亲十分之一的水平也没有，更不用说成为一名优秀的医生了。

古人云，人过三十不学艺，意思是，人到三十岁，属于而立之年了，人生当中最黄金的年龄段已过半，再去学习一门手艺已经晚了。但邝康平是有远大抱负的人，为了实现自己的人生追求，又怎么会甘心被年龄所限制？他随后参加了刀针技术培训班、“春播行动”高级培训班、平衡针适宜技术颈肩腰腿疼专科专病研修班，还拜国内多位名医为师。就这样不断学习新知识，积累临床经验，学完一项技术再学习下一项技术，将它们应用到临床实践当中。十几年时间，相继拿到了中医执业资格证书、大学毕业证书，以及各种医技结业证书，自己的医术得到了患者和行业的认可和肯定，口碑也随之慢慢树立起来。

其实，证书、锦旗和个人荣誉称号，固然重要，但邝大夫认为最重要的、最让他满意的，还是来自患者的信任和认可。他记得，自己正式行医不久，便遇到一个患者：那是 1998 年，一个农民来到诊所，原来早在几十年前，他在山上砍竹子，不小心被竹子刺伤了大腿，后来在医院治好了伤口，但二十多年来伤口总是出问题，几个月前开始发炎，再去医院拍了个片子，还是看不出什么问题，但就是感觉疼。邝大夫检查了一下，外面看不出问题，用手按伤口部位，伤者感到很疼，初步判断，应该是有东西压迫了神经，这东西单靠拍片子可能是看不出来的。邝大夫即刻给他做了局部切开手术，切开伤口的时候，发现里面有白色的东西，一下子就明白了，那是一根扎进肉里的竹子，足足有 2 厘米长，尖尖的，还带着毛刺。

一根折磨老人的竹子，在“作乱”20年后，终于被邝大夫“揪”了出来。竹子取出来的第二天，伤口就不疼了。老人万分激动，要知道，长期受这根竹子的折磨，老人连死的心都有了。邝大夫也很激动，看着老人脸上的笑容，自己比老人还高兴。那是一种自身价值实现后的激动，是赠人玫瑰手有余香的激动！

有无数这样的患者，他们可能记不住邝康平这个名字，但一定能记住他的第二个名字：医生！

自从医以来，邝大夫时刻牢记自己的目标：当一名医师，像父亲一样的医师！2001年，他进入永兴县老中医院工作。医生的职业是高尚的，工作是枯燥的，但再枯燥的工作也得认真做。一个企业家说过：“什么是不简单？把每一件简单的事情做好就是不简单。什么是不平凡？把每一件平凡的事情做好就是不平凡。”人做事不能没有耐心，不能一曝十寒，不能重大轻小，伟大有成就人都是从小事开始的，都要具备细心、耐心、恒心。因此邝大夫每天都按时到诊室，从不晚来，也绝不早走。只要诊室外还有患者，到下班时间也绝不会走人。他给患者看病，从不敷衍了事，每个病人都会认真询问、认真检查，弄清前因后果，往往需要几十分钟的时间。他明白，患者来医院看病，已经把希望寄托在医生身上了，如果医生简单应付，甚至潦草对付，就是对患者不负责任，在某种程度上说，就等于谋财害命！

仍记得2008年的一个晚上，那时整个华南地区正受着50年来最大低温雨雪冰冻灾害。道路上，积雪成冰，寸步难行；车站内，交通受阻，旅客滞留；居民区，房屋倒塌，有家难归；大山里，大雪围困，水电短缺。而邝大夫依然在坚守着自己的工作岗位，忍受着刺骨寒冷，为小镇上的人提供一份最坚实的医疗保障，因为如此极寒的天气，大多数人是无法抵御的，高热、上感、皮肤皲裂、冻伤等发生率激增。直至深夜，诊室外的积雪已有十多厘米厚，凛冽的寒风呼呼作响，邝大夫才关上了镇上最后的一盏灯，沉沉睡去。迷糊中，一阵“咚咚咚”的砸门声和一声一声急切的呼喊声传来：“邝大夫，麻烦开开门，看看我家小孩！”邝大夫瞬间惊醒，连忙起身穿上白大褂，将患者及家属接了进来。经检查，患者被诊断为急性化脓性扁桃体发炎，体温39.8℃，立即对症处理，马上进行退热、抗炎、贴敷、灌肠等治疗流程，随后，再复查体温时，降至低热，这时墙壁上的时钟已然指向了凌晨三点，但邝大夫的脸上看不到任何不满，眼神透露出来的坚毅，在这天寒地冻的天气里给人最踏实的安全感。凌晨，也陆陆续续来了几个小儿发热患者，但邝大夫没有丝毫怨言，一直尽心尽责地治疗。

邝大夫就是这样，心怀大爱，患者之事即我事，患者之病痛即我病痛，从医几十载，一直将崇高医德以及华夏的“大医精诚”信念贯彻落实在自己的行医过程中！

付出一定有回报。2006年，邝康平因为医术精湛、业绩突出，被任命为医院副院长，不久又被任命为院长，负责医院的全面工作！

在邝康平看来，院长不过是个职务，主要看你如何利用它。有人是为自己私利，有人是为百姓服务。前者是可耻的，后者才是高尚的。邝院长从来没把职务看作权力的象征，而是把它当成了为人民服务的平台。在他的主持下，医院举办了一系列公益活动：为村民义诊，举办公益讲座，参加公益活动，护理孤寡老人，慰问革命老干部……每次举办这些活动，邝院长都亲自带头参加。

聚时群英荟萃，散时漫天绽放。当年的大学同学，大都坚守在医疗战线，投身于治病救人的高尚事业。每个人都为彼此取得的成就感到骄傲。邝康平最佩服的是曾宪国同学，他和自己一样，在临床上一干就是几十年，医术精湛，医德高尚，所获荣誉无数，曾被评选为“全国最美乡村医生”，受到了国家领导人的接见，也是同学中较为出类拔萃的一个。

回忆往事，16岁继承其父衣钵，一线临床30余年，不断学习，持续钻研，形成独特疗法：针、药、灸为三条主旨，兼以扶阳心法和针灸技法，内外合用，针药兼用，食药配合。

成绩只是结果，支撑成绩的，是邝康平提出并始终遵守的“五心四勤”原则：诊断细心、治疗精心、解答耐心、接受批评虚心、让病人和家属放心；手勤、脚勤、嘴勤、人勤。

用爱去呵护健康，这就是人们说的医道吧！

中医风雨三十年

张立

基本情况

张立，男，1970 年出生，湖南邵阳人，国家中医执业医师，国家二级健康管理师

教育经历

毕业于湖南中医药大学，后师从国医名师沈少功教授

擅长领域

中药穴位贴敷；内科、儿科常见病，呼吸科常见病，颈椎腰椎病，妇女更年期综合征；痔疮、带状疱疹、皮肤病，以及中风、高血压、冠心病和糖尿病等老年慢性病

个人荣誉

湖南省中西医结合学会理事

卫生部 2005 年度“全国优秀乡村医生”荣誉获得者

CCTV“中国名医”栏目组“了不起的中医”荣誉获得者

十岁丧父，命运多舛，立志学医

湖南省新宁县水庙镇江坪村是一个贫瘠的小山村，张立医师生于斯长于斯。这里虽偏僻闭塞，经济落后，但他仍钟情这一方山水。

张立医师是一个命运多舛的人，他母亲一共生了 13 个孩子，但因当时医疗水平落后，只有 3 个孩子平安长大，母亲也因此积忧成疾，经历无数次的打击后多病缠身。更不幸的是，在张立医师 10 岁那年，55 岁的父亲竟然得了鼻咽癌，虽然是中期，但因家里无钱治疗，不久就双目失明，病情加剧，6 个月后便被病魔吞噬，含恨与世长辞。从那时起，张立就下定了学医的决心！他立志成为一个能治大病、救人命的医生！

1988 年，张立高中毕业，在去母校新宁七中领高中毕业证的路上，见地上有一张半新不旧的报纸，便下意识地捡起来，原来是一张《邵阳日报》，夹缝中的广告引起了他的注意，原来是一所卫校的招生简章，而且写明高中以上文凭即可免试入学。他当时欣喜若狂，想学医的他，正愁找不到学校。可当他看到每期学费 350 元时，又想把报纸丢回地上算了，因为他家当时太穷了，哪里拿得出这么多的学费来！但他不忍放弃机会，于是决定先回去跟妈妈和两个姐姐、姐夫商量后再说。从学校回去后，他就跟他妈妈说："妈妈，我高考落榜，没有出路，前途渺茫，但儿子又想走出大山，通过学习知识来改变命运，现在正好有所学校招生，而且是学习中医，是不是跟大姐二姐商量商量，想办法让我去读书学习？以后回到村里，服务父老乡亲，村里现在正好没有村医。"他妈妈说："儿子啊，只要你狠气，扎实学医，我累死累活都要供你！"就这样，张立从此踏上了学习中医的道路。

然而，理想很丰满，现实却很残酷。第一学期的学费，是妈妈卖了一头猪，还卖了几十斤生姜，再加上平时卖鸡蛋攒下的钱，东拼西凑而来的。第二学期的学费，是两个姐姐赞助的。第三学期的学费就成了大问题，当时两个姐姐家也不富裕，妈妈万般无奈之下，含着泪水把家里的"半边家产"——一头母牛卖了。可到了第四学期时，350 元的学费变成了天文数字了，到开学了，妈妈左借右借只凑足 100 元钱。他冥思苦想，决定到学校去跟校长讲好话，出 50 元作为保留学籍费，休学一阵，自己在家一边帮妈妈干农活，一边自学。到学校后他找到校长，校长答应了。

准备离校回家的头一天晚上，他偶然间看到当时很多同学喜欢到地摊上去买各种明信片，张立灵机一动，心想，何不去批发市场批发一些同学们平时喜欢的明信片，相信会赚钱。说干就干，接着，学也没休，他通过一边摆地摊卖明信片，一边学习，终于完成了全部的专业学习。第三年是实习，在当时，到处都有类似的民办医学类学校，到医院实习的人很多，因此，实习是要交实习费的。张立又为实习费犯了难，好在天无绝人之路，他偶遇一个走乡串巷卖参须枸杞的商贩，一问，利润不低，而且商贩把进货渠道也告诉了他，他马上向姐姐借了 100 元，到邵东中药材批发市场进了货，每天骑着从二姐家借来的自行车，人生第一次到全县各乡镇走街串巷，一边在新宁县中医院实习，一边利用不上班的时间，走遍了大半个县，下乡卖参须枸杞，就这样，总算从卫校毕了业。

心系乡亲，扎根基层，苦学医技

1991 年，张立正式从卫校毕业，当时读卫校时，不知道那所学校是私立的，因而没有国家承认的学历和文凭，幸好当时学校的两个校长是当地名中医，极富中医情怀，也有大爱，办学纯粹是为了传承中医，让祖国医学之瑰宝后继有人，不但每天教书本知识，而且把毕生的经验和钻研所得倾囊相授，让张立受益匪浅。再加上当时的县中医院，人才济济，几位骨干如院长王必求、中医内科主任周毓海、骨科主任蒋恒成，都是当时新宁县的名老中医，造诣颇深，看到张立诚实好学，也不吝赐教，经常照顾有加，让他大胆随诊实践，收获满满！

更幸运的是，1992 年，湖南省因各地乡村医生短缺，把政策放开放宽，只要有系统学医经历，不管中西医，均可报名参加全省乡村医生大考试，结果，张立以当时水庙区理论和实践双第一名的成绩，正式成为本村的乡村医生！

张立自 1992 年当乡村医生开始，一直以中医为主，为当地百姓全科服务。刚开始，因为刚刚卫校毕业，经验不足，20 岁出头的小伙子，要想得到百姓的认可，很难。好在他服务热情周到，为人诚恳地道，医德高尚，把患者当亲人，当地百姓若有需要，张立随喊随到，不管路程远近，不管山高路陡，不怕风霜雨雪，童叟无欺，诚信经营，遵循古训，精益求精，而且不断参加医学继续教育学习，慢慢的，村里的父老乡亲就认可了他这个年轻中医大夫。在 2001 年，他又参加了成人高考，考取了湖南中医学院（现湖南中医药大学）中医医疗专业，2005 年考取中医执业助理医师证，2010 年考取中医执业医师证。他每年出诊 300 多次，当了 20 年的村医，赊给当地群众药款近 10 万元，至今仍有 5 万多元没收回，每年免收当地特困群众出诊、注射、药费数千元。他以精湛的医术，为当地百姓解除了病痛，他以高尚的医德，为乡村医生树起了一面旗帜！ 20 年间从未发生医疗事故和纠纷，他深受当地群众爱戴和好评。2005 年，他被卫生部评为“全国优秀乡村医生”。

张立医师在平常的诊疗过程中发现，社会飞速发展，人民生活水平提高了，但越来越多的人饮食不合理、生活作息不规律、压力过大、运动不足，导致慢性疾病如高血压、高血糖、高血脂、肥胖等越来越多，而这些疾病不是一下子发生的，也不是一朝一夕能治好的，需要专业医生对患者进行健康管理和干预，需要医生学习新的防病理念和治未病知识。因此，他报名参加了健康管理师培训，于 2008 年在湖南省疾控中心学习半年，并考取了国家二级健康管理师证。而后，又跟随畅销书作者、中南大学湘雅医院高级研修班授课老师、中国基层诊所管理咨询师齐铁雄老师学习，更加夯实了各种技术本领。

2012 年，因为女儿在城里读书需要陪读，张立医师在安排另一个乡村医生来接替他的工作后，举家迁到县城。为了更好地服务更多的患者，他创办了张立中医诊所（中医馆），诊所秉承“国医济世，仁德养人，文明行医，诚信经营”的办医宗旨，开启了一个治病救人的新征程。

三十年磨一剑，精益求精，打造名医

张立医师在三十多年的行医过程中，治愈过不计其数的疑难杂症和重病患者，让无数个家庭从痛苦中走出来，重获欢笑和安宁！

2016 年 9 月的一天凌晨，新宁县城解放路沿河边的一座二层红砖房子的一楼厢房里，61 岁的李姓租房客一夜未睡，他已经围绕床前的一个小桌子走了一晚了，现在总算挨到天亮了。他脑子里总是冒出一系列念头：“我的病治不好了，干脆我跳河死了算了”“天亮就去姐姐家，见最后一次面”……一整晚没睡，一整晚都流泪不止，一整晚始终在想一个问题，就是想跳江，就是想自杀！因为前列腺癌、结肠炎、痔疮这几个病，已经折磨了他三年，三年来，他每时每刻都感觉到腹部胀痛和肛门坠胀，再加上经常失眠和便秘，前后在五个医院住过院，吃药打针输液手术，就是没有用，现在所有积蓄都花光了……天亮了，正当老李沉着脸准备开门去姐姐家时，听到房东在外面喊："老李，昨晚你房里的灯亮了一晚，有什么事？又生病了？"说着，房东已来到门口，老李打开门，就把这几年的发病就医经历和现在想自杀的想法告诉了房东。这个房东正好是张立医师的老患者，他立马就告诉老李："老李，你别急，园艺路有个张立医师，医术很好，特别擅长治疑难杂症，我们全家都在他那里看病，我陪你去看看，说不定他能治好你这个病，你千万不要做傻事啊！"接着，房东亲自陪老李到张立医师诊所去看病。到了诊所，张立医师望闻问切、细心诊察并与老李聊了将近一小时的天，详细了解了他的家庭成员、夫妻关系、父子关系及职业、爱好、收入等情况，甚至还包括一些最易被忽视的细节问题，最后，张立医师告诉他一句话："老李，你得的是心病，而我这里恰好有心药，你的病，叫胃肠神经官能症，不至于要命，只要你配合治疗，给我三个月的时间，有可能就收到一个你意想不到的效果。"就这样，老李从此开始接受张立医师的治疗，一个疗程下来，老李的各种不适症状好了一大半，三个月以后，老李能吃能睡，体重也重了 5 斤，整个人精神多了，"苦大仇深"的脸渐渐变得红润起来了，再经张立医师半年的中医经方治疗，老李多年来的诸症消失，至今随访 7 年未见复发。

张立医师为了提高医技，曾数十次参加国家级学术交流大会，并在国家级医学杂志上发表论文两篇。行医 30 年来，以"医道即人道，行医即做人，愿我医技和医德，换您健康和安宁"为座右铭，全心全意为患者进行全科医疗服务。从 2004 年起的十余年间，张立医师先后赴北京、娄底、长沙、桂林等地，参加了各种研讨班，掌握了浮针疗法，跟着黄煌、郝万山、熊继柏等国医大师学习。《健康报》记者陈飞曾于 2006 年全程采访张立医师 7 天，并在《健康报》上作整版专题报道，其先进事迹先后被《健康报》《湖南日报》《邵阳日报》《邵阳广播电视报》《崀山报》报道。

张立医师自当医生那天起，扎扎实实做人，兢兢业业行医，不忘初心，大医精诚，以高超的医术，高尚的医德，赢得了患者的一致好评，患者们都称赞他是真正了不起的中医。他 10 岁丧父，吃尽苦头，立志学医，经历了 6

年医学院校的艰苦学习；从 1991 年邵阳卫校毕业，再到 2001 年湖南中医药大学毕业，又数十次外出学习，拜师学艺；他心系乡亲，扎根基层农村 20 年，苦练医技；从在水庙镇江坪村当了 20 年的乡村医生，再到新宁县城开了 12 年的个体中医诊所，至今已行医 32 年。而且，他还重视中医传承，现在，他的儿子女儿都在中医院校学习中医。

32 年的中医人生，同时又是 32 年的风雨人生！在造就名医的道路上，张立医师苦学中医，苦教孩子，苦营诊所，苦守家庭！他以店为家，以人为本，以德为根，很少休息，年复一年，直至今日！他尝尽酸甜苦辣，历经荣辱得失，一路风雨兼程，成就了精彩人生，收获了众多患者的信任！

妙手回春送子情

王淑娟

基本情况

王淑娟，女，1967年出生，河南许昌人，全科执业医师、妇产科主治医师

教育经历

毕业于衡阳医学院，后师从儿科名医石校平教授、妇产科专家张桂珍教授、中国经方专家涂华新老师等

擅长领域

慢性疑难杂症，不孕不育症，其他疑难杂症等

个人荣誉

《经方》杂志发表论文十余篇

“王医生，我怀上了。”

随后，电话那头便传来了女子“嘤嘤”的哭声……

这个女子叫小黄，是常德市一家国企的中层管理干部，结婚八年，三次试管失败，已经对怀孕生子绝望了。一天，母亲告诉她，澧县永兴寺有个女医生，中医治疗不孕不育很有名气。于是，她抱着试一试的心态，驱车九十多公里，带着她近一年的检查报告和病历资料，来到了王淑娟医生的诊所，同时下车的还有公公婆婆、妈妈和老公。小黄患有重度宫颈糜烂、HPV 阳性、衣原体感染阳性、输卵管堵塞，三个月一次月经，量少而黑，脸上有零星的红痘痘……女孩看起来性格开朗，但明显还是有些紧张，王医生和她们交流后开始把脉，而后轻轻地告诉她，我们慢慢调养身体吧，身体好了宝宝自然就来了。小黄本来紧绷的表情一下子自然了很多。一周后，小黄又来了，这次气色不错，说一个星期中药调理，身体舒服了很多。三个月后，月经正常，妇科疾病已基本痊愈，小黄的脸上露出了少女般美丽的笑容。母亲迫不及待地问王医生：“可以怀孕了吗？”王医生回答：“不急，还要调理一段时间。”又过了三个月，小黄月经推迟，到医院做了人绒毛膜促性腺激素（HCG）血检、B 超，确认怀孕，于是便有了开头那通电话。

王淑娟医生，出生于河南，祖上是旧官僚，爷爷王尚炯曾任浙江布政使，父亲当年是许昌高考状元，母亲从小饱读四书五经。父亲有过目不忘本领，成绩优秀，被当地中学聘为教师，其间又自学俄语、英语，并获得中学高级教师职称，后支边去了云南红河州河口县中学任教，这一去就是二十年。在子女成长的关键时期，他远离家乡，还说读书无用，特别是女孩子。是母亲悄悄把王淑娟送往了湖南亲戚家，让她开始走上了学医之路。

学医的路是艰辛的，她和一群姑娘们挤在一间阴暗潮湿的宿舍里，这家医院是湖南省第一劳改农场医院，周边县市的患者都来这里看病。医院实行半军事化管理，医生的业务水平也是相当高，当年全国出血热会议就在这里召开过，因为她们医院发现了腹膜透析治疗出血热效果很好，极大地降低了患者的死亡率。

一个很负责任的老师让她终生难忘。那是一年暑假，农村正在“双抢”，李玉华老师接诊了一个裤脚上满是泥巴的农村妇女，诊断结果是急性尿道炎，当时只开了一角三分钱的药，因为农忙，患者拿药后就直接回家了。李老师有个习惯，她看的每个患者在药房领药后她都要再叮嘱一下，现在患者没回来，李老师急得直冒汗。午饭时间，李老师没来得及吃饭，骑着自行车就往十公多里外的患者家里去了。那时候，没有电话，交通也没有现在方便，中间还隔着一条河，全是土路。李老师骑了一个多小时才找到患者村子，通过村干部才找到已经在田里插秧的患者，告诉患者怎样用药后，连口水都没喝，又赶着回来上班了。老师的这件平凡的事一直感动着王淑娟医生。

1998 年，澧水河洪水滚滚，巨浪像饿狼一样扑向一座座堤坝，让多少家庭妻离子散、墙倒屋塌，到处都是灾民，到处都是悲伤的故事。这天早晨，永兴寺诊所来了个衣衫破烂、面色凄凉的中年妇女，她坐到王医生面前，未语先流泪。她说孩子在大水后失踪了，找了几个月也没找到，她想再要个孩子，可是自己身体不行，去大医院又没有钱，听说永兴寺的医生医术高，人都善良，她想请王医生行善给她调理身体，让她的儿子回来。

当时王医生的中医知识尚不够系统，于是，她重拾书本，每天查阅资料，请教老师，尽全力让患者恢复健康。半年后，这位四十岁的女子怀孕了，生活重新燃起了希望。此事对王医生触动很大，她给自己定位在专治不孕不育和疑难杂症上。

“十年磨一剑”“梅花香自苦寒来”，她每天早读中药学经典，晚听《伤寒杂病论》，读书成了她追求卓越的习惯。

2006 年，她参加湖南中医药大学中医培训班，连续学习三年。2015 年，走进北京中医药大学，跟随妇产科张桂珍教授专修不孕不育和妇科疑难杂症。2016 年，又跟随西苑医院石校平教授，在中医儿科方面学到了很多知识。同年，走进仲圣平台中医大讲堂，成为经方临床专家涂华新老师的亲传弟子。在《经方》杂志上发表不孕不育成功案例文章十余篇、慢性疑难病例文章九篇。

现如今，王淑娟医生患者遍布全国各地，江苏一名患者所赠锦旗称：

妙手回春送子情

德艺双馨王奶奶

做有温度的治疗
做有温度的名医

王荣波

基本情况

王荣波，男，1969 年出生，湖南郴州人，国家执业医师，资深疼痛专家，王氏特色骨病疗法传承人

教育经历

毕业于湘南学院临床系，后在郴州市第一人民医院进修，师从国医大师、新医正骨疗法创始人冯天有教授；先后在南京市针刀研究院、广州中医药大学、中日友好医院、北京大学医学部、北京孙逊医学研究院进修

擅长领域

急慢性头痛、各种颈椎病、肩周炎、腰肌劳损、腰椎间盘突出症、膝关节痛、坐骨神经痛、带状疱疹后遗症及男科、慢性亚健康等

个人荣誉

中国针刀协会会员；中国特色医药协会会员“全国基层医药杰出贡献奖”；九江国际针刀会“朱汉章优秀针刀医学奖”；世界医疗卫生促进会“医学技术特别贡献奖”

医学世家

王荣波出身中医世家，爷爷和父亲、大哥都是当地的名中医，悬壶济世，良术济人。他儿时就在内心滋长出来了暖暖的中医梦，满堂的中药芳香及中药煎煮时飘散的中药气雾沁人心脾。自小爷爷就启迪他，爷爷给患者扎针灸时他就是爷爷的小助理，在爷爷看来，中药大多是植物，是经过阳光、雨露滋润过的，而且从采摘到风干、加工，都是人在参与，所以它们是人的好朋友。小时候，他就喜欢跟父亲上山采药，然后晾干，切成段，放进柜子里，用的时候用手抓出来，放到秤上称，再用纸包起来——这哪是干活儿，这是他和药材在热情交谈呢！这种温度感是从小就有的。在他儿时最深刻的、最美好的记忆有两个，一是家里络绎不绝、慕名前来求医的患者，排着长长的就诊队伍，二是家里有个大缸，能装得下两个小孩，里面装满了红糖和冰糖，这是病人送来的。那时，糖就是奢侈品，病人也是朴素的，每每患者被治愈，为了向父亲表达感激之情，病人都会买包糖以示感谢，一时吃不完，就储存在大缸里。儿时的他时不时去缸里拿糖吃，感受到的除了糖的甜美，还有父亲的高超医术。现在有的医生看病，只是简单把患者当作生产线上的产品，简单乏味、缺乏人性的关怀，在他看来，这样的医生是不称职的。糖块之所以有温度，是因为它们带着病人的感恩之情。

王荣波 1989 年高考，父亲就建议他学医。首当其冲的理由就是祖传中医，一脉相承，薪火相接；其次是心怀天下苍生，用自己良好的医术帮人解除病痛，可以获得福报，成为一个被人尊重的人；其三，半日临证，半日读书，耕读传家，发扬“医者仁心”精神。父亲朴实的想法打动了王荣波，从此他立志学成最好医术，做一个好医生，也走上一条遍访名师、精益求精之路。

励志成医

他大学读的是西医外科。在校期间，他在老师的指导下精研医学，勤奋实践。无数个白天，他在山上、溪边采摘草药，无数个夜晚挑灯夜读，只为儿时种下的一颗“济世救人”梦想的种子。“宝剑锋从磨砺出，梅花香自苦寒来”，勤奋好学让他熟练掌握了医学基础理论，为临床医疗打下了扎实的基础，为他日后临证取得神奇的疗效提供了良好的保障。

立志创业

工作几年，他感到在体制内约束太多，他那满脑子先进的技术理念、远大的抱负无处施展。王荣波决心离开原单位，创办郴州市前进医疗门诊部，立志做“有温度”的医疗，做有情怀的医生，办成一家有价值的诊所。这并非头脑一时发热，而是深思熟虑后的决定。尽管创业初期，面临许多困难和困惑，营运艰难，他依然心无旁骛，知行合一，保持初心，砥砺奋进，在家人、朋友、同道中人的帮助和关怀下，逐步赢得患者的信任和支持，业务水平逐渐提高，服务日臻完美，技术精益求精，独特的医疗技术、神奇的疗效征服了患者的心，形成患者口碑相传、交口称赞的良好局面。

他在临床当中结合了中西方的理念和思维，将国人当作一个整体来看，乃至扩大到生活的环境，找到病情的病理病因，厘清前因后果，辨证施治，再辅以西医的微观理论，见微知著，中西结合，往往效如桴鼓。后期他又用中医膏方清运之法调理体质，帮助患者走向健康之路。

疼痛专长

王荣波在临床当中见到许多颈椎病、腰椎病患者，他们所表现出来的痛苦深深地刺痛了一个医者的灵魂。他遍访全国治痛名家，学习神经阻滞、小针刀、液针刀、脑针、拨针、圆利针、液波透骨、乾坤疗法，经过多年的实践和探索，终于集大成于一身，成为一方治疼名医。他解释：“拿腰椎间盘突出症来说，以往西医用药不见效，就建议做手术，其实中医也有特效方法，比如用中医正骨手法、中药内服外敷等，疗效更好、更安全、更能降低疗程费用。”王荣波继承家传治疗腰椎间盘突出症等疼痛类疾病的药方，由 20 多味中药组成，把药碾成粉，用醋调成，哪里疼就敷哪里。

《黄帝内经》有云：“故圣人杂合以治，各得其所宜。故治所以异而病皆愈者，得病之情，知治之大体也。”意思是说，一个高明的医生，如果能够将各种方法“因地制宜”“因时制宜”“因人制宜”地综合起来，再根据具体情况，随机应变，灵活运用，就是医生的最高境界了。王荣波每次读到这里，就觉得这才是有温度的治疗方法，

从体制内出来，王荣波感到莫大的自由——可以学习自己喜欢的东西，根据病情选择最适宜的方法。只要能治病，从哪里学的不重要，这话说起来简单，做起来并不容易。2008年，王荣波远赴北京，跟随冯天有大师学正骨。冯天有是中国空军首席医学专家，技艺精湛，享誉国内外，这技术就是从北京名医“双桥老太太”罗有明的儿子那里学的。

兼各家之长，成一家之技，是奠定冯天有大师地位的关键。他把从罗老太那里学到的正骨技术，与现代生物学等理论结合起来，形成了一套完整的疗法，让古老的正骨技术释放出人性和时代的光芒。

利用这项技术，王荣波治好了很多腰颈椎病患者。当地有位患者，腰椎疼了20多年，花了十多万不见好转，最后医生说“做手术吧”，同时告诉他：“手术也没有百分之百的把握，有失败的可能！”患者快要崩溃了。

所幸，住院前遇到一位朋友，朋友坚决反对手术，把他介绍到王荣波这里。王荣波看完片子，确实是腰椎间盘突出症，便用学到的正骨手法，治疗了一个疗程，疼了20年的病症就被治好了。患者惊叹：“每次调理三五分钟，仅仅几次就好了？”事实的确如此！

有人认为中医是封闭体系，过去中医是家传，比较闭塞，但随着科技进步，中医也接受了很多现代元素。王荣波读过一本安慰疗法的书，其基本观点是：同一位医生，同一个疗法，同一种药物，甚至同样的治疗环境，如果病人信任医生，疗效就好，反之就不好。这说明是心理因素起到了作用。所以，他引进这个原理，并在实践中得到了验证。比如，来诊所的患者，有些是抱着试试看的心态来的。这类患者，若是一进门就给他看病，手法或药效就会打折扣。他的做法是先安排患者坐一会儿，让他看看医生是怎么给别人治病的，也让他和其他患者交流一下：“你是什么病呢？”“治疗多长时间了？”“那个医生看得有效果吗？”当患者认可医生的水平时，王荣波再为他看病，不管是什么手法，效果都是较为明显的。

你可以说心理疗法是西方发明的，是现代心理学的成果，同样也可以说是中医天人合一观念的临床应用。

按照王荣波的理解，问诊本身含有心理疗法的成分。比如他遇到失眠患者，首先看他失眠原因是器质性的还是精神性的，如果是精神创伤导致的，就要了解他的个性特质，比如问他“喜欢做哪些事情？”“有过什么不愉快的经历？”“受过惊吓吗？”治疗方法大多是聊天，其次才用药物。语言和情感是有温度的，不少疾病，如果心理正常了，病也就没了。王荣波医生采用特殊的综合疗法，通过多年实践，对中医中药有了新的认知：手法是通过双手作用于人体，它饱含着医生的关切；中药是大自然的馈赠，经历了一个生命的轮回；即使是没有生命的针灸和砭石，治疗时也承载着医生浓浓的关爱。做医生就应该做有温度的医生，为病人治疗也应该是有温度的治疗！在三十年的行医诊疗中，被他治愈的病人不计其数。

陈某，女，48 岁，郴州人，因脊髓型颈椎病、腰椎间盘突出症，在省会某医院手术后三年复发，症状不能缓解，颈腰疼痛，不能弯腰，头晕失眠，走路有踏棉花感。后王医师应用王氏中医骨病疗法结合针刀、中药等治疗，调理一年多，患者重返工作岗位。全家感恩，赠“妙手回春”牌匾。

苏某，男，45 岁，潮州人，因性功能下降一年余就诊，曾多方治疗、调理未见起色，情绪低落，对生活失去热情，经患友介绍慕名求医，经疏肝益阳，结合 PT 疗法，重振雄风，重获新生。

李某，男，58 岁，郴州永兴人，2008 年 10 月就诊。反复眩晕伴恶心呕吐一年余，历经省市各大医院治疗近一年，病情反复发作，痛苦异常，严重影响正常生活和工作，经人推荐就诊，经祛湿通络，结合刀针、埋线治疗一疗程，症状大减，中药辨证巩固一疗程，患者未再发生眩晕。痊愈送锦旗一面以示感谢。

2018 年，一个阳光明媚的日子，王荣波在成都参加了齐铁雄老师“医患沟通高级培训班”，深深懂得了医患沟通的重要性，懂得了如何运用沟通方式来服务患者。作为医生，过去王荣波只关心技术，不关注其他。老师的授课，为他开辟了另一条道路：一条通向患者心灵的道路。那条道路上的阳光是温暖的！同时，这也印证了特鲁多医生经典的话语：“有时治愈，常常帮助，总是安慰。”

健康所系，性命相托。王荣波医生决心竭尽全力除人类之病痛，助健康之完美，维护医术的圣洁和荣誉，救死扶伤，做有温度的治疗，做有温度的名医！

山村有药香

李枝忠

基本情况

李枝忠，男，1973 年出生，贵州安顺人，中共党员，执业助理医师，中医康复指导师

教育经历

毕业于贵州省安顺职业技术学院，后曾到省、市、县人民医院进修学习

擅长领域

内科，儿科，疼痛科，骨科

儿科物理疗法，正骨手法，骨伤垫压疗法等

人生箴言

做人就要像藤一样，即使不能直立成木，也要爬行向前铺绿散香，即使没有身披大医院的光芒，也能为周边的百姓健康保驾护航

提起紫云苗族布依族自治县，很多人可能没有听说过，但说到“夜郎自大”这个成语，几乎是人人皆知了。古代紫云这里曾是夜郎国的管辖地。不用亲临这里，单听“紫云”这个名字，就能引发人们的无限联想：“应该是个非常美丽的地方吧！”

不错，这里有蜿蜒的河流、幽深的峡谷、巨大的暗河、神奇的溶洞，还有茂密的植被和灵动的鸟儿，淳朴善良的人们在这片土地上安居乐业，悠闲自在地生活着。

紫云物产富饶，植被丰富，周边山上生长着很多植物，尤以中药材闻名：杜仲、黄精、石斛、太子参等名贵药材，在这里随处可见，走进大山，处处能闻到浓浓的药香味。

紫云县曙光村的李枝忠，就是一位喜欢药香的医生！他喜欢山上的中草药，也喜欢用这些草药和当地流传的药方，为附近的村民们看病。他在一个小小的卫生院工作，从 1993 年到现在，一干就是整整三十个春秋！

三十年来，他熟知哪个山坡长着哪种药材，记得住哪个村民有什么病，也清楚知道哪户人家有什么困难需要帮助，其实他自己就是一味药，一味为乡亲疗愈身体和心灵创伤的圣药！

那么，是什么吸引着李枝忠在这里一干就是三十年呢？有两件事情，深深地影响了他。

有一件事情，在他心里播下了当一名医生的种子。

在他很小的时候，父亲因为不小心从树上摔下来，腰椎摔骨折了。当时农村医疗条件差，村里连个赤脚医生也没有，附近也没有医院，其实就算有，家里也没钱看病。这时村里有人给父亲介绍了个药方。按照这个方子，家人去山上采回来接骨丹、爬岩姜、野葡萄根，晾干后切成段、碾成粉，均匀撒在树皮上，再敷骨折处，20 多天后，父亲便能下地走路了。

这引起了他的好奇：中药材这么神奇，咱山上不都是中药材吗？如果自己是医生，不就可以用药材给人治病了吗！

第二件事，让他坚定地留在山村，这根一扎就是三十年。

那时，他已经决定行医，正在医师班学习。有天回家，听说村里有个小孩生病了，很严重，好长时间还没好。自己学医，哪能不去看看呢？可当时的场景让他惊呆了：孩子躺在草堆上，已经奄奄一息了，一群人围着小孩正烧香、洒水，家里挤满了看热闹和出主意的人，他们走来走去，指手画脚，不停指挥着……

按理说，当时有好多长辈在场，自己是晚辈，这场合不能随意做主，但职业本能告诉他，自己不能袖手旁观，一向不善言辞的他，做出了一个不容别人置疑的决定：赶紧把小孩送医院！

这样的事情，早年间在村子里是普遍现象。村里没医生，老百姓看病难，还有人不去找医生，而是用“立水碗”“请媒拉”“敷香灰”等迷信方法治病，甚至到了荒唐可笑的地步。有时候，一个小小的腹泻，非要拖到病入膏肓了才抬着去医院，真的是很可怜！

“经过此事，我知道农村是多么需要医生，也坚定了我从医的决心。于是1993年1月我有幸加入了村医队伍，就在我们曙光村服务。”李枝忠如是说。

那时候村民都很穷，有人来看病，一分钱也拿不出来。面对村民，他就一句：“先记着，卖了粮再给！”大家乡里乡亲的，就像家人一样，他时刻提醒自己：不能忘记学医的初心，就是要为老百姓服务。

但是，就是这样一个简单的理想，实现起来也不是那么容易。中学毕业，李枝忠参加考试，报考的是曙光中医学校，通知书发下来的时候，一家人却发起了愁：学费一年将近三万！当时家里就是种些粮食，勉强够一家人吃一年的，即使有点儿余粮，也卖不了几个钱，对他来说，三万就是一个天文数字！

不想让家人为难，李枝忠选择了放弃。那一刻，他有一种走投无路的感觉！

但苍天不负有心人！当李枝忠还没从失望中解脱出来的时候，有人给他送来一个特大喜讯：县卫生局组织了一个医师培训班，为农村培养一批村医，你愿意去吗？学费很便宜的！

他去了。三年后，也就是1993年，他背着行李回来，背着学到的本事，回到了小山村。

紫云县城不大，经济发展也不太好，但比曙光村强多了，它有宽阔的马路，几层高的楼房，有县医院、县中学。李枝忠读书期间就想过，能在县城工作该有多好！

但每当这个时候，村民生病后的那些事儿就浮现在眼前：强忍疼痛不去看病，祈求鬼神赶走疾病，接生婆用剪刀和热水接生……这些场景似乎牵着他的心，让他久久不能释怀！

“田园将芜，胡不归？”陶渊明为了追逐自己的理想，宁可放弃官位也要回归故里，自己为了报答生于斯长于斯的家乡，县城又有什么可留恋的呢？

回到卫生室，李枝忠从最基础的工作做起：先是扫地、打水、收拾诊室，后来接到病人，为儿童打预防针，宣传卫生知识……再后来自己独立看病，一步一步走上了人生和职业的高峰。

“巧妇难为无米之炊”，那是个缺医少药的地方，村民生病多种多样，买药需要到城里，而且也就那么几种，村民还买不起。让李枝忠欣慰的是：这里漫山遍野都长着中药材，淳朴善良的村民们上山时会自觉采回来给他，他自己也上山采药，简单加工后以备不时之需。小山村因为有了这些中药材，有了李枝忠医生，乡亲们便少了一些疾苦，多了一份幸福！

谭必祥老人无儿无女，患有慢性支气管炎，秋冬季节或突然降温，疾病就开始发作，老人躺在床上不能动弹。李枝忠第一次为老人看病时，发现老人家徒四壁，除了必需的生活用品外，几乎什么也没有。李枝忠为他诊断，开药方，抓药送药，与对待其他病人一样认真，没有半点敷衍的意思。孤寡老人生病，很多都有心理原因，看完病后，李枝忠总是坐在他身边，与他拉家常，也给他讲解防病知识、讲国家医疗政策，老人总是用颤巍巍的双手拉着他：“感谢医师！”“感谢政府感谢党！”

是的，每一个生命都值得呵护，每一个灵魂都值得尊敬！

李枝忠发现，村里有很多慢性病患者，需要经常提醒他们一些注意事项。后来李枝忠给自己定了一条规矩：每个慢性病患者每个季度都至少要去看一下，给他们测量血压、血糖，告知他们注意事项。他也给自己定了一个目标：让村民们小伤小病不出村，常见病与多发病不去大医院，基本实现就地治疗。

治病过程中，李枝忠非常注意收集民间药方，并在实践中不断完善，特别是治疗费用低廉的药方。曾经有个村民，孩子刚出生就得了黄疸病，属于病理性黄疸，李枝忠听人说有个专治黄疸的方子，以当地石斛为主，配上金钱草、黄栀子、龙胆草和猕猴桃的根，放在一起煎熬，让产妇和孩子都喝一点。他按照这个方子做了，果然效果很好，经过改良后到现在还用着呢！“就算大医院能治好，还不定要花多少钱呢！民间的东西真是太好了。”

他收集并验证过的，还有蛇伤药。被蛇咬伤一般用抗蛇毒血清，但大城市才有，村里不好找到，李枝忠收集的方子就是黄瓜叶，这偏方治疗过几个被蛇咬伤的人，其中一个是外地人，已经接近死亡了，李枝忠接到求助电话，知道路太远，赶过去是来不及了，便在电话里告知了药方以及注意的事项。“快去找黄瓜叶，不要怀疑，一定管用！”因为着急，他说话时声音都有些颤抖了。三天后，病人转危为安。

有人说他：“你真傻，这方子是可以卖钱的！”他笑笑，说：“方子是用来救命的。”

村子穷，还有好多看不起病的人。当有人对他说没钱的时候，他几乎毫不犹豫地回答：“没钱不要紧，先看病，病不能耽误！”

也有人会说，等秋后卖了玉米给钱。李枝忠没有让他们打欠条，也从来不去家里讨要——他可能早就忘记了。

20 世纪 90 年代，这个村子用“赤贫”形容并不为过。一家之中，只要有人生病，就可能陷入困境，如果生病之人是家中顶梁柱，那就更惨了。曙光村有个村民，平时和孩子舅舅一起出去打工，有一天突然感觉身体不适，还被孩子舅舅抱怨懒惰，等去医院检查，发现是肝脏有了问题，20 天左右就去世了。后来妻子出走，留下女儿跟着爷爷奶奶过日子。每年打预防针的时候，李枝忠都自己去孩子家打针，打针时还要带些衣服过去，送给两位老人和女孩。村民们也都很照顾这家人，这家给点粮食，那家给些衣服，村里给些零用钱，现在女孩长大了，幸福地生活着。

人们说，药能医病，其实仁心也是一味药，同样散发着暖人的药香！

看病之余，李枝忠常读医书，常翻医案。2009 年，当时已经 36 岁的他，顺利完成了安顺职业技术学院的学业，拿到了学校的毕业文凭。“你是咱们学校有史以来年龄最大的毕业生了。”听了老师的话，李枝忠尴尬地笑了笑。

李枝忠不甘心在山村打转转，也去外地学习技术，他后来来到北京，跟侯世国大师学习一种骨伤电压技术，有很好的骨伤止疼作用。2018 年，有村民从建筑物上摔下来，摔成压缩性骨折，去了县医院、市医院和省医院，都没有办法了。李枝忠回来，用学到的技术治疗了一个月，伤者自己站了起来，激动得流下了眼泪，说：“我以为自己一辈子都不能站起来了！”

见到这么好的疗效，村干部们也感到震惊。原来有村干部不信中医，特别不相信针灸，觉得针灸止疼就是心理作用，甚至和他开玩笑：“你喜欢学习，经常出去学习，你学的电针灸管不管用？你不是去干传销了吧？”现在这名村干部见到李枝忠就说：“您让咱村村民享受到只有北京才有的技术，我们都得感激您！”

村民的感激，村干部的理解，让他感到无比欣慰，这些年，他医治病人无数，自己却一直过着清贫的日子。刚结婚，岳父就生病了，多年来卧床不起，他是医生，因此照顾岳父的责任主要落在他身上，去医院检查、买药、喂药、扎针等，无微不至地照顾着老人。

估计没人能想到，刚上班的时候，李枝忠的工资只有几十块钱，三十年之后，他的工资涨了，也还不到一千元，这个钱数可能只是有钱人家逢年过节给孩子的红包钱。但他从不抱怨，“爱出者爱返，福往者福来”，付出的总有回报，是他坚守不变的人生信念！

有时他也有怨言，不为别的，只是为了中医的命运。曾有一段时间，卫生室不准扎针灸，说这是违法的。李枝忠纳闷儿：针灸能治病，又能替人省钱，怎么就违法了？他不服，只要对病人好，违法我也要干。这也违法，那也违法，眼看病人受罪而放手不管就不违法了？

令他欣慰的是，一切都在向好的方面转变。土石路变成了水泥路，更加宽阔平坦了；老房子被拆除，变成了新房子，村民摆脱了贫困，兜里的钱变得越来越多了。而他所在的诊所，也迎来了一个崭新的年代。

李枝忠医生的人生故事，能让人心里涌起一种无与伦比的庄严，正如他说的，他就是一味药，一生都将散发中药的香味儿！

轻捻银针去疼痛

邝合欢

基本情况

邝合欢，女，1970 年出生，广东东莞人，全科医生，主治医师

教育经历

毕业于韶关学院医学院，后在东莞卫生学校、广州医学院进修学习，师从浮针发明人符仲华博士、广东省第二中医院贺青涛博士，以及中华医学会颈肩腰腿痛治疗技术委员会主席段哲峰、“董氏奇穴”及中医传承人郑承濬博士、《症状针刀》主编翟海健老师、郑卢医学第五代传承人吴明华等，参加南方医院江高院区三氧治疗中心培训班

擅长领域

疼痛和慢性病调理

个人荣誉

中华针灸委员会会员，郑卢医学第六代传承人；荣获 2016 年“治鼻之星”“超氧之星”，2018 年基层医生基地优秀老师，2020 年基层医生优秀奖，2021 年“健康忠诚守护者”，2022 年“中国基层医生年度人物”、修正青果平台“至尊卓越奖”等

“今天我在高铁上有个‘艳遇’！”这是邝合欢大夫在朋友圈发的一条消息。原来，邝大夫去河南参加全国第一届三氧峰会学习归来，高铁行至半路时，传来广播：“列车上有没有医生？现在列车上头等舱位置有位旅客可能需要急救，如果有请来一下。”

邝大夫当时想都没想就往前冲了。赶到头等舱位置时，只见一人瘫坐在座椅上，双眼紧闭，脸上挂着汗珠，全身的汗几乎把一身衣服浸透了，呼吸极其急促，一副很痛苦的样子。职业本能告诉她，这人可能是心肌缺血，可能会非常危急，随时会有生命危险。旁边的家属描述了患者的基本信息：55岁，现在症状头晕、腹胀、胸口闷，平时血压就高，过去有过类似情况，但没有今天这么严重……

在火车上突发疾病，这该有多危险！一是没有医生，二是没有检查设备。再者，谁救治谁就可能承担法律责任。好心做好事却可能惹上是非，这些年不断有这类事件发生，伤了很多医护人员的心。

但救人要紧啊！这是她的职业本能，也是家庭教育使然，这一点受父亲影响极大。

父亲早年当老师，但喜欢读古代中医典籍，知道许多妙方，所以，同村人有头疼脑热或烫伤等等都来找他开个小药方，一般很容易就好了。父亲年轻时为了生计，把自家的蜂蜜运到离家几十公里的虎门去卖。一次，他遇到一个大脚趾长了无名肿毒的人，听说在各大医院看了半年都没有好转，医生建议他把脚趾切除，父亲当时看了一下，试着用他平时用的艾灸灸烫疗法帮他治疗，又让他服了一些汤药，加上了一些父亲自己采摘的山草药，那个人不到半月就痊愈了。

父亲以救人为荣的思想早已渗透在邝大夫心中了，眼前这位旅客情况紧急，自己又怎能袖手旁观呢？从症状判断，病人患的是急性心肌缺血，这种病如果抢救不及时，会引发心肌梗死，存在着巨大的生命危险。现在是在火车上，就是停下来送医院也来不及呀！虽然病人当时表现是怕针的，但邝大夫没有犹豫，取出随身携带的银针，找到病人的内关穴，迅速准确地扎了下去，轻轻捻动，再用银针轻点胸锁关节……一分钟左右，病人汗止住了，呼吸也平稳了！列车长、乘务员和旁边的家属都长长舒了一口气！邝大夫在广州站下车时，患者已行动自如，将邝大夫送到车门前（他在下一站深圳才下车），千恩万谢。邝大夫嘱咐他：“一定要去医院检查一下，针灸只能用于急救，帮你度过危险期，想彻底治愈还需要综合各种方法！”

“这两天学习紧张，没有练习打坐和站桩，应该是他给了我修炼的机会了！”就在这事发生的前几天，她的师父、郑卢医学传承人吴明华还叮嘱弟子们：“学中医首先要自己调理身体并坚持每天打坐练功，长期保证身体处于最佳状态，时常要想正念。”这是平生第一次遇到这么危急的患者，至今她还在惦记着那人的病情呢。是的，成为一个优秀医生，必须不断修炼自己的品德、修炼自己的医术。没有医术修炼，怎么把病人抢救过来呢？没有品德修炼，又怎能为一个非亲非故的陌生人治病呢？邝大夫勇于救人的优秀品质，与她父亲多年对她的影响密不可分。父亲30岁后当上了医生，大概是他有医学天赋吧，自从当上医生后，医术飞速提升。东莞每个镇都有人来找父亲看过病，许多医院看不好的病症，甚至说是绝症的，有不少在父亲这里竟然奇迹般恢复了。那时邝合欢还小，整天在父亲诊所里玩耍，父亲给人看病时，她也在旁边看父亲。父亲态度非常和蔼，不仅看病认真，一丝不苟，还待人和善，总是满脸笑容，一边诊断一边和病人拉家常，凡是经他治疗过的病人，没有一个不说他好的。父亲很有责任心，这一点对邝合欢影响最大。父亲兄弟几个中，父亲是老大。长子如父，何况爷爷去世早，养活一家人的重担就落在父亲身上，所以他活得很累也很艰难。为了养活两个弟弟和一个妹妹，他付出了很多很多。别人家兄弟自己成家后可能早早就分了家，他们家不然，父亲一直等到最小的弟弟结了婚生了孩子，他们才开始分开过日子。

“父亲不是伟大的人，但一定是很负责任的人！”邝合欢如此评价父亲。当然，父亲也有缺点，他有重男轻女思想。邝合欢高中毕业，就参加了工作，在一家单位当文员。文员与行医不搭边，这让邝合欢行医走了不少弯路——有谁是十全十美的人呢？放假没事就去诊所帮忙，一来二往，让她燃起当医生的梦想，当时只要找领导写证明在基层诊所工作就可以去学医，邝合欢就去读了医学课程，随后顺利地一次通过执业医师资格考试，正式走上了行医之路。

毕业正式考取执业证后，邝大夫决定和父亲一起经营他们的小诊所。在诊所帮忙时，她曾为两个患者做了调理。其中一个患者腰痛，那时父亲外出没回来，不过她见父亲经常给这人用艾灸调理，自己就点燃一根艾绒，学着父亲的样子为患者做调理，患者说效果还挺好。另一个病人，也是找父亲的，面瘫，她用艾灸，也扎针灸，配合开些中药，这人很快也恢复了健康。有了这样的经历，以后凡是病人来，父亲就在旁边指导，治病的事就落在她身上。病人呢，也逐渐接受了她。毕竟父亲年纪大了，治病救人的责任是需要代代相传的！父亲的医术看来很厉害，但是他讲不明白所有病的原理，他知道什么病用什么方法，但说不清治病的原理。所以，她自己也经常去书店寻找各种相关的书籍，慢慢地，她的医学知识更加丰富完善了。

2015 年，邝合欢大夫申请了以自己名字命名的“邝合欢卫生所”，开始了以自己为主导的经营之路。

“读万卷书，行万里路”，古人说得很有道理。近些年，中医发展很快，新技术、新疗法不断出现，真有“家中一日，外面十年”的感觉，想成为好医生，只待在小小的诊所里哪能行呢？2016 年，邝合欢决定外出学习浮针技术，这是医药公司组织的学习班，由浮针发明人符仲华和大弟子贺清涛讲课，他俩都是大师级人物。这一学，断断续续到现在已经是第 7 年了，基础理论和实操结合。在一起学习的人中，有人学了没用，有人学了很少用，只有她经常使用，几年来患者累计数千人。这可能与她自己第一次使用浮针的感受有关。刚学完浮针，诊所就来了一个 60 岁女性患者，脖子侧面长了一串疙瘩。她判断是结节，医院的医生让患者手术，可是患者害怕做手术，而且担心检查太麻烦、住院和手术花费多。这时邝大夫想到了刚学会的浮针，就想试一试，看看效果怎么样。她在患者长疙瘩那侧的手上找到患肌，用浮针枪弹进皮下扫散并让患者配合呼吸并配合灌注，长结节的地方原来还是硬硬的，像绳子打了结一样，此时竟然松开了、变软了，患者兴奋地叫儿子和儿媳妇马上过来看。这么好的效果，邝大夫自己也没想到，自己可是刚学会呀！感受到学习的重要，学习也就成了常态，听说哪里开了指导班，几乎都会去参加，同行的义诊活动参加，浮针发明人符仲华举办的纠误班也参加。2018 年，她又去德国参加浮针研讨会，国内热爱浮针的人也去了很多。不少在德国的华人也参加了，当然也有德国本地人。与会人员有很多是国内外大师级人物，其中一个环节是比赛，病人是从社会上招募来的，主要是疼痛病患者，随机选人，现场治疗。邝大夫也把自己的治疗案例写成一篇文章，方便大家交流探讨。德国之行，让她大开了眼界，让她用更广阔的视角去看待世界医学的发展。德国人很热情，喜欢和人交流。在他们的引导下，与会人员参观了几家德国医院。原以为德国是发达国家，看病一定很方便，但事实恰恰相反，在德国大医院看病需要预约，往往需等待很长时间，人们生病后大都在小诊所接受治疗，小诊所收费低廉，看病方便。德国医生看病非常认真，看一个病患需要一两个小时。他们也扎针灸，不过没有系统的针灸理论。许多德国人为了治病，也跑到中国来扎针灸，这让邝大夫看到了针灸巨大的发展空间。

2018 年，邝大夫学习了董针，跟郑承濬博士学习“董氏奇穴”及中医。郑承濬博士原来是中医博士，后来成为董针第二代传人。有一年，大他两岁的舅舅车祸后成了植物人，医院的医生说没有醒来的希望了，但舅母坚持要试试董针，于是他在医生同意后每天进入 ICU 进行扎针并每隔半小时捻一次针。这样坚持两个月，他舅舅奇迹般苏醒过来，并能生活自理。因此来找郑博士治疗的脑中风或外伤引起瘫痪的人越来越多，郑博士便想收徒弟传承这种疗效好又简单易学的针法。

2018 年，邝大夫又接触了针刀，原来针刀的治疗原理和浮针基本可以相互借鉴，学浮针要学习运动功能和患肌及协同肌对疾病的影响，针刀的关键是根据患者主诉症后查体确定主要引起病症的那个点。因为有两年的浮针基础，所以学习针刀自然更容易掌握，治疗过程中完全可以将两者综合在一起使用或准确判断哪种针法更好，有时慢性疼痛也可以使用针灸，急性疼痛和一些内科杂症，其实针灸的疗效也是相当好的。掌握了这些技术，就等于拥有了战胜疾病的武器，用好这些武器，就能获得丰硕的战果。

给她印象最深刻的一个病患是一位 63 岁的男性患者，他家距离诊所只有 2 公里路程，他赶过来竟然走了一个半小时，中途歇息了 13 次，那是位园林工人，年轻时干体力活过度，落下许多毛病。来到诊所时，他表情非常痛苦，查体时，发现他右侧腰部至整个腿外侧贴满了止痛胶布，他自己说，右腿麻痛已经 3 个多月了，一直在附近医院里治疗，打针、输液、服药都没有效果，晚上疼得睡不着觉，贴满止痛胶布才能起点作用。这时的邝大夫，对各种针法应用已经到了得心应手的程度了，治疗这种病很有把握。她这次采用循经通络疼痛复合疗法，第一天治疗后，患者就说好转了 70%；第二天再来治疗时，患者说走路非常轻松了，而且晚上睡觉也不用贴膏药了，这样治疗了 5 次，患者就行走自如了。

还有一位59岁女性绿化工人，在坐车时，突遇刹车，她跌倒了，结果原有的旧患腰痛被激发出来了，她在医院住院9天，出院后开始每天服中药，三个月后经别人介绍过来找邝大夫扎针。扎针后，原来她不能弯腰和深蹲的问题明显缓解，于是邝大夫问她："与你三个月中药相比，我这几分钟的针疗效如何？"患者心悦诚服地说"扎针比三个月中药疗效更好"，并竖起大拇指！

邝大夫学了浮针以后，前来就诊的疼痛病人越来越多，所以她现在基本以治疗疼痛为主了。

邝大夫后来又成为郑卢医学的第六代传人，她有一段时间主治鼻炎，后来也随着诊所转向了疼痛科。但中医讲究整体治疗，不强调分科，从中医角度分析，疼痛是寒证，是儿时挑食或食用生冷食物或坐月子时受寒等因素加上不良的坐姿和劳损导致的。随着患者越来越多，诊所也需要依据患者需求而不断做出调整。总结自己多年行医体会，邝大夫形成了自己的行医价值观：

"做一名合格的基层医生，既要关爱病人，精心施治，又要钻研医术，合理治疗。德技二字，是缺一不可的。"

盛开在心间的花朵

杨东梅

基本情况

杨东梅，女，1974 年出生，广东东莞人，助理医师，康复理疗师

教育经历

毕业于湖南湘潭市卫校，后在惠阳中医院进修

擅长领域

儿科，内科，妇科

诊疗特色

推崇“性理疗病法”、行经刺血及针灸

东梅家在惠州，后在东莞开了诊所。那时东莞比较穷，医疗条件不好，朋友介绍说："这里诊所少，又缺好医生，你们尽快过来吧。"从那时起到现在，已经25年了。

东梅从医，纯属偶然。填报志愿时，她和同学商量什么专业最好，可谁也不懂。父母都是农民，连"专业"是什么意思都不知道，哪里能给什么建议？跟着感觉走吧。结果一人报了护士，一人报了妇幼，懵懵懂懂踏进了医学的大门。

卫校是"女生世界"，学生是女生，老师也是女老师，东梅印象最深的是妇产科老师，不仅课讲得好，人也开朗随和，讲课时几乎不看课本，讲起来有条有理，滔滔不绝。哪个问题在哪一章哪一页，她都记得清清楚楚，好像背过了一样。她没有架子，下课后也和大家一起讨论交流。就这样，日子像潺潺的流水一般过去了。

东莞的情况和朋友说的一样，社区只有一家卫生所，人们看病并不方便，他们诊所开业后，给人们带来很大方便，当地人对他们评价很高。东梅的先生也是医生，用她的话来说，先生水平比自己强多了。曾有一名患者，脖子扭了，先生用手法调理，很快就好了。患者逢人便讲："那个医生好神奇，用手一按病就好了！"这话传来传去，越传越神奇！

东梅学的是西医，主要是内科和儿科。受医疗政策影响，诊所开设西医不太方便，后来开始转向中医了。去年6月，东梅在南城学习针灸，掌握了各种针法，学完之后试着在诊所应用，发现效果很好。过去自己学的是西医，略微了解一点儿中医，也只是了解而已，知道有效果，并没有切身感受。这次用所学针法给人治病，结果出人意料，患者感到很惊讶，东梅呢，她比患者还惊讶，这效果自己过去是不敢想的。

有了学针灸的经历，后来她跟老师学经方，再学习其他中医疗法就容易接受了，东梅也因此更刻苦更努力了。只是与针灸相比，经方学起来很难。针灸重在实操，经过一段时间练习，都能出点效果。经方偏重理论，理解起来更困难，所以越学越感到困惑：知道什么病用什么方，却不知道为什么用这个方，即"知其然还要知其所以然"。这还好说，更难的是调整经方。曾有一段时间，东梅陷入其中不能自拔，不知道经方这潭水究竟有多深！

可以重新开始！她这样对自己说。社会上有很多学习班，大都追求短平快，学了就能用，用了就有效，跟着这样的学习班学习虽然也可以，不过因为学的时间短，不能举一反三，不能灵活应用。打好中医基础需要从学习古代经典开始，这也是先生喜欢读经典的原因。

为了学古代经典，她下载了《黄帝内经》《伤寒杂病论》等著作，这些都是中医必读书。开始她还有点看不懂，比如《灵枢·杂病》有“厥胸满面肿，唇漯漯然，暴言难，甚则不能言，取足阳明。”能看懂是取穴位的内容，但具体说到每个词语的含义，就难以理解了！

用了针灸，学了经方，读了一些古代医学经典，对照自己的西医知识，她对中西医特点有了进一步了解：西医适合治疗，中医适合前期预防，也适合后期康复。例如心脑血管疾病，事先预防是完全可以做到的，但很多人缺乏防范意识，生病了才去医院。作为医生，当东梅发现患者有某种疾病倾向时，都会提醒患者，让他吃点中成药，或采取其他措施，可有些人就是不相信，怀疑这是推销。遇到这种情况，她还是苦口婆心地劝。“总会有部分人接受的。”即使患者不接受，自己也问心无愧了。再比如后期康复，使用中医方法调理，成本低廉，效果很好，如果中医在成功抢救后，及时介入康复调理，病人不会留下什么后遗症，每次看到有人走路一瘸一拐的，或者卧床不能起来行走的，她心里就有一种说不出来的难受！

这方面，东梅是有深刻教训的。前几年，有朋友患脑卒中住院，没有抢救过来，留给一家人的除悲伤外，还有遗憾。之前她提醒过朋友，要他平时注意一下，吃些预防药，定期做检查，可惜朋友没在意。你看，很好的朋友都不听劝告，更不用说其他人了！

东梅喜欢反思，尤其喜欢一个人静静坐下来反思，反省自己的过去，也设想自己的未来：参加工作时，自己还是小女孩，如今已近五十岁了。在中国，五十是知天命之年，天命是什么？天命就是上天赋予的使命，人不能只为自己活着，还要为社会做点贡献，这是上天赋予的责任。这样，当我们离开这个世界的时候，我们的灵魂比来时更加高尚一些。

想明白了！一定把诊所经营好！过去自己学医不是特别认真，学过不少东西，但始终找不到感觉。说来说去，还是不够用心。明白了自己的不足，她给自己提出了一个“小要求”：振作精神，专心学医，让每个来诊所的人都能获得康复，即使不能，也要给予他们足够的人文关怀，不是说，关爱也是一味良药吗？

从那时起，她专心致志经营诊所，全心全意服务患者，不仅用技术消除患者病痛，还与患者充分沟通，让自己和患者的心灵融合在一起。有一天，诊所来了个小女孩，她脸上长了很多痘痘，好长时间都治不好。东梅认真倾听、细心观察着，发现女孩在陈述病情时，情绪非常低落，声音甚至有些哽咽。她心想："不对！仅仅是长几个痘痘，值得这么难过吗？"继续追问，女孩放声大哭。原来女孩叔叔生病，需要换心脏，眼看叔叔病成这个样子，自己却一点忙也帮不上，女孩心里十分难过。她开导女孩："你是个善良的孩子，我知道你很想帮叔叔，可人如果生了病，有时连医生都束手无策，你只能用自己的方式帮他，不能把自己也陷进去。"通过交谈，她把关爱输送到女孩心中。几天后女孩的痘痘逐渐消失了！

"解决了气的问题，人就能得到解脱。"东梅说。

这些年，东莞发展很快，吸引着不少外地工人。不少来自贫困地区的打工者，身上都没钱，但疾病管你有钱没钱呢，该来它还是来。他们是底层百姓，东梅怎能忍心把他们拒之门外呢！曾有一个心梗患者，在东莞打工，在医院做了检查，医生说已经很严重了，建议住院治疗，东梅检查后也认为必须住院。这时病人显出为难的神情：刚来这里打工，家里没钱，一起结伴打工的人也没钱。东梅没犹豫："治病不能等，先住进医院再说。"当即拿出几百元送给他们。很多打工者治病时没钱，就打个欠条。年底，如果还收不到治疗费，东梅就把借条统统烧掉，再也不会提起。

唐代有个药商叫宋清。他在长安收购药材，因为药材好，患者常拿着药方在宋清这里购药，如果患者没钱，宋清就赊账给患者，留下一张欠条。但宋清从不上门索要，即使素不相识之人，也可先拿走药物。每到年底，宋清便将欠付药费的借条烧掉。宋清一直被人们说成傻子，不懂得赚钱养家，但他的善良一直为人传颂。

时隔千年，善举是何其相似啊！

"烧掉这些借条，就烧掉了牵挂，烧掉了烦恼！"这话是不是有点禅意？那一刻，东梅心中的那朵莲花正在盛开……

人心都是肉长的，这些打借条的人，也是因为生活太困难，实在没钱还。最近几年，人们收入增加了，普通打工者也不再欠款了。"社会进步了，生活水平也得到了提升，这是值得高兴的事情！”

在一个晴朗的日子，东梅正在诊所看病，突然看到门前站着一位孕妇，怀孕大概有六七个月了吧，孕妇一人站在路边，身边很多围观的人群。孕妇说，自己一人来东莞找亲戚，亲戚没找到，身上的钱也花光了，只能求助路人帮忙。东梅没想太多，问她路费需要多少后，便拿出400元递给孕妇。

有人不解：“这可能是个骗子！你连这个也看不出来？”

看着孕妇远去的身影，东梅解释说：“她说的可能不是实话，但没钱估计是实情，能丢掉尊严去乞求路人，这人一定是到了没法生活的地步了，我们该帮还要帮！”

那一刻，她突然发现，因为学习中医而接触国学，这对自己有着莫大的影响。国学和国医都需要一颗爱心，两者就是两朵并蒂而开的花朵呀！

夏盛智

也做良医济世穷

基本情况

夏盛智，男，1988 年出生，湖南安化人，中共党员，中医医师

教育经历

毕业于长沙医学院，后师从长沙市中医医院陈勇教授；参加全国第十二届柔性正骨整脊手法班、上海中医药大学中医特训营、湖南省中医药管理局全科医生培训班

擅长领域

中医骨伤科，中医内、儿科常见疾病，慢性病如高血压、高血糖、高血脂、高胆固醇、高尿酸，以及代谢紊乱所致的心脑血管疾病的健康管理和治疗

我国既是“茶的国度”，又是“药的国度”，而既可入药也可为饮的当属安化黑茶。安化黑茶具有生津止渴、缓解疲劳的功效，很早就被人所称道，成为当地人不可或缺的一种饮品。

这是人们知道的。人们不知道的是，安化附近山上不仅有黑茶，还有漫山遍野的中药材。在古代，安化的医师就是利用从山上采来的草药，来呵护一方百姓健康的。

天朗气清、远山变绿的日子，正是采药的好季节，人们背竹篓携铲刀上山采茶采药，成为当地一道靓丽的风景线，一道延续了几千年的风景线。

盛智听妈妈说，外公一家是世代中医，经常上山采摘中药材，外公的父亲医术极高，曾蒙冤被国民党的部队抓进监狱，并判处死刑，刚巧监狱长的太太生病，被他治好了，监狱长还有良心，想办法把他放了出来，算是捡回了一条命。会一门技术不仅能救别人，还能救自己一条命，一家人还真没想到。

父亲显然是受到外公家族的影响，也走上了行医的道路。新中国成立初期，农村缺医少药，父亲给人看病，又是针灸又是草药。有一天，父亲在干农活时，有人肩背疼，来找他看病，父亲就采来些草药，把叶子摘下来，放到嘴里咀嚼了一会儿，然后吐出来均匀抹在那人肩膀上，让那人用手捂一会儿，疼痛就减轻了一些。听到这个故事，夏盛智觉得给人治病还挺好玩的。

夏盛智走上医学路，还与另一位大师的鼓励密不可分。这人不是别人，正是父亲的老师夏问心，论辈分他是夏盛智的师爷爷。这人在湖南医学界颇有名声，是享受政府津贴的国医大师，擅长治疗大内科和各种疑难杂症等，还写过一本书，盛智心想，能出书的人一定是大师级的人物了吧！

夏问心在县医院上班，经常到夏盛智家做客。只要他一来，家里就挤满了各种各样的病人，从早到晚一直不断。当时盛智还小，只知道医生就是医生，医生什么病都应该会治，没听说过什么名医不名医的，更不知道还有水平高低之分。在他看来，爸爸医术就是最好的，看见爸爸也非常敬重这位老人，才意识到这人估计比爸爸厉害。

在湖南当地，有三月初三采野草的习俗。这一天，人们用采来的野草煮鸡蛋，说是春天能养肝。这天正赶上三月三，盛智正吃煮鸡蛋，夏问心就来了，摸着盛智的头说："小伙子，今年多大了？长大想干什么呀？"那时盛智只有十一二岁，不假思索地说："我也要当医生！"大师笑笑："学医很辛苦呀，你可要准备好呀！"从那时起，盛智在心里给自己树立一个目标：长大之后我也要成为这样的医生！

子承父业是千百年来的传统，夏盛智高中毕业后，也顺理成章地报考了长沙医学院。从小他就立志学医，像父亲一样给人看病，如今，这理想越来越清晰了！令他感到满意的是，当时很多医学院都没有中医专业，而且西医要求分数线还高一些，而长沙医学院正好有中医专业，这满足了夏盛智的要求，在他看来，只有学习中医才算传承了先辈的事业！

四年大学，需要修完很多课程，在这些课程中，夏盛智最喜欢的是医古文。医古文就是古代名医写的医书，因为是用文言文写成的，所以才叫医古文。古代有很多医学经典，像《本草纲目》《伤寒杂病论》等，都是耳熟能详的古医书。令人遗憾的是，学习医古文课程时，老师并不全部讲解这些书，而是将这些书中的精华语句摘录下来，编辑成教材，以至于毕业很多年，盛智都觉得有点不过瘾。

学习过程中还发现一个问题，有些老师课讲得很好，但临床上看病效果并不是很理想，似乎在讲课和临床上存在差别。当然，临床上也有一些医生，技术相当好，但自己讲不了课，或者课讲得很一般。后来他想明白了：医学是实践性很强的学问，疗效是衡量医术水平的唯一标准，不然只会坐而论道而不见疗效，再好的课程和理论又有什么价值呢？

实际情况也确实如此。他刚参加工作时，自己是满怀信心的，不过现实给他泼了一瓢冷水：学到的理论和实践不匹配，临床上疗效不理想。原来感觉看病很简单，根据病情，按照书上讲的开药方，而实际操作才知道，这些方法可能有效也可能无效，理论与实践总处在脱节状态。他请教过一位老中医，老中医告诉他：书上讲的往往是单一病种，是以没有其他病为前提的，实际上病人的情况非常复杂，甚至到了难以想象的程度。病人往往同时患多种病，这些病之间又存在着因果关系，需要综合考虑，不同阶段治疗的重点不同，这才能体现医生的真本事呢。比如，病人同时患有胃病和肝病，一般需要两种疾病同时治疗，因为这两种疾病会相互影响、相互促进病情的发展，就必须综合考虑。另外，病人年龄、性别、体质、性格等不同，即使同一种病也需要不同的治疗方法。严格按照书本去治病，往往会有偏差，这是考验医生水平高低的难题。

学而不厌是中国人的传统，特别是在新技术飞速发展的今天，停止学习意味着闭关自守、止步不前。2020年开始，夏盛智选择去益阳市第一中医院，在那里学到很多东西。同去的还有夏延辉医生，学习期间，两人对中医有了更加深刻的认识。

拿针灸穴位注射来说。他在急诊科的时候，就遇到一位偏头痛患者，老师直接用穴位注射，注射的是中成药加维生素B12。头上穴位一针打完，只一两分钟时间就不疼了。那效果超出了他的认知。

在脑神经外科，脑卒中的病人很多。这里的溶栓技术相当好，可以在四个小时之内迅速溶栓，而且恢复率可达到90%以上。曾经有个脑卒中病人，送到医院做了个核磁共振，确定没有出血，在排除了溶栓手术禁忌后实施溶栓，第二天便和正常人一样行走了。这技术之前听说过，这次终于见到了，不然还有点不相信呢！

现在，夏盛智的诊所以中医骨伤为主。夏盛智学的是中医，实习的却是西医，毕业后再次转向中医，才回到了自己喜欢的专业上来。骨伤是自己的家传特长，他见过父亲给伤者治病：先把骨头正位，将中药调配好，然后敷在伤处，外面用杉树皮包裹好。杉树皮软硬适度，用它来固定骨头不易错位。父亲治骨伤，一般七天后就能消肿。与石膏板相比，杉树皮材料易得，费用低廉，而且比较环保。

6年前的夏天，一个老奶奶在田里种花生，走过田埂的时候摔了一跤，当时觉得肩关节塌了下去，来诊所时，表情很痛苦，手抬不起来。老人没有手机，自己一个人从田里来的，盛智检查后判断是脱位，一边帮她治疗，一边安慰她。治疗以后，她说自己没带钱，家里也没钱。盛智说可以为她免费治疗，没想到等到秋末花生熟了以后，老人带着花生过来，送给盛大夫："这花生，应该有你的一半！"

如果本地没有诊所也没有医生，或者遇到贪钱的医生，不知道这没钱的老人要受多大罪呢！

农田劳作听起来很有诗意，实则非常劳累，中国的农民普遍缺乏保健意识，上了岁数，身体不行了，还是不甘心，觉得自己还没老，经常去田里干活儿，不小心摔伤的很多很多。还是几年前，盛智又遇到一个摔伤者。一位老师的妻子在田里摔倒，快要倒地时，她以手扶地。检查后发现已造成骨折，盛智用牵引手法，由三人操作，用杉树皮固定起来，又为伤者开了中药汤剂，一周后再服中药丸剂“接骨续筋丸”（这是夏大夫家传的骨伤药），一个月后完全恢复。

夏大夫的诊所开在农村，村里人不多，生活水平也不高，只想挣钱的医生在这里是待不住的。

当今社会，存在着各种各样的诱惑，而来自金钱的诱惑最让人难以抵御。作为医生，同样需要面对这一切。医生这个职业比较特殊，医生不可丢掉良知，有良知的医生有时甚至需要牺牲一些个人利益。历史上的名医都特别强调医德。大学同学毕业三四年后，相当一部分不干这一行了，毕竟年轻人都需要养家糊口。夏盛智理解他们的选择，也曾有过同样的想法，他想与父亲商量，父亲始终是那句话：“坚持，一定要坚持！”

父亲这句话，说了好多年，每当盛智想半途而废的时候，父亲就用这句话鼓励自己。他也明白父亲这样做的理由：村民看病太难，诊所只咱一家，咱们不干了，乡亲们去哪里看病?

小时候，夏盛智崇拜良医，觉得医生被人羡慕；初入医门，也想学习夏问心和父亲，拥有精湛绝伦的医术；行医期间，他想多挣钱，好养家糊口；直到今天，他才真正明白：医生的责任是济世养生，造福百姓。

为中医继绝学

邱伏齐

基本情况

邱伏齐，男，1969 年出生，江苏东海人，中医师

教育经历

毕业于东海卫生学校，后在连云港中医药大学、晋江王氏中医研究所等机构进修

擅长领域

中风后遗症、肝胆结石、肾结石、腰椎间盘突出症、痛风、慢性病调理，以及各种疑难杂症等

个人荣誉

多次荣获院级“先进个人”称号

邱伏齐站在一处店面前，仔细研究着房间的地理位置，观察门前人流量，思考着如何利用好空间，这时一阵带有大海味道的海风吹过来，空中裹挟着丝丝的凉意，街边的梧桐树也发出哗哗的声响，像即将出征疆场的战士的怒吼。

“开一家诊所，当一名中医，把从老人家那里学到的治疗结石的绝学发扬光大！”前几天，从阿姨那里回来，他心里一直念叨着。想着想着，自己仿佛成了国医大师！

邱大夫迈进医学大门有好多年了。从他结识老人家，到老人家答应传授他技能，再到前几天他决定开诊所，已经二十多年了。二十年的拜师苦学，二十年的临床实践，二十年的总结探讨，他深刻体会到这个治疗结石的方法的价值，理解了中医的神奇与伟大，从而放弃了与之无关的技能，专心致志研究结石病的治疗。他的小目标之一，就是坚守中医特色，把绝学传达给业界同人，为这项传承尽一份绵薄之力，让它在历史长河中永不变色。

他的选择，与当前形势有关。进入新世纪，中医生存环境得到一些改善，但挑战依然严峻。社会上对中医的质疑依然不断，这还好说，更可怕的是恶意诋毁和污蔑，一些人罔顾中医疗效良好的事实，企图用西医标准对中医品头论足，致使诸多中医绝技不被认可，面临着被遗弃的危险。“我要用铁的事实证明给人看！”

邱大夫记得，那是 2019 年，他在东海一家医院上班，遇到一位脑卒中后遗症患者，在医院住了 18 天，输液效果不大，仍不能独立行走，必须要人扶着。邱大夫为他扎针，这针是“醒脑开窍针”，是他从老师那里学来的，用来治疗脑梗后遗症效果很好。之后三个月，患者就自己走着回家了。没几天，患者就送来一面锦旗、一挂鞭炮，鞭炮燃放了好长时间。其实鞭炮和锦旗不重要，重要的是患者的病好了，那是对他的肯定，是他最开心的时刻！

能有如此绝技，是他自己多年努力的回报，也是那位老阿姨对自己倾囊相授的结果。这事还得从头说起。

他初中毕业后，对读书失去了兴趣，总想学点什么实用的真本事，赶上有个培训班，是身为中医的亲戚推荐的，就前往报了名，没想到报名的人太多了——人们都想学点东西，摆脱土里刨食的命运。后来，他总算经熟人推荐帮忙进了这个学习班，这“熟人”也是一位老中医，后来成了他的岳父，这是后话。

日子过得真快，转眼一年半就过去了。读书期间，他觉得哪儿都好，不像中学那样累人，只是自己学的是西医，不像亲戚他们都是中医。从学校大门走出来，他就进了医院的大门，在人民医院这个大熔炉里实习锻炼了一年，自觉功夫渐成，按照专业对口的原则，他被分配到医院，如愿以偿地当了一名外科医生。从此他一把手术刀，刀刀向着阑尾炎、疝气等疾病“挥”去，治好了很多病人。

从西医外科转向中医，这条路走了十几年。2003 年，来了一个特大好消息：连云港中医药大学招生，面向全省医生，但需要考试，通过后要在大学读三年，能取得中医资格证书，而且是半脱产，每个季度上一次课。这多好，一边读书学习，一边上班工作，挣钱学习两不误，当然，最大的收获，还是圆了自己的中医梦！

十年来，他心里一直装着这个梦，不管是做什么手术，始终有点儿“身在曹营心在汉”，每次说到中医的好处，总是能滔滔不绝地讲上很多：“中医更适合解决慢性病，这一点是西医很难做到的。”“用中医治疗疑难杂症，应该是当代中医的一个发展方向。”

就是那么机缘巧合，一个偶然机会，他认识了一位阿姨，90 多岁了，她有个民间偏方，专治胆结石，药全部是自己配的，效果出奇地好，名气自然就传了出去。这绝学馋坏了邱伏齐，真想自己学到手，可阿姨也奇怪，说什么都不教他。

邱伏齐是不轻言放弃的人，这点小事还难不住他。他首先想到的是，多为老阿姨介绍几个患者，让她多增加点收入。后来发现自己错了，阿姨对病人很热心，但不管结石多么大、多严重，治疗花了多长时间，都不会向患者多要一分钱。对邱伏齐的拜师想法，她似乎一点也不在乎——没有一点点答应收他为徒的意思！

一招不灵，再来一招。有一次，几个朋友一起吃饭，因为都是医生，话题自然离不开疾病和治病，正好一位朋友的孩子患有胆结石，已经联系了上海一家医院，本地医院检查，说结石已经长到很大了，其他地方做不了，只有上海一家医院可以做。

“我给你介绍个医生！”他赶忙把阿姨的绝学介绍给朋友，末了补充一句：

“如果这不行，再去上海不迟！”

听了他的话，那人真的带孩子去了。邱伏齐给阿姨打电话，介绍完孩子的情况，“顺便”问了一句：“阿姨，有个人想拜您为师，这人比我聪明多了，你收不收这个徒弟？”阿姨在电话里回答：“这人要有智慧，有爱心，不能指望这挣钱，愿意把中医当成事业，是可以收徒的，我得看一看。”

原来阿姨是留有余地的！邱伏齐高兴得一夜未眠，第二天醒来就给阿姨打电话：“阿姨，那个人不是别人，就是我呀！”然后解释：“昨天我不敢说，怕您拒绝。”

“明天过来吧。”阿姨的回答，让他差点跳了起来。

当然，过来不一定意味着答应。第二天他去了，接受了一位后来的师兄的面试，师兄部队出身，做事有板有眼，说话严肃庄重，邱伏齐很紧张，心一直在突突地跳。他认真思考着每一个问题，小心翼翼地回答，生怕有什么闪失。还好，通过了，谢天谢地！

成了正式弟子后，师兄师姐为他介绍绝技的“优良成绩”。在一个盘子里，盛着200多块“石头”,“石头”有大有小，大的几厘米，小的不到1厘米，装石头的小袋子上还写着患者的名字。然而，这只是最近几年的“战果”。阿姨从20世纪60年代开始行医，到现在70多年了，这中间治疗了多少个结石病患者呀！

这个绝招不是吹出来的，效果是实打实的。邱伏齐掌握绝学后，便遇到一个典型患者，一个80多岁的老人，因为结石住了医院，医院不愿给他做手术，因为老人岁数大了，手术风险太高，可这种病就算是年轻小伙子有时都疼得难以忍受，更何况80多岁的老人呢，真是感觉生不如死啊！

老人是胆囊结石，服用邱大夫的配方，两个疗程后，老人的孩子打来电话：“不疼了，谢谢邱大夫！”声音里洋溢着轻松和释然。

拜师一段时间，接触了很多患者，在实践中，邱大夫摸索出了治病的规律：阿姨的配方，对3厘米内的结石，有效率达80%，剩下效果不是特别明显的那20%还有没有办法呢？

一定有！依靠直觉，他知道这个答案一定存在。为了找到这个答案，邱大夫一个一个地研究阿姨传授的方子，通过实验、观察、对比和总结，找到了不同配方的不同疗效，又整合了好几个方子的优点，反复试验，把有效率提高了好几个百分点。

阿姨治疗结石有绝技，但她的绝技还不止这一个。她的针灸也是相当好的，不过人们都只知道她治疗结石，不知道她还有其他专长。其实中医有一套完整体系，任何一项具体技术都是基于这个大体系的，没有体系支撑，单独技术很难形成。作为医生，邱伏齐显然明白这个道理，对他来说，任何知识他都是来者不拒、多多益善了。

针灸治病和配方不同，针灸有风险，阿姨经常这样告诫弟子：

“你们只要拿起针，就要想到风险。记住，风险是不可避免的，但病是一定要治的，这需要你们胆大心细。”

“我不同意治病挣钱说，治病是为了解除病人痛苦。比医生能挣钱的职业太多了，你们想挣钱，就不要当医生！”

“医生要和病人同甘苦，共命运，假如你是病人，你此时是什么感受，我们要习惯换位思考，时时想着病人的感受！”

这时他才明白，为什么阿姨迟迟不愿收他为徒：在没有弄明白他的学医目的之前，她哪会愿意接受一个和自己价值观不一样的徒弟呢？

守其言，诺其行，阿姨治疗一个病人只收取 400 元，20 多年过去了，药材价格翻了很多倍，但她从没考虑过涨价，遇到孤寡老人是不收一分钱的。在别人看来，一门绝技就是一棵摇钱树，但阿姨从来不这么认为。

有人说，阿姨信佛，所以乐善好施。殊不知，她是因为乐善好施才信佛的，孟子说过：“恻隐之心，人皆有之。”阿姨只是践行了这一思想而已。这样的思想言行，怎么能不传递到弟子身上呢？

邱伏齐遇到过一个患者，患者距他三公里，那时还没有汽车，出诊就骑摩托车。夏天的雨说来就来，他接到求助电话刚出门，狂风暴雨就不期而至，当时雷声轰轰，狂风呼啸，他也想过先避避雨再走，但又一转念：病人需要治疗，也需要关怀，我无论如何不能耽误！

继续前行，一棵大树挡住了道路。原来风太大，把路边大树都刮倒了。因为着急，邱大夫车骑得快，差点撞到大树上。终于来到患者家中，诊断，开药、打针，一阵忙活，晚上十点多他才回到自己家中。

那次出诊，他只收了 2 块钱，多一块钱也不要！

邱大夫是这样理解医生这个职业的：医生虽然要收取医药费，但更要努力获得患者的认可与感激，而后者才是职业本身的要求。这不正是拜师时阿姨的谆谆教诲吗？

有过委屈吗？当然有过。这委屈来自自己的努力不被患者理解。过去人们说人定胜天，其实人在大自然面前，在疾病面前，都是非常渺小的，最高明的医生，也经常面对病魔而无能为力，何况许多手法和药物，不都是立竿见影的，需要时间，还要进行生活方式的调整。

那天晚上，一名妇女抱着女儿来看病，邱大夫测了体温，39℃，情况紧急，邱大夫马上为孩子扎了针灸。可能是体弱加疼痛的原因，孩子突然抽起风来。那位妇女大怒："我把小孩送到你手里，孩子就成了这个样子了？"那一刻，他心全凉了！

当然这只是少数，自己最常看到的，还是患者灿烂的笑容。最典型的一位患者，在晋江一家医院住院，治疗半月不见好转，右侧肢体偏瘫不能走路，右手五指都伸不开。邱大夫在他合谷和后溪穴位各扎了一针，患者的手指就伸开了。那一刻，他看病人的手指，就像一朵盛开的莲花，后来服用了补阳还五汤，几个月后，患者自己能起来行走了。

学无止境！邱大夫学的是用中医治疗结石，但也不排斥其他一切好方法。随着科技发展，新技术不断出现，比如微创技术就是其中一种。他听说南京一家医院有微创技术，便前往学习，利用这项技术，能让患者免于常规手术之苦——兼容并蓄是科学发展之大道！

"为天地立心，为生民立命，为往圣继绝学，为万世开太平。"张载阐述的是为相之道。作为医者，不也在践行这一光芒万丈的思想吗！

当一名医生的感觉

李君

基本情况

李君，男，1970 年出生，湖北襄阳人，主任医师。

教育经历

毕业于荆门职业技术学院，后在三峡大学进修，先后师从国医大师李佃贵、北京中医药大学徐荣谦等

擅长领域

贴敷疗法、小儿推拿，内科、妇科病，慢性病调理、脾胃调理

李君是在县医院实习的，那时的他第一次感受到了医生职业的不易。

他学的是外科，但实习时每个科室都要轮一回，便于全面了解各个科室的情况。

刚开始，李君还觉得哪里都新鲜，见到了没有见过的人，遇到了没有遇到过的事。老师做手术，他们就在旁边观摩，老师讲解病理，他们就认真听讲，学习生活过得有条不紊，紧张而有趣。

那天在内科实习，遇到了一个糖尿病人。这种病，老师在课堂上都讲过，李君还是比较了解的。只是近距离以医生的身份接触病人，这还是第一次。

李君记得，当他们靠近病床的时候，突然一股难闻的气味扑鼻而来，他有点纳闷儿，怀疑房间里有什么不干净的东西，后来才明白，那气味是从病人鼻子里呼出来的。

对！记得老师就讲过，糖尿病后期，病人会呼出一种烂苹果的味道，非常难闻。“原来这就是那种气味呀！”一阵恶心的感觉冲上来，他忍了又忍，没有吐出来。

那天下午，病人呼吸困难，用上了呼吸机也不管用，最后还是没挺过来。人的生命原来这样脆弱！

说实话，李君有点后悔，后悔自己当了医生。理想和现实差得太远了。小时候在医院里玩耍的一幕，又出现在他的脑海里。

李君是 1970 年出生的，家在襄阳南漳下面的一个小镇，名叫武安镇。武安镇历史悠久，文化底蕴深厚，战国时期，秦军将领白起率兵攻打楚国，因为伐楚有功，秦王封他为武安君，武安镇因此而得名。

20 世纪 80 年代，武安镇算是经济发达地区，镇上常住人口有七八万之多，和普通县城规模差不多。李君父母当年都在小镇一家医院上班。

医院不大，医生也不多，李君妈妈是医生，爸爸在财务科，其实爸爸也是医生，有时妈妈说病人情况，爸爸也和妈妈一起讨论。父亲善于学习，调到财务岗位后，就重新学习财务知识，不久参加考试，拿到了会计证。财务和医学，本是不相关的专业，父亲居然轻松完成了专业和岗位的顺利转型。

放学回家，医院总是聚拢了一大群孩子，都是医院职工子女，他们有大有小，有男有女，李君和小伙伴从一个科室转到另一个科室，每到一个科室门口，总是仰起头，抢着念科室门口牌子上的字：五官科、神经科，中医科……那时年纪小，总有一些字不认识，所以谁认识的字多，谁就能赢得大家的尊重。那时李君就有了一种朦胧的冲动：长大了我也当医生！那时他对医生的感觉是好奇，有时也觉得挺好玩的。

除了坐诊，妈妈也出诊，到病人家去看病。妈妈出诊的时候，李君也跟着妈妈一起去。病人大都是长期卧床的或者行走不便的人，除了给他们看病、打针、吃药外，妈妈也给他们洗脚、换洗被褥和衣服、帮他们翻翻身，不然病人身上可能会长褥疮，那受的罪可就大了。医术、耐心和爱心，是妈妈留给他的深刻印象。这是 1988 年，正是他一脚迈进成年人大门的时候。

不跟妈妈出诊时，他就一人在诊室里“值班”。

有一天，诊室来了一个病人，那人说他是税务局的。税务局是干什么的，李君不知道，只知道凡是到这里来的，都是生病的人，是来找妈妈看病的。见医生不在，那人就坐在诊室里，高兴地和李君聊着天。

终于，妈妈回来了。给病人看完病，妈妈拿出药和针，笑着对李君说：“敢不敢给这位叔叔打针？”那人也逗他：“大家都说你很勇敢，一不怕苦二不怕死，你敢不敢给叔叔打针？”

李君不敢，冲妈妈摇摇头。妈妈和那人都笑了。

上山采药，也是很有趣的事情。父亲是中医，跟一个老中医学习，后来当上了医生。父亲经常上山采药，也带着李君去，那是他最高兴的时候，武安镇周边，有很多小山，山上长满了各种树木，中草药也非常多，最多的是柴胡、桔梗、蒲公英等。每次上山之前，就得在头一天做好准备：提前蒸好馒头，备上咸菜，还有挖药材用的铲子、装药材用的柳条筐。两人天不亮就出发，天黑了才回来，背着满满一筐的药草，两人常常因为兴奋而忘记了一身的疲倦。

李君后来养成一个习惯：给人看病后，总把怎么预防这种病，以及今后的注意事项讲给患者。这与他一次经历有关。那时在传染科实习，有个病人的情况让他震惊了。病人是一家林场的负责人，患有肝硬化，年前住院，年后还住院，住了三个月医院。他儿子就是医院的一名医生。到后期，病人还打了蛋白针，花了很多钱，但最终还是走了。李君想，患者家庭条件这么好，但最终还是没有抢回来生命，如果放在普通家庭，恐怕早就离去了。看来，人的健康虽与钱有关，但更与生活习惯有关，平时不做好预防，病了才去治疗，不管怎么说都有点晚了。

李君走上医生岗位，是在毕业以后，他被分在一家法医门诊工作。这里的患者身份很特殊，不光是患者，往往还是刑事案件当事人。当时有很多因打架受伤的人，有时需要缝 100 多针，很多人就此致残。每次看到这样的人，李君心里都非常难过，而自己能做的就是劝他们："有事好好商量，商量不成可以去法院呀，为什么非要打架呢？"对前来就医的犯罪者，李君会尽力劝导他们改邪归正、重新做人。

李君回到镇上医院上班，是三年以后的事情了。武安镇是自己生活过的地方，这里沉淀着他千丝万缕的记忆。在他很小的时候，有很多叔叔阿姨给过他许多温暖的回忆，还有一些老人，接受过妈妈的治疗，妈妈给他们治病的时候，他们也逗李君："我看你长大了，也是一个小医生。"那一刻，他的感觉是甜蜜的、自豪的。

回到故乡小镇，如同回到了童年，重新找到了安放心灵的地方，找到了当医生的感觉和价值。

他记得，曾有一位老爷子，70 多岁了，年轻时上山砍柴，不小心将柴刀砍到自己腿上，血流如注，当时没医没药，只简单处理了一下，便埋下了隐患，后来伤口开始隐隐作痛，再后来疼得越来越厉害，等他找到李君看病的时候，伤口已经发了炎，李君仔细检查，发现里面都长了蛆，正是夏天，伤口味道很难闻。如果不截肢，后果不堪设想。

李君心里一阵难受：这个岁数的人了，还受这样的罪！如果当时条件好一点，今天怎会落到不得不截肢的地步呢！

好在手术非常成功，老人保住了生命。可李君在感受到医生价值的同时，也替老人感到遗憾！

小镇上这样的患者很多，都是因为生活条件差、体力劳动太累的原因导致的。还有一个放牛的男子，白天在山上放牛，牛受到了惊吓，疯狂地在田里跑来跑去，用锋利的犄角穿破了这人的肚子，肠子都出来了。这样的事情以前每年都要遇到多次。到了近些年，放牛的人越来越少，多数人都去城里打工去了，被牛顶伤的事儿才少了起来。感受到社会进步，即使自己的技能废弃不用，作为医生，李君也同样感到欣慰。

诊所最大的患者群体是孩子。孩子生病很受罪，家长也跟着急。遇到这种情况，诊所一般是打针吃药，但打针孩子怕疼，哭得死去活来的，吃药吧，有好多苦药，孩子也不愿意吃。为了解决这个问题，李君学习了直肠给药疗法，孩子的常见病，比如腹泻、咳嗽、发烧等症状，几乎都可以用这种方法缓解，一般一周就会有明显效果，家长看到孩子不哭不喊也能治好病，都露出了满意的笑脸。

2017 年，他去了北京，学习了另一种绿色疗法——贴敷疗法，是根据病情将药物碾成粉末均匀撒在贴布上，再敷在身体的某个部位上，达到治病的效果，同样免去了打针吃药之苦。

按照这个思路，李君又引进了穴位注射疗法，用于治疗腰椎疼痛等疾病，这是用现代技术把中药的有效成分提取出来，再注射到人体内的一种疗法，适合慢性病、疼痛、感冒咳嗽等疾病，引进后收获了患者的肯定和赞扬。

在小镇，李君是第一个引进绿色疗法的人。看到这么多患者满意，李君真正找到了当医生的感觉——因为被尊重、被认可，心里永远保持着充实和快乐！

在父亲的雕像前

李国永

基本情况

李国永，男，1971 年出生，河南通许人，通许和顺康肛肠医院院长

教育经历

毕业于河南中医学院，先后在北京广安门医院、济南“52849”部队“痔全息”培训队、山西省侯马市医院肛肠科，以及山东、陕西、河南等地肛肠医院学习

擅长领域

肛肠疾病诊治

个人荣誉：

通许县政协委员、工商联主席，河南省中医肛肠专业委员会委员兼协调委员会主任，中华中医药学会肛肠分会理事会理事，河南省医院管理协会民营医院分会委员；获中华特色名医论文金奖

在我国传统农耕文化中，土地是最宝贵的财产。一个农民，只要有几亩薄田，就能维持一家的温饱，心里就格外踏实。但还有一种东西，有时比土地还宝贵，这就是技能，正所谓“薄技在身，胜过良田千亩”。过去，技能都是家传的，是家庭的“核心竞争力”。

选择

李国永的“家传”有些特别，一代只传一人。一个家庭，孩子再多，也只能传一人。如果多人继承，再各立门户，兄弟可能反目成仇，家庭可能走向四分五裂，这是老祖先最不愿意看到的结果。父亲也是这样做的，因为他认可这个道理。他早就说过，曾有一家人，把家传的行医本事传给了多个孩子，结果几个孩子互相争夺患者，闹得不可开交，父亲可不想看到这一幕。

李国永的父亲是医生。虽然到了现代社会，行医不再是唯一的选择，甚至也不算什么热门选择，但父亲还是希望有人能继承家传，做一名知名的医生。有一天，他把几个孩子叫过来，想听听他们的想法。显然，选个继承人的想法在他心里已经酝酿好长时间了。

按照古代规矩，家里老大是唯一的继承人，其他几个孩子要另寻出路。哥哥是家中老大，理所应当继承家传，但哥哥对行医没兴趣。“我喜欢车，将来买一辆汽车，跑运输。”老大直言。开车跑运输，这个梦想早就在他心里扎了根。

老父亲不是固守成见的人，尽管他非常希望老大能继承自己的事业，将来能超过父辈，不仅能养活自己，也能成为对社会有用的人，但他仍为老大的选择而高兴。

父亲将目光转向李国永，意思是，想听听国永的想法。一时间，国永好像站在人生的十字路口。

父亲心里其实是明白的——自己孩子想什么，哪有不明白的道理——这孩子，虽然有点调皮，经常给大人添麻烦，但说到当医生给人看病，脸上总是绽放出无法掩饰的光芒。

果然，国永高兴地答应了。一个人的选择和发展，看似存在一定的偶然性，但一定有其必然的道理。

从那时起，哥哥走上了自己的道路。和许多人一样，这条道路走起来并不顺利，但他一直坚持，从未放弃。后来在国永帮助下，哥哥有了属于自己的事业，实现了儿时的梦想。这是后话，暂且不提。

国永呢，不仅如愿成为一名医生，更开办了自己的诊所，后来创建了自己的医院，事业也迈上了一个新台阶。

成长

李国永从医的心愿，是在随着父亲走街串巷给人看病的日子里产生的。

小时候，国永就跟着父亲给人看病，父亲走哪里他就跟到哪里。父亲给人看病时，他就在旁边帮忙。听妈妈说，父亲非常聪明，学什么会什么。在村里当赤脚医生的时候，什么病都治，这让父亲成了一个全科医生，后来慢慢转向了肛肠病，成为有名的肛肠科医生。

父亲后来开了诊所，为了诊所的生意，国永像大人一样，日夜忙活，四处奔波，当年的诊所发展成今天的医院，这枚“奖章”有父亲的一半，也有李国永的一半。

至今，国永还记得诊所初创时期的艰辛呢！

清晨，李国永就出发了。他骑着半旧的自行车，从一个村子到另一个村子，见人就喊叔叔婶婶哥哥姐姐，然后打听谁家有肛肠病人，病人在地里干活就去地里，病人外出就在门口等人家，问明情况后就骑着自行车回家叫父亲。

走街串巷的时候，他忽然萌发了一个念头：如果在墙上刷上广告，留下地址和电话，就算我走了还会有人看到。于是，之后他一边找病人一边刷广告，慢慢的，病人多了起来，广告起作用了。

勤奋这一品质的重要，在他实习时再次得到了证明！

实习老师脾气很大，对学生要求严格。老师平时不说话，一说话总是挺吓人：

“都出去，别在这里闲聊天！”

“不好好看着，明天就别来了。”

遇到老师发火还算好的，最可怕的是他不发火的时候。他对看不惯的人，干脆就不理。有人跟他学了半年，可从来没有上手的机会。

许多学生都说，遇到这样的老师，算是倒了八辈子霉。但让人弄不明白的是，他对国永非常好，不教给别人的，都教给国永。有人怀疑两人有私人关系，其实，老师对谁也没偏见，不过更喜欢勤奋的人罢了，国永跟老师学习，他的勤奋，老师都看在眼里。

长期在农村刷广告、找病人，让国永比常人更早地进入商业领域。通常，我们谈医生的成长、谈诊所的经营，人们都把重点放在技术上，对经营管理研究不够，这几乎是整个行业都存在的问题。

看到广告带来的效果，国永明白了：一个医生，不管医术多好，如果不去传播，也无人知晓；诊所不做宣传，也难以发展，“酒好不怕巷子深”的年代已经过去了。

这些朴素的经营观，来自那段寻找病人的经历。真正把理念应用到经营上，是在 1993 年，这年他发现城市的发展空间更大，如果只在农村发展，诊所的水平很快就到“天花板”了。他与父亲商量，两人一拍即合，于是把诊所搬到了县城。

探索

1994 年 5 月 4 日，这天是青年节，诊所新址前锣鼓喧天，花团锦簇，彩旗飘飘，筹备好长时间的新诊所开业了！

新诊所要有定位，定位看似简单，其实并不容易。父亲过去是全科医生，但如果什么病都治，势必弱化父亲的肛肠科专业技术和诊所的品牌价值，短期能挣点小钱，长期会影响医院的整体发展。

至于营销策略，当然还是做广告，不过国永有了新的创意。一天，他看到有人把字写在大白纸上，用作门店名字。他灵机一动：这广告也可以写在布条上啊，就像如今的条幅广告。条幅广告做了好多年，效果相当好。

发展

但是，任何一种营销方式，都有一定周期，都需要与时俱进，环境变化了，就要及时调整。谁的反应速度快，谁就能占得先机。有时一个创意看似很好，实施起来并不容易。“会员卡”就是国永逐渐摸索出来的，开始免费领取，人们不接受，后来改成收费的，反而火了！会员卡系列优惠政策，让持卡人都有一种实惠又放心的感觉。国永的诊所就推出了“会员制”：

第一，凡在诊所治疗过的病人，如果五年内复发，再来治疗一律免费；

第二，凡是持卡人介绍来的患者，病人都能得到30元的优惠，持卡人享受一定的积分，或获得一份价值不菲的礼品；

第三，持卡人自己看病，还享受VIP待遇；

……

会员制改变了持卡人身份。过去他们是患者，治疗过后双方关系就结束了；现在他们像是“一家人”，患者和诊所成为一体，实现了合作共赢的目标。

曾经有个患者，在这儿治好病后，感觉非常满意，他拿着会员卡，经常讲治病过程和疗效，传播医院品牌，还引来好多患者。

但不要以为是会员制创造了奇迹，真正起作用的，是国永对待病人的真诚。在利益驱使下，很多医院为了赚钱，进行过度医疗，对无需手术的病人，也建议其做手术，因为做手术收费高。国永反其道而行之，他提出过一个口号：能吃药不打针，能打针不手术！

这个定位解决了很多问题——不少人生病多年不敢治，就是担心花钱太多，听说这个消息后，会抱着试试看的心态来。

有些痔疮病人来后，国永先为其普及肛肠知识，也让家属听。诊断完后，就给病人一个“痔疮套组”，有口服的，有外用的，都是专利产品，是用花椒、无花果等中药制作而成的，病人只需花很少的钱。除非患者要求，诊所一般不推荐做手术。

有爱心、同情心、悲悯心，这才是医院基业长青的根本。

一通通来自全国各地的电话，一段段感人肺腑的言语，书写了患者对医院的感激和信任！

一位留日学生，全家人以及亲友，有肛肠类疾病都在这儿治疗，逢人便说医院好。

一位在美国做生意的老板，每次生病都从美国飞回来。国永和他开玩笑：“你的机票钱比治疗费高多了。”

一位在深圳创业的博士，工作非常忙，生病后专程驾车回来看病。

十年努力，医院获得了长足发展，实现了父亲当年的梦想。

回归

总结取得成绩的原因，国永觉得有两个要素不能被忽略。

第一，是学习带来的创新精神。

国永善于学习，善于钻研。从走街串巷开始，就处处留心，经常有新鲜创意出来。进入新世纪后，他每年都出去学习，除了学技术，还学诊所经营与管理，从不错过任何一个学习机会。知识无价，在国永这里体现得淋漓尽致！

有人说，一头狮子带领的羊群，能打败一头羊带领的狮群。国永自己学习，也安排员工出去学习。他希望自己的团队是这样的：由凶猛的狮子带领着凶猛的狮群，无坚不摧，无往不胜！医院有很多优秀员工，大都是自己培养出来的。他们敬业勤奋，脚踏实地，为自己，为医院，也为社会，默默贡献着自己的一份力量。

第二，是父亲培养给他的优秀品质。

父亲兄弟五人，他是老大，作为家中长子，他分担了父母的部分责任。既要挣钱养家，又要照顾兄弟姐妹。小时候家里穷，青黄不接的时候，一家人不得不出去讨饭：一台独轮车，装着包裹行李，爷爷奶奶带着一群孩子，在空旷的乡间小路上艰难前行。父亲是老大，独轮车都是他推着，一天三叔看父亲累，就想替父亲一会儿，没想到三叔年纪小，推着推着就把车推翻了。父亲难过，觉得没尽到长兄责任，忍不住狠狠打自己的脸……

父亲爱孩子，但不放纵他们。国永小时候调皮，遇事控制不了自己，一言不合就和人动手，结果是或被人打，或打了人，给父亲惹了不少麻烦。现在想起来，国永觉得欠父亲太多，内心一直很愧疚。

父亲是六十六岁那年走的。在他最后的日子里，几个孩子轮流守着他。父亲明白自己的病情，不愿意给孩子们添麻烦，尽管疼痛难忍，还是尽量不表现出来，有时甚至会把牙咬得咯咯响，令人心疼。

父亲离开已经九年了，他的勤奋、善良、仁爱、敬业等优秀品质，在潜移默化地感染着国永的人格精神，时时激励着他。

国永有个心愿：为父亲建一尊雕像，让父亲永远看着自己，爱着自己，激励自己……

让医学回归自然

岳民江

基本情况

岳民江，男，1977 年出生，河北邯郸人

擅长领域

擅长脏腑点穴疗法，用于糖尿病、抑郁症、肠胃病及各种慢性病、疑难杂症等疾病的调理

专业成就

著有《仙人柔腹》

人生箴言

弘扬大成文化，推动整体健康

岳民江学习中医，与家传没有关系。是一件偶然的事情，让他对中医产生了兴趣。

那年他 20 多岁，刚参加工作不久，患了一场病，连续发烧很长时间，看了好多医生，说是伤寒，但吃了好多药，中药西药都有，天天输液，就是高烧不退。

一天，他父亲去县城买药，碰巧在药店遇到他初中班主任。父亲把生病的事说给老师。老师听后，关切地告诉他父亲："我知道有个大夫，在王焦寨村，祖传专治伤寒，你带孩子去看看吧，这医生很厉害，药到病除，很多人在那儿看过。"

抱着"有病乱投医"的心态，父亲立刻带着他去了王焦寨。原来，这个村里原先有个老大夫，有家传治疗伤寒的方法，老大夫去世后，传给了两个儿子，老师介绍的是其二儿子。于是，父亲打听着直奔大夫家。

大夫没在家，在地里干活呢，直到中午才回来。只见他衣着朴素，一身泥水，一副农民打扮，一点儿不像个大夫，但脸上始终乐呵呵的。他擦了一把汗，找个板凳坐下来，简单问了几个问题，开了一个月的药，才收了 50 块钱。父亲心想，药费这么便宜，能治好病吗？

大夫说，第一服药吃下去，烧就会退。后面的都是巩固，一个月吃完，终生不会得第二次这样的病，如果得了，再过来看病不收钱。结果，至今没有复发过。

这次治病经历，让岳民江感受到了中医的神奇，也对中医产生了强烈的好感。

让医学回归自然

这事以后，他经常会思考一个问题：那个大夫技术是高超的，可生活是清贫的，为什么他活得却那么开心、那么快乐？为什么不多收点钱？他即使把价格涨上去，患者也不会抱怨呀。

岳民江百思不得其解。

然而，有一次，他在一本书里找到了答案。

那是一本故事书，书中记载了很多古代名医的故事。

李时珍翻山越岭，晓行夜宿，经常忍饥挨饿，却完成了《本草纲目》一书。那时没有版权和稿费，没有老板资助，他哪里来的动力？

张仲景为长沙太守，处理政务之余，还要殚精竭虑，钻研医术，他图什么呢？

还有很多这样的人，这样的事……

突然，岳民江心中有了答案——治病救人！

天有好生之德，人有救苦之心。治病救人，自然之道。

你看，这些名医，哪一个不是把治病救人放在第一位的？是治病救人的信念，成就了他们的英名伟业。如果只是一味贪财羡富，离弃道义，其名字早就消失在人们的记忆中了。

今天，来调理的人，很多是普通百姓，对费用比较敏感。岳老师点穴调理，收费几乎是最低的，对困难患者往往只象征性收点费用，甚至经常免费，尤其是对外地远道而来的患者，常常照顾更多。

有朋友建议，手法占用时间长，又费力气，做得太累，还是涨涨价吧，也能增加一些收入。

他笑了笑："有道理。"但还是依然故我。

常常有一些患者，跟随岳老师学习。他们本人并不想当医生，因为自己有病，但看病又有经济困难，为给自己治病才来学的。像这样的学生兼患者，岳老师有很多，他们都如愿掌握了点穴技术，而且也没花什么钱，因为他们遇到了一个坚守"让医学回归自然"的人。

也有一些诊所的大夫前来调理、体验和学习。有的是听患者说起后感到好奇过来的，有的是朋友介绍过来的，比如齐铁雄老师就是这样一位热心肠的朋友。

多年前经朋友介绍，两人相识，一见如故，成为好朋友。齐老师多年从业于医疗门诊行业，在业界享有很高的知名度，身边医学界专业人士高手如云，有很多都是国家级知名专家，他对岳老师的脏腑点穴体验后赞不绝口。

在齐老师的介绍下，很多诊所的医生，也过来找岳老师调理身体，还有一些医生，直接把这项特色技术引进门诊，帮助很多患者解除了痛苦，特别是那些不适合针灸及喝汤药的患者。

让医学回归自然

“天人合一”是中国哲学思想，对中医理论也影响深远。仅以中药为例，中草药来自大自然，经过了阳光、空气和水的滋润，是有灵性有温度的，与同样源于自然的人完全契合。中医认为，疾病与生活环境有关，与人的心情有关，这也是天人合一思想的体现。

2003 年，岳民江结识了空相师父。老人家精通易学和医术，一生有很多传奇和传承，从此岳老师正式步入医学之门。

2008 年，岳民江又拜青龙山人为师。师父精通医术与易学，救人无数。由此岳老师进一步拓宽了自己的医学视野，同时，恩师的博爱济世，奠定了岳老师弘扬中医文化的思想和道路。

2009 年，岳民江经朋友介绍，又有幸向窦瑞鹤老先生学习。老先生擅长脏腑点穴，手法精到独特，对日后岳民江弘扬民间脏腑疗法有重要深远的影响。

脏腑点穴，又舒服又解决问题，名不虚传。

有一个患者，是一位 67 岁的大姐，来时吃饭喝水都困难，患病好长时间了，过年连两三个饺子都吃不下，左眼严重痉挛，不停地眨，20 年来中西医看遍了，无效。岳老师给她调理了一次，当天就能喝两碗粥，五六次后，不但饮食正常了，眼睛也正常了。类似这样的患者有很多。

为什么脏腑点穴有这么好的效果呢？

岳民江说，人体百病源于气血，气血的根源在脏腑。脏腑点穴目的就是调整脏腑与气血，气血和顺，则免疫力、抵抗力、自愈力就能增强。因此点穴看似什么病都不治，实则很多问题都能解决。脏腑功能增强了，气血增强了，很多病都可自愈。

升降出入是人体脏腑气血的运行规律，而这个规律也是大自然运行的规律。回归自然，师法自然，以人为本，以病为师，从自然中悟道，是岳民江多年以来一直非常重视和身体力行的理念。

为中医文化传承尽力

中医经历了漫长的发展过程。中医体系实际上是开放的、包容性很强的，在漫长的发展历程中，只要是有利于治病救人的各种方法理念，历代中医大家都会吸收借鉴。砭石、针法、灸法、汤药、导引术等，都是在这种开放状态下创造和使用的。

中医因开放取得了巨大成就，这种思想代代传承，历久弥新，千百年来，为人民群众的健康做出了巨大贡献。但是在传承方面，也存在着一些小的保守。比如，很多治病良方，都是家族最高机密。“传内不传外、传男不传女、每代只传一人”等保守思想也大量存在。

岳民江是一个有情怀的人，在他看来，中医不如西医的影响力大，原因是多方面的，而自身问题也是最主要的原因之一。中医文化未来发展需要摒弃某些狭隘思想，广泛接纳一切有益元素，才能赢得一个更加美好的未来。

作为一名默默无闻的民间脏腑疗法传播者，岳民江无力改变大环境，但他却实实在在地努力着，为中医文化发展尽着自己的一份力量。

在长期的学习研究与实践中，岳民江以真诚无私的付出逐渐地被越来越多的患者、同行了解和认可。很多人从全国各地赶来，希望跟着岳民江学习。2019 年，第一期脏腑调理学习班开课。很多人觉得，这么好的技术，这么好的机会，收费一定会很高，谁知，才收取 100 元——只是一个场地费而已。

“这么少，难道不怕亏钱？”有人表示担心。

“现在随便一个学习班都几千上万甚至几万，岳老师竟然收这么少！”有人表达感叹。

“岳老师一点儿也不保守，他也许是全国最不保守的老师之一。”

“在课堂上，他总把最核心的东西全部无私地奉献出来。他常常恨不得把知道的所有的绝招都告诉大家。”有人高度赞美。

而岳民江做这些，不为别的，只为让中华瑰宝能造福更多老百姓！

几年间，学习班每月举办，办了很多场，从未间断。学习班结束后，仍有很多人通过电话、微信等方式，向岳老师咨询、请教或与他交流。无论白天晚上，也无论工作还是休息日，他都认真解释，一一回复，总是知无不言、言无不尽，毫无保留。

一天，有人打来电话：“岳老师，我很想学点穴，但实在不好意思，现在经济有点紧张，能不能学完后再交学费？”

“可以。”岳民江爽快地回答，“只要你愿意学习，愿意传承脏腑疗法，愿意传播中医文化，帮助更多的人，我免费教你！”

像这样的情况，经常有，只要对方喜欢中医，愿意学习，岳民江都会开心爽快地答应。

放下电话，岳民江仿佛看到了无数个身影，在家庭、在养生馆、在诊所、在无数个社区村镇；又仿佛看到了一条大路，伸向远方，路上也有一个身影，是一个昼夜不停的赶路人，而那个人仿佛就是他自己。

四代同医济世心

徐策

基本情况

徐策，男，1978 年出生，浙江温州人，副主任医师，永嘉民安医院院长

教育经历

浙江中医药大学毕业，在浙江省中医院与浙江大学医学院附属儿童医院进修

擅长领域

小儿呼吸道疾病、消化不良、小儿脑瘫、孤独症、抽动症、多动症、脑发育不良、重症肌无力、各种疼痛、颈腰椎疾病、顽固性鼻炎、哮喘、肿瘤、不孕不育症、中风后遗症、肝病、肾病等疑难杂症

个人荣誉

2019 年“当代最美医生”

中国世纪大采风年度人物

温州徐氏中医第四代传承人

入选“中国行业专家人才数据库”

入选“新时代·行业专家人才数据库”

2018 年，徐策的儿子拿到了录取通知书，考上了武汉中医药大学。

消息传来，全家人很高兴，最高兴的就是徐策的父亲。老人已 70 多岁了，年轻时，他给人治病，和徐策的爷爷一样，是有名的中医。20 世纪八九十年代，中医曾不受重视，徐策就有点愤愤不平：中医传承了几千年，难道今天走到绝路？他不服，坚持要传承下去！这是家事，也是国事。

采草药——青春少年的记忆

从爷爷那代起，到他儿子这代，徐策家传中医已经是第四代了。

爷爷去世早，他行医的故事，都是从父亲那里听来的。

爷爷出生在 20 世纪 30 年代，正是国家山河破碎、民生凋敝的时候。老百姓缺衣少食，忍饥挨饿，穷得叮当响。一旦生病，无异于雪上加霜。爷爷心地善良，自家生活不是太富裕，却经常接济穷人，由此还萌生学医的念头。也是机缘巧合，爷爷遇到一位很好的老中医，几年勤学苦修之后，爷爷成了远近闻名的医生。

那时，村里几乎没医生，也没药房，只有城里有。爷爷给人治病需要药，就到山上采。永嘉周围有不少山，山上植被丰富，生长着很多药材，金银花、野菊花、仙鹤草、白茅根、枇杷叶遍地都是，上山采药就成了“家常便饭”。

药材采回来，便晾在阴凉通风处，风干后用刀切成段儿，再放到药柜子里。切药这活儿很枯燥，也挺累：爷爷却干得很带劲儿。把药放到刀枕上，轻提刀柄，用力猛地一压，“刷”的一声，药齐刷刷切断，变成一段一段的，散落在药刀周边，那声音清脆悦耳，节奏轻松明快，如悠扬的音乐。

徐策没见过爷爷切药，不过小时候的他在家也切药，为此还切伤过手指，不过仍觉得好玩，童年的日子就无忧无虑过去了。

习惯是一种力量。20 世纪 90 年代，医疗条件虽然好了，但受爷爷影响，一家人依然上山采药。一方面是为了保证药材品质，另一方面是因为这习惯承载着一种精神、一种情怀，不可轻易被抛弃。

青春少年，情思飞扬。受家庭环境熏陶，徐策见草药就欢喜，总忍不住抓一把、闻一闻，也喜欢“卖弄”一下：“橘皮就是橘子皮，风干后就成了陈皮，有清热、止咳、化痰、健脾胃等作用，冬天咳嗽就喝这个。柿子蒂就是柿子把儿，用来治疗呕吐、胃胀……枸杞呢，红红的，味道甜，看着好看，吃着好吃，还能养肝明目……”

原来，别人看来不值钱的东西，到他家就成了宝贝！那年代，一切甜的东西都是奢侈品，买不起糖块，有枸杞和甘草吃也能解馋。他的同学们也纷纷加入采药大军。曾经有一次，一个同学上山玩耍，把几棵枸杞连根带叶带回来，枝叶上面长满了鲜红色的枸杞，像满天的星星，一家人看到后喜出望外，好像得到无价之宝一样。

徐策 15 岁时，家里的诊所搬到镇上。因为父亲技术精湛、为人和善，诊所越做越大。徐策呢，也长成一个帅小伙儿。高考后填报志愿，他毫不犹豫选择了学医，只是学校没有中医专业，多少让他有点遗憾。好多年之后，他去浙江中医药大学读书，才把这一遗憾从心里移除了。

人长大了，学业有成了，诊所也发展了，但徐策觉得，肩上的担子更重了。

灯芯草——爷爷的济世情怀

人们常说：人生病，钱多有钱多的办法，钱少有钱少的办法，没钱有没钱的办法。爷爷见老百姓没钱看病，想出了一个办法——用灯芯草炙烤患处。

温州临近大海，空气湿热，患风湿病的很多。治吧，没钱；不治吧，挺难受。爷爷琢磨了很久，采来灯芯草，把它编成绳，浸上菜籽油，再用火点燃，放在病灶周围炙烤。很多不愿吃药或没钱买药的老人，用这方法能省钱。不过这法子也有不好的地方：皮肤会留下印记。没办法，治病要紧。直到现在，徐策在街上走，常遇到一些老人，见到他还撩开衣服，露出印痕给他看：“瞧，这是你爷爷给我治病留下的！”

旧社会，有些医生越有名架子就越大。可爷爷行医，从不摆架子，有钱人家有抬轿子来请爷爷的，穷人呢，小病病人自己来，来不了的爷爷就过去。病人有远有近，近的好说，远的爷爷也步行过去，一走就是好几公里。

2016 年，诊所来了一个患者，肚子疼得直打滚，汗水湿透了衣衫。大夫确诊其为急性阑尾炎，但靠诊所现有的设备很难控制住病情，便决定转送大医院。谁知道，患者不愿去。原来这人来浙江打工，身上没多少钱，同乡也没钱，连救护车和挂号费都拿不出来。

听到这个消息，徐策没有犹豫，立刻安排车辆，拿出钱送给患者，患者因此及时得到了治疗。

这事让徐策感到欣慰，也让他感到不安。浙江经济发达，但仍有不少贫困群体，比如残疾人、外地务工者，以及其他原因导致贫困的人口，加起来不是小数目，如果遇到急症，赶上自己这个负责人不在场，病人会不会耽误治疗呢？

没有和别人商量，他做出了一个决定：为自己的诊所制定一个救济制度，对困难群体实施救济，该优惠的优惠，该免费的免费，不需要向他请示！一家民营医疗机构，能做出这样的决定，需要何等的勇气！社会上有一些医生，缺乏基本的医德，没病说成有病，小病说成大病，能用价格高的药就不用价格低的，不考虑患者承受能力，只为自己赚得盆满钵满。某些大医院，也有过度医疗行为，病人一去就把所有相关与不相关的检查安排一遍，收取不菲的检查费。徐策能做出这个决定，并非头脑发热，而是源于爷爷和爸爸的谆谆教诲。

“医生有德能救人，无德能杀人。”当年，爷爷是这样教导父亲的，后来父亲也是这样教导徐策的。如今徐策也这样教导儿子：“医生是良心职业，可以养家，不可以赚大钱，想赚大钱就不要学医，你做好心理准备没有？”

赠人玫瑰，手有余香。这些年，医院救治了很多患者，不仅为他们解除了病痛，还减免了医药费。至于自己损失了多少钱，徐策没有算过。想到患者摆脱了疾病困扰，他感到无比欣慰。逢年过节，总有人来看他，带着挂面鸡蛋、粉条猪肉等，这些曾被救济过的人，用最质朴的方式，表达了对医护人员的感激之情。

有一个案例，让徐策终生难忘。有对年轻父母在这里打工，孩子患有肝腹水，家长带孩子去了好多医院，钱都花光了，还欠着很多外债，病却没看好。孩子爷爷几乎要绝望了：“干脆回家吧，咱不治了。”话音未落，眼泪就止不住流下来。

孩子爷爷想放弃，但徐策却坚持：生命不能轻易被放弃。小女孩在徐策这里治疗后，病情有了很大好转。不放弃，是徐策给病人的无声承诺。

随着医院的发展，徐策的“责任圈”越来越大，把农村困难群体的保健也囊括其中。在农村，人们只有生病才看医生，没人想到定期体检，发现症状可能就晚了，错过了最佳治疗期，给病人和家属留下终生遗憾。

于是，徐策成立了一支体检队。从此人们经常看到这样一道风景线：一辆辆汽车，带着医护人员和检查设备，从医院出发，行驶在乡间小路上，每到一村，他们便为老人量血压、测血糖、讲解预防常见病的办法，然后再到下个村子，每月两次，风雨无阻，至今已有十年！

医院还有个爱心义工队，主要为重度残疾人服务。很多残障人士，没有亲人，没有收入，没有家庭，无力养活自己，托养中心承担着照顾他们的责任，但托养中心不收取费用，除了政府补贴外，需要全社会帮助和支持才能良好运转。于是，爱心义工队成立了。徐策经常带着月饼、面包、牛奶、鱼、肉、防护口罩等，还有常用的药品，前往托养中心，向他们传递着人间大爱。活动带动了很多的人参加，这些人尽己所能，捐出自己购买的物品。爱如一条条溪流，汇聚成滔滔不绝的河水，形成一股无与伦比的强大力量。

救援队——扩大的责任圈

浙江临海，台风是常客，台风一来，树木折断，房屋倒塌，最可怕的是山体滑坡，造成大量人员伤亡。为及时救助受灾人员，当地成立了很多支救援队。徐策是最早参加救援队的人员之一。

作为一家医院的院长，他每天需要处理很多事，但仍然坚持参加救援工作，这是因为，与普通患者相比，救援任务更加紧急，若不能及时救援，其损失是无法挽回的。

最难忘的，是2000年的一次救援行动。那天凌晨一点，他接到电话：附近山洪暴发，房屋被毁，人员被困，请救援队立即出发！

徐策迅速做好准备，和队友一起，在大雾中向目的地出发了！

道路曲曲折折，一侧是悬崖峭壁，另一侧是百丈深渊，汽车疾驰40分钟，按时到了现场。

徐策下车看了看，只见场地狭窄，只能容纳一辆车进出。车子进去，每抢救出一人就抬上汽车，急速送到医院。然后第二辆车再进去，再把人抬上车送到医院……连续一天的抢救，救援队把四十多个生命从死亡线上抢了回来。

参加救援队，并不是简单地加入，还需要很高的费用——汽车、帐篷、设备等，都要自己购买。这些年，徐策在购买装备等方面的花费，已达数百万元，这对个人而言，已经十分可观。

从爷爷到儿子，徐家已经有四代人从医了。从养家糊口到造福社会，徐策的“责任圈”不断扩大。他常想，如果爷爷在世，看到今天的盛况，该有多么高兴，该有怎样的感叹呀！

其实别人不知道，在徐策心中，还装着一个梦：建一座中医博物馆！为了中医，为了爷爷，也为了几代人悬壶济世的情怀！

为此，他连博物馆的功能和区域划分都设计好了：

一个中药文化大厅，介绍源远流长的中医药文化；

一个中医发展史展厅，介绍中医药漫长的发展历史；

一个中药材植物展厅，陈列各种中草药，例如板蓝根、野菊花、罗汉果等；

还有，开辟一个中药种植园，种上几百亩中草药，为医学院学生提供中草药教学服务；

一个中医养生馆，让人们体验中医养生的巨大魅力；

……

过往可鉴，未来可期，徐策在期待着，期待着更美好的明天。

扶阳，让爱飞扬

袁永明

基本情况

袁永明，男，1981 年出生，江西九江人，现居广东深圳，中医主治医师，西医主治医师，执业中药师

教育经历

本科毕业于江西医学院，硕士毕业于上海中医药大学，后学艺于彭重善、孙永章、张雨轩及王献民等扶阳名家

擅长领域

甲状腺癌、乳腺癌及肺癌调理；男科，不孕不育，乳腺增生，子宫肌瘤；乙肝大三阳，脂肪肝，甲状腺结节；高血压，高血糖，高血脂，高尿酸血症；青春痘，黄褐斑，肥胖症；颈椎病及腰椎病等

个人荣誉

中华中医药学会扶阳医学传承基地特聘讲师，世界中医药学会联合会扶阳专业委员会常务理事；多次担任由中华中医药学会主办的国际扶阳大会演讲嘉宾；参与编撰《扶阳显义录》《扶阳内证心法》《扶阳医学临证传奇》

袁永明的身份很多：在家，他是爸爸的好儿子；本科和研究生时期，他是老师的好学生；拜师学医时，他是大师的好弟子；参加工作，他是患者的好医生；站在讲台上，他又是一名优秀的讲师。

他读书的时候，成绩相当优秀。他虽不是最刻苦的，成绩却能名列前茅，这有点让人惊讶。读中学时，除了做功课，其他时间他喜欢研读武侠小说。

有人说，武侠小说里藏着成年人的梦想。其实岂止是成年人，像袁永明这样的少年读起来也如醉如痴。特别是金庸的《倚天屠龙记》，故事惊心动魄，引人入胜，读之恍若置身其中，与里面的人物一起经历悲欢离合，体会爱恨情仇，感受苦辣酸甜。他读小说，不只看故事，也对里面的中医知识感兴趣：胡青牛医术高超，有起死回生的本事，性格却那么古怪，他说不给谁治病，就算打死他也不给人治；张无忌中了玄冥神掌，他全力去治，却说治好后就杀了张无忌，不知道是怎么想的。说到修炼武功，就比较容易理解了，张无忌打通了任督二脉，全身穴道也就打开了，从而学会了乾坤大挪移，成了举世无双的高手。还有古龙的武侠小说《剑客行》《小李飞刀》等，都提到了穴位、经络、气血、任督二脉、阴阳五行等术语——竟是武侠小说给了他最早的医学启蒙。

袁永明走上医学之路，主要是受爸爸的影响，爸爸的想法很朴素：医生这职业比较稳定，人总是要生病的，生病就要看医生，不管社会怎样变化，医生都能有一碗饭吃。

但选择中医还是西医，的确让他为难了好长时间，两者在头脑中“打架”一直打了好多年。为了以后找个好工作，家人劝他报考西医院校。高考分数下来，他考上了本省著名的西医学府——江西医学院。

大学五年，他刻苦钻研医术，经常看书学习到凌晨，接受西医严格的逻辑训练和医学教育。他曾多次获得过学校优秀学生奖学金，并且还自学计算机，通过了全国计算机三级考试。

但在最后一年临床实习中，他发现，好多疾病西医能解释得很透彻，但就是根治不了。“医学的本质是治病，治不好病，仅有理论，说明不够完善。”

大五快毕业时，他觉醒了：我不是干西医的料！这时，被武侠小说滋润出来的中医情怀，也在无意识中起了作用。如果能回到从前，自己可以再报中医专业，但毕竟回不到过去，想要投入中医怀抱，只有一条路：考研，读中医硕士！

2004年，西医本科毕业前，他深感自己的学识不足，单单靠西医，很多疾病没法治愈。所以经过自己的努力，跨专业考试，有幸得到上海中医药大学基础医学院院长陈晓教授的赏识，考取陈老师的研究生。

近二十年前，考研难度很高，能吓退很多学子，何况他考的是上海中医药大学，这是华东地区一所重点大学。不过别人看来很难办到的事，在他这里真不是什么难事。他顺利通过了考试，顺利地读完了三年硕士课程！

2007年毕业后，他离开上海，来到美丽的西湖畔工作。经过三年的临床打磨，他发现自己的医术进入一个瓶颈期，难以提高。虽然杭州的风景宜人，“日出江花红胜火，春来江水绿如蓝”，在那里有安逸的生活、高薪的工作、舒适的环境，但这些还是阻挡不了他对医术孜孜不倦的追求，他仍要追逐自己心中的中医梦。做通了家人的思想工作后，他辞掉了杭州的高薪工作，2010年自费去北京拜师学艺。

其实，北京两年，收获还是挺丰富的。他去北京主要是为了游学，博采众长，学习更多的技术，他选择在一家大医院进修。2010年底，他有幸结识了中华中医药学会孙永章副秘书长和扶阳医学传承基地张雨轩主任，并且拜入孙老师的门下，受二位老师的启蒙，进入扶阳医学的大门。

他逐渐了解了扶阳医学创始人郑钦安，以及他写的书《医理真传》《医法圆通》《伤寒恒论》，也了解了扶阳医学的治病理念，比如钦安祖师言：“始知人身阴阳合一之道”“元气为人生阴阳之主宰”“人生立命全在坎中一阳”“万病皆损一元阳气”“辨证不离伤寒六经”“治病重在扶阳”等等。

扶阳医学在吸收了“火神派”善用附子、单刀直入的诸多特点之外，经过近200年沉潜历练的传承，逐步形成了一套经得起反复实践验证、其疗效能够经久不衰的临床理论和方法。扶阳医学理论发自《内》《难》《易》《伤寒》等医学思想，学术根基来源于《伤寒杂病论》的思想。

扶阳医学历经近200年的传承，探索总结，衍变升华，至今已形成了一套完整成熟的且用于临床实践而皆有效的理法方药。扶阳医学的学术思想可谓博大精深，其理法方药始终体现了《黄帝内经》“谨守病机”的思想，理论根基和辨治原则是与《易经》《黄帝》《内经》《难经》以及《伤寒杂病论》一脉相承的。

扶阳医学重视阳气，强调扶阳。扶正护阳是扶阳医学的理论核心；临床擅用姜、桂、附，是扶阳学派的显著特点；坎离既济、延年益寿是扶阳医学的治疗目标。

扶阳医学也是目前受到众多人关注与学习的一个学术流派，特别是近十年来学习扶阳医学形成了一股潮流。扶阳医学能够帮助很多中医师走出辨证论治的困境，提高临床效果，治愈危重疑难病症，这是目前众人追随扶阳、学习扶阳医学的真正动力和原因。

这些扶阳医学的理念对袁永明中医认知的形成带来了巨大的冲击，并给予了他巨大的帮助。

到了2012年，袁永明离开了北京，想找个适合自己发展的城市。实话实说，北京这座城市，并不适合他。在江西生活惯了，适应不了北京的气候，把它当驿站可以，当成家不行。

回到家乡后，他一直想：去哪里发展呢？第一个想到的还是老家，这里有他的亲朋好友、同学同事，事业生活上都能互相照应，生活肯定很安逸。这个念头一出现，随即又被他否掉了：安逸是把利剑，容易砍断人的斗志。第二个想到的是海南，海南是中国的“新发地”，有很多发展机会。但又一想，海南尚处于开发时期，有很多不确定因素。最后，他想到了深圳这座充满活力的城市，经过几十年发展，已经成了一座大都市。最主要的是，深圳是一座开放的城市，适合年轻人去发展、去创造。

深圳有一家龙华区人民医院，颇有名气，是家综合性三甲医院。医院科室齐全，技术力量雄厚，有着深厚的文化传承。正好他有亲戚在那里工作。亲戚一推荐，永明就动了心。“就它了！”只考虑了几分钟，永明就喜欢上了这座城市，也喜欢上了这家医院。

袁永明从西医转向中医，并不意味着他对西医的否定。中西医各有其长，只是他更擅长使用中医疗法而已。在医院，他接诊了一个乳腺癌患者。患者是三阴性乳腺癌，无法使用雄激素治疗，手术半年后病人水肿严重，全身乏力，利尿的西药吃了好长时间。最后，永明制定了个性化治疗方案，按照扶阳医学的诊治思路，开了真武汤和苓桂术甘汤加减，方子里有附子、桂枝、茯苓、白术和生姜等，患者服用一周后，水肿明显减轻，睡眠也得到改善，随后调整药方，临床症状和肿瘤指标也得到很大改善。

在他看来，中医有很大研发空间。以治疗白血病为例，中国科学院陈竺等三位院士带领的团队，一直在研究用中药治疗白血病，传统方法是使用雄黄治疗，但雄黄含有三氧化二砷，计量掌握不好会毒死人，王院士仍沿用三氧化二砷，在剂量掌握上下功夫，同时研发出各种情况下的预案，20 世纪 80 年代开始研究，已经取得了一系列成果，疗效有了大幅提升。这是在传统治疗方法上的进一步创新，也是中医研究的一个大方向。

袁永明具有丰富的中西医理论知识及临床经验，所以临证主张中医和西医结合、扶阳和经方结合、针灸和中药结合。

成长路上，袁永明遇到很多好老师：自己的父亲、大学的卢忠萍老师，研究生导师陈晓教授、彭重善老师、孙永章秘书长、张雨轩主任、王献民老师等。

父亲是启蒙老师，把人生观、行医观、为人处世的原则——其实也是父亲自己的原则——原封不动地传给了永明。父亲也喜欢中医，有时间他也会拿起永明的书，一字一句地读，遇到不懂的问题，也和永明一起讨论，把问题弄明白了，也会孩子般地笑出声音来，那是兴奋的笑声，也是骄傲的笑声——为自己，也为儿子！

读大学时，卢忠萍老师为他开启了传统文化的一扇大门。老师性格温和，富有智慧，中国古代哲学是她的拿手课程。阴阳学说在古代是一门高深学问，本来是枯燥的，但在老师讲解下，枯燥的学问活了起来，大家听得津津有味。阴阳与五行学说，至今还被应用在中医理论上。

研究生导师陈晓，曾经是上海中医药大学基础医学院院长。永明听了陈老师的课，才知道大学五年，自己的基础并不扎实。而陈老师不仅帮助他夯实了过去的理论基础，还在实践中提升了他的临床技能。只要有机会，老师就带上他和同学们一起去出诊：诊断、开方、针灸，回来后总结、复盘……陈老师是把他扶上马还送了一程的导师。

到了 2013 年底，为了更好地传播扶阳医学，张雨轩主任在深圳组织了历时一年的首届扶阳传人博士弟子课程班，恳请扶阳大家四川彭重善老师出山，亲自授课带徒，讲解《大医火神师徒传道录》，使百余人得到了扶阳真传，正式进入扶阳医学殿堂。袁永明也非常幸运地参加了这个课程班，系统深入学习了彭老师讲授的扶阳医学理法方药。彭老师原原本本地传授了从郑钦安、卢铸之到卢永定及他本人的扶阳医学四代传承。其中最重要的是彭老师讲的扶阳医学治病次第："有邪祛邪，无邪建中或理中，最后益肾填精。"这个理念提纲挈领，让袁永明对临床上纷繁复杂的疾病，一下子有了入手之处。

2013年11月，中华中医药学会在广东成立了扶阳医学传承基地。2014年，袁永明放弃了深圳医院的高薪工作，加入了扶阳医学传承基地团队，一边授课，一边看诊。

扶阳传承基地举办了首届"易经与扶阳"大会，随后开设了一系列课程，比如扶阳医学超白金课程班、扶阳传人经典课程班、扶阳传承人课程班、扶阳五日禅及骨神弟子传承班等等。袁老师在课堂上的讲课，精彩不断，逻辑严密，深受学员好评。2015年他被聘为中华中医药学会扶阳医学传承基地特聘讲师。

十年多时间，扶阳医学传承基地已经举办了几百场现场培训和微信授课，培养了上万名扶阳弟子。

扶阳医学传承基地的微信平台"扶阳医学交流中心"，已经成为传播与发扬扶阳医学的重要途径。同时，基地还陆续推出了了《火神门》杂志以及《易医互通》《卢氏临证实验录》（上下册）、《医理真传·妇科要诀》《医理真传·金寿老人药解》《扶阳内证心法》（1、2两册）、《扶阳显义录》《扶阳医学临床传奇》等系列著作。

在扶阳基地，袁老师自己也在不断学习，不断进步。其间遇到了王献民老师。王老师网名"洄溪堂主"，河南西平人，中医世家出身，贯通扶阳医学精髓，法伤寒温病于扶阳一体，临证半个世纪以来，秉承仲景遗风——病脉证并治相结合，每遇大病危症，重剂出手，力挽狂澜，妙手回春。王老师治愈了诸多西医难以治好的疾病，比如肾病综合征、恶性肿瘤、结缔组织病、免疫性疾病、原发性癫痫、哮喘、白癜风、牛皮癣、不孕不育、子宫腺肌症、多囊卵巢等，成功的临床案例，数不胜数，并且还创立了扶阳医学诸多理法，如川乌法、乌附法、四逆败毒法、鹿角片法、白术法等，开创和扩展了扶阳医学在急症危症中的运用。

袁医师也跟随王老师学习了这些新的扶阳医学理法，运用到临床上，效果非凡。结合之前的扶阳理论，袁医师说："古有文天祥诗'理身如理国，用药如用兵。人能保天和，于身为太平。'名医徐灵胎言：'孙武子十三篇，治病之法尽之矣。'病邪好比敌人，药物好比士兵，治病如同打仗，不仅要'知己知彼'，辨病辨证，还要'选材必当，器械必良'，专病专方专药，更需排兵布阵，抓住战机，天时地利人和，如此冀期'百战不殆'。另需国库充盈，不可穷兵黩武，所以扶阳医学以'坎中一阳'立先天之体极，使'钱粮'充沛，兵强马壮。将扶阳医学立法治病次第，用于教学则高屋建瓴，全面透析；把扶阳医学祛邪枢转之道，用于临床则高瞻远瞩，效如桴鼓。其敌我拉锯，不可较一城一地之得失，如此近期救急，远期延寿，方为战略大局。"

他把这些扶阳医学理念高度概括为："西病中证，四诊合参，以脉立法，君臣佐使。扶阳温通，截断枢转，桂枝综合，四逆败毒。川乌黄芪，挖掘推土，三星半夏，疏通郁堵。以人为本，脾肾为根，伤寒温病，扶阳始终。"还独创了理论和临床紧密结合的"扶阳方程式 O=W+X+Y+Z"，用于教学简单明了。学中医先从临床开方入手，掌握处方的基本结构。O=W+X+Y+Z，即舌脉症药针一体论。O 是处方，W 是姜草枣，X 是脉诊，Y 是舌诊，Z 是症状。辨证论治，专病专方，对症下药。

他还独创了诸如"空调理论""汽车理论""炒菜理论"之类通俗易懂的教学理念。

袁永明与齐铁雄老师曾经同台演讲超过两年的时间。当时袁老师讲扶阳医学，齐老师讲医患沟通。看到齐老师每年有 50 场课程，奔波劳累，患上了脾胃虚寒，腹胀腹满，袁老师用了附子法帮他调理，收到了很好的效果。后来有很多齐老师的学生也要拜袁永明为师，跟他学扶阳医学。至少有超过 100 家诊所负责人，学习了扶阳医学，治疗了很多重病和大病，先后帮助了很多患者。

袁老师自己在深圳和人合伙开了一家中医馆，过去他是一个技术迷，非常痴迷于中医技术，但是不太注重服务以及沟通。跟齐老师认识以后，在医患沟通、门诊经营、室内布置等方面做了很大的改变，正是得益于这种改变，中医馆的患者越来越多，口碑越来越好，满意度越来越高。他未来的发展和梦想就是：一个人有技术没有什么了不起的，关键是要把这个好的技术传承下去，帮助更多的人。

袁永明喜欢读书，喜欢看诊，然而他做得最多的工作是讲课。中医理论博大精深，又因古医书都是文言文写成的，理解起来难度很大，需要系统的中医理论和大量临床经验的支撑，并非略懂中医知识的人就能讲的。在这方面永明有着得天独厚的优势：五年本科，全面了解了西医诊疗体系；三年研究生，奠定了深厚的中医理论基础；多年临床经验，积累了丰富的案例；开放的国际视野，让他能准确把握中医的国际医学地位。这些积累使他讲起课来游刃有余、妙趣横生。特别是扶阳医学的理论与实践课程，深得学生们的喜爱。

听过他讲课的人既有中医爱好者，也有大小医院的医生。十几年来，他的足迹遍布包括新疆、甘肃、青海等边远地区在内的许多省份，让中医之花带着他深爱的中医梦飘向祖国每座山峰、每条河流、每座城市、每个村庄，以及每一位患者！让每一个中国人都懂点中医，让每一个中国家庭都拥有中医师，如此，何愁中医的传承？

献给基层医疗的百姓医生

刘靖

基本情况

刘靖，男，1972 年出生，内蒙古呼伦贝尔人

教育经历

毕业于山东工商学院

个人荣誉

百姓医生互联网医院创始人

中国医药教育协会互联网医疗工作委员会委员

前几天，齐铁雄老师拿给我他的书稿《中国基层医生》，这是一部描写基层医生的纪实文学作品，书中记录了几十位基层医生的求学和行医经历。几十个工作在最基层的医生，每个人都有一段不同寻常的成长故事，每个故事都承载着一段难以忘怀的感情。这些故事曾无数次打动了我的心！

作为培训师和咨询师，齐铁雄老师的本职工作是为基层医生提供诊所经营服务，但他却有一颗极其敏感的心。在长期与基层医生接触过程中，他深深体会到基层医生学医行医之不易，理解他们的感受，明白他们的处境，齐老师利用一切可能的机会，向社会发出呼吁，希望他们能得到应有的尊重。从这个角度上说，齐老师和基层医生一样，他们的故事都让我万分感慨，肃然起敬！

我是百姓医生互联网医院创始人，和齐老师很早就认识，我知道这些年来，他一直为基层医疗提供服务，也一直劝我为基层医生做点事。我也是医疗战线的一个老兵，对基层医生同样有着深厚的感情，也有过同样强烈的想法，只是无奈不知道从哪里入手。

最近两年，我终于找到了一个切入点：带领我的团队——北京大爱惠民医疗机构，开发了一个智能化辅助诊断平台，一个可以装在手机上的“百姓医生”应用程序（APP）。因为大医院医疗环境较好，并不缺乏检测设备和仪器，而基层医生则不然，他们在诊治过程中，往往得不到外力的帮助，仅仅凭借自己的经验，这多少让人有点遗憾。

这套智能化辅助诊断工具，正好为基层医生解决了这个难题。它相当于一本便携便查的医学百科全书，使用这套工具，不仅能和其他医生建立联系，还可以一键转发健康科普文章，做好基层医生的患者管理，提供问诊服务，还能将各级医院的名医整合起来，一起会诊、一起开方，也可以帮助患者找到所需要的名医，并为患者提供及时的转诊服务。有了这套工具，就等于享受到一个专家团队的医疗服务，把它送给我们的基层医生，让“百姓医生”实现他们数字化管理的愿望，也完成了我这几年来的一个心愿。

大爱惠民，大德济世！与广大基层医生共勉！

让科技守护您的每一次心跳！

李森

基本情况

李森，男，1982 年出生，河北石家庄人

教育经历

毕业于天津工业大学

个人荣誉

亲脉智能科技（北京）有限公司创始人

中国医药教育协会健康委员会委员

阿里巴巴跨境电商、天猫新零售全国门店招商等 12 年工作经验

历史长河，浩浩荡荡，汇成浩瀚汪洋之势！

生活中，每个人都如一粒沙子、一朵浪花。表面看那么渺小、那么微不足道。但天下兴亡，匹夫有责，正是被称为匹夫的人，用自己的微薄之力，承担起了国家和社会的责任。

庆幸的是，不同年代、不同行业，都有这样有责任感的人，他们之中，任何一个人，都是极平凡、极普通的人，但众多这样的人汇聚起来，形成了一股庞大的力量，支撑了国家的发展，承担了社会的责任。在医疗战线，就有一个这样的群体——基层医生。

我与齐老师相识，是在十几年前。那时我大学刚毕业，在一家外企做健康产品营销工作，虽然大学读的是营销专业，但这工作挑战太大了。整天围着客户转，不断拜访新客户，维护老客户，工作非常累。记得有一次，齐老师在我们公司讲课，分享了很多我在大学没有学过的课程。齐老师讲的是“沟通的艺术”和“领导力”等课程。他还取得了营养师证书，也去澳大利亚、美国等地进修学习。总之在我眼中，齐老师就是个成功人士。

那个时候，我跟齐老师学了很多营销知识，这对我这样刚出校门的大学生来说帮助很大。

后来我去了阿里巴巴工作，负责电商平台的运营与维护，这一做就是12年，我从普通员工晋升到高层经理，因为各种原因，丢掉了齐老师的联系方式。

人世间所有的相遇都是久别之后的重逢。

一个偶然的机会，我在山东出差，大厅里面人山人海，估计有一千多人吧，他们正排队听一个大健康产业的老师演讲，没有想到的是，主讲嘉宾竟然是我十几年没见的齐老师。

那天我再次聆听了齐老师的课，感受到老师无与伦比的授课魅力。他的课程深入浅出，能把枯燥的道理用浅显的方式表达出来，且幽默风趣，讲到动情处，全场学员无不潸然泪下，无不为之动容。这样的课令人百听不厌，我感到有一股强大的力量冲击着我的心灵。

那次见面后，因为工作忙，我俩联系并不多。我做公司业务，全国各地来回跑，但齐老师的课程，始终让我记忆犹新。每次遇到困难的时候，我就想：“如果齐老师遇到这个问题，他会怎样去解决？”这样想来想去，答案就找到了。

齐老师传授的技能，对我工作有很大帮助。但他的情怀，对我的影响更加深远。他虽然不是医生，但一直为基层诊所的医生服务，不仅为他们经营诊所指点迷津，也替他们向社会发声。他认为，基层医生是值得尊敬的群体，他们工作起来没日没夜，病人来电就是命令。饮食无规，起居无常，是对他们的生动写照。不是他们不懂健康，而是因为他们为了病人的健康才不得不这样的。让人心理失衡的是，基层医生如此辛苦，却有很多不被社会所认可。与大医院医生相比，他们既没有较高的身份，也无相对应的地位，更没有丰厚的收入。正因为如此，齐老师才通过多种方式，持续为基层医生争取话语权，努力改变社会对这个群体的固有看法。

受齐老师影响，这些年来，我也一直关注这个群体，也关注百姓的健康。我了解到，长期以来，在我国高端医疗器械领域，市场一直被国外品牌把持着，国产品牌缺乏竞争力。还有就是医疗资源分配不均，很多人无法享受高科技带来的益处。因此我一直在思考：能不能借助高科技改变这一现状呢？

人工智能和数字技术的兴起，给我们指明了一个很好的方向。在健康中国和数字中国两大国家战略中，正好有一个完美的交会点——数字健康。沿着这一思路，我们创办了亲脉智能科技公司，计划通过科技的力量为基层医生赋能，实现医疗资源和医疗设备的均衡分配。公司集合了优质医院资源及先进的人工智能技术，推出一款可穿戴式动态心电记录仪，极大提升了基层医生对心血管重大疾病的诊疗水平，提高了患者依从性，对中风及一过性的心律失常等疾病，实现了早发现、早预防、早干预的目标。当齐老师看到这个项目后，感到非常高兴，因为它能够赋能给基层医疗，造福百姓，所以齐老师非常支持我的工作，多次为我们的产品和服务提供经营指导。

人民对健康生活的向往，离不开基层医生的努力，基层医生的努力，离不开科技水平的助力！我们和广大基层医生一起，为百姓健康精心守护、保驾护航。

让科技守护您的每一次心跳！

化爱为生，绽放健康之美

晋康生命养护中心

巍巍太行山，清清沁河水，山水相连之处，晋城市巍然屹立！

这是一座诗画的城市，这是一片神奇的土地：此地物华天宝，人杰地灵，源远流长的历史，孕育饱满厚重的文化。她是华夏文明的重要发祥地之一，早在两万年前，人类就在这块土地上繁衍生息，这里沉淀着大舜躬耕历山的传说，记载着三家分晋的历史，流传着迁晋末帝沁水的故事。而炎帝陵、皇城相府、长平之战遗址等文化古迹，似星辰罗列，如棋子密布，让人数不胜数，它们在晋城历史的天空中闪烁着璀璨的光芒！

在这座美丽的城市中，有一座环境优雅的康养服务机构——晋康生命养护中心。它于2021年成立，位于晋城康宁骨科医院二号楼，隶属于晋城康宁健康管理咨询有限公司，是一家依托海南博鳌一龄生命养护中心，以疾病预防、慢性病管理为主要业务的康养服务机构。多年来，中心秉承“预防为主、养护为要”的养护理念，引进先进的诊疗技术和设备，为客户提供集检测、预防、治疗、调理于一体的全方位、全周期的生命健康养护服务。

成立生命养护中心，源于一段伉俪情深的故事。中心主任常张敏，原是晋城康宁骨科医院院长。他从小立志成为一名医生，从就读医学院至今，在医疗行业一干就是三十年。三十多年来，他刻苦钻研医术，专注医院发展，自己从医生成为院长，医院也发展成为一家知名医院。

正当事业如日中天的时候，常院长的妻子柳育苗突然病倒了。作为一名医生，常院长曾经让无数患者康复痊愈，深得患者的信任和赞美；但作为丈夫，他的内心却充满了不安和愧疚。因为忙于医院工作，对妻子照顾不够，致使妻子产后患了哮喘病，为了给妻子治病，他四处寻医问药，但哮喘是公认的顽疾，治疗效果一直不理想。

有一次，常院长外出学习，听说海南有家医疗养护机构，对治疗哮喘有奇效。于是，他带着妻子南下海南，来到博鳌一龄生命养护中心，由此开始了一段看似无意实则必然的联合创业之旅。

奇迹发生了！在医护人员悉心照料下，妻子的身体终于有了好转，到现在为止，哮喘已经有一年多没有发作了。疗养期间，聪慧的妻子逐渐掌握了养护中心的服务项目、运营模式，以及配套设备等情况，而这些引发了她浓厚的兴趣，进而萌发了一个念头：引进这套模式，造福晋城百姓！

2021 年，晋康生命养护中心成立了！柳育苗女士担任第一任总裁。中心依托博鳌一龄品牌优势，借助康宁骨科医院技术力量，实施多强联合发展战略，经过两年多的努力，中心得到了健康快速的发展，成为这座城市一个开放的窗口、一张靓丽的名片。

一个偶然的机会，一段不离不弃的故事，一群志同道合的人，成就了一个激动人心的创业梦想。未来，中心牢记创业初心，践行“早预防、早诊断、早治疗”的理念，为群众提供多层次、全周期的养护服务，在大健康发展的洪流中高歌猛进，踏浪前行！

在海歌 HIGOG，遇见最美的基层医疗

姜林林

很荣幸可以穿越茫茫人海，与业界同人相识，共同学习，彼此鼓励，一起成长。

HIGOG 海歌医健产业商学院是医疗大健康领域专业赋能型高端企业家社群，成员覆盖全国医疗大健康行业及全国基层诊所负责人。我们本着“唤醒医疗人原动力”的初心提供实用专业的课程，为中国基层诊所培育有专业深度、知识广度、管理系统的基层医疗服务，汇聚产业资源，助力持续发展。

2019 年，我们与北京大学合作，开设了“基层诊所胜任力建设项目”，四年多来，全国各地数百家诊所负责人会聚海歌和北大，一起学习、共同探讨中国基层医疗发展。

我们基层医生是一个特殊的群体。在乡镇一线工作，没有大城市医生荣誉，却同样承担救死扶伤的责任。我们是一群默默耕耘的人，一群无私奉献的人，是我们的付出，呵护了广大基层百姓的健康，我们是健康守门人。

前进的道路坎坷且充满阳光！在基层医疗服务领域多年，我始终追求：将自己活成一道光，照亮前行的路！为此，我们营造了一个纯粹的学习成长环境，与北京大学医学部、人体健康促进委员会、中国成人教育协会联合设计、开发了系列课程，从基层医疗需要出发，专门为基层医生服务，以提升诊所的诊疗整体运营能力。我们邀请国内一流医疗专家和北京大学优秀教授授课，传道、授业、解惑！学院特别创建了“全国基层医生服务平台”，建立基层诊所自己的学习平台，通过课程让学员们拓宽眼界、突破边界、增进关系，去遇见一种全新的学习方式。

在诊所班的学习生活中，我们看到了大家的变

化，这种变化，是内心的笃定和信心的建立。我们经常收到学员的感谢，但我想说的是，应该说感谢的是我们，感谢大家的信任和交托。

学习就是一段旅行，老师们不过是途中的风景、驿站，是高山、流水、红叶、古庙，偶尔有加油站、服务区。这些风景也许让人大开眼界，也许似曾相识，也许渴盼已久，也许了无意趣，也许终生难忘。有人暂时错过，照旧前行；有人赏了美景，遂了心愿。

旅途再顺，路还要自己行走；风光再美，景也需亲自赏玩。何处歇脚，哪里赏景，也完全取决于自己！

只有出发，才能看到美景。诚挚地邀请大家和我们同行。

我们带你出发，遇见风景！

后记

为新的开始而写

经过半年努力，《中国基层医生》一书终于付梓，不久就可以和广大读者朋友们见面了。

本文与其说是补充说明，不如说是为了表达我的感谢。

本书写作过程中，我得到很多朋友的支持和帮助。几个月不停地写作和讲课，我的身体一度处于严重的亚健康状态，我爱人李海景承担了调理我身体的工作。她本是一个营养师，为很多人做过健康管理服务，这次算是“英雄有了用武之地”，这里我要对她道一句“辛苦”，感谢她在生活方面的给我的照顾和陪伴。

原清华大学教师葛秋江，在百忙之中抽出时间，和我一起采访医生、编辑材料和校对书稿，并对本书做了系统的梳理和润色。北京的温发权老师，从一开始就为本书出版跑前跑后，忙个不停。还有很多好朋友，也在力所能及范围内给予我巨大帮助，让我深深地为之感动。没有他们，本书不可能这么顺利出版，我在这里对他们一并表示感谢！

读到本书的朋友，如果你正饱受疾病的折磨，我可以帮你推荐优秀医生，他们每个人都像本书中记载的人物一样，医术高超，医德高尚，我希望能帮你解除痛苦，享受健康幸福的人生。

如果你也是基层医生，也想把自己的故事分享给他人，你可以把你的故事说给我听，我们一同分担苦难，分享快乐。或许你的事迹将出现在下一本书中。

如果你是医学爱好者，想掌握一门技术，我给你推荐扶阳派袁永明老师和精通脏腑点穴的岳民江老师。我之所以推荐这两位老师，是因为我亲身体验过他们的服务，无论理论功底、技术手法还是个人品德，都是无可挑剔的，而他们也愿意将中医绝技传承下去，为了患者的健康，也为了中医事业后继有人。

本书内容顺序，是按照报名及资料收集顺序来排列的。书中记录的每个医生，都是我华夏神州千万基层医生的缩影，他们都不是十全十美的人物，但都有精湛的医术、善良的心灵、纯洁的灵魂，如果再有机会，我会再次书写他们，更详细地记录他们平凡的岗位和不平凡的事业，让我们一起期待吧！

与其说是后记，不如说是新的开始，你看，窗外的花已开了……

齐铁雄

2023 年 4 月于石家庄

爱与梦

1=$^{\flat}$B $\frac{4}{4}$

齐铁雄 词
大缘 齐铁雄 曲

（旁白）他们是基层医生，但他们也是妈妈、女儿，也是爸爸、儿子。他们把青春奉献给了医疗事业，把时间给了患者。他们没有周六日，从不按点吃饭，他们是平凡的，也是伟大的……

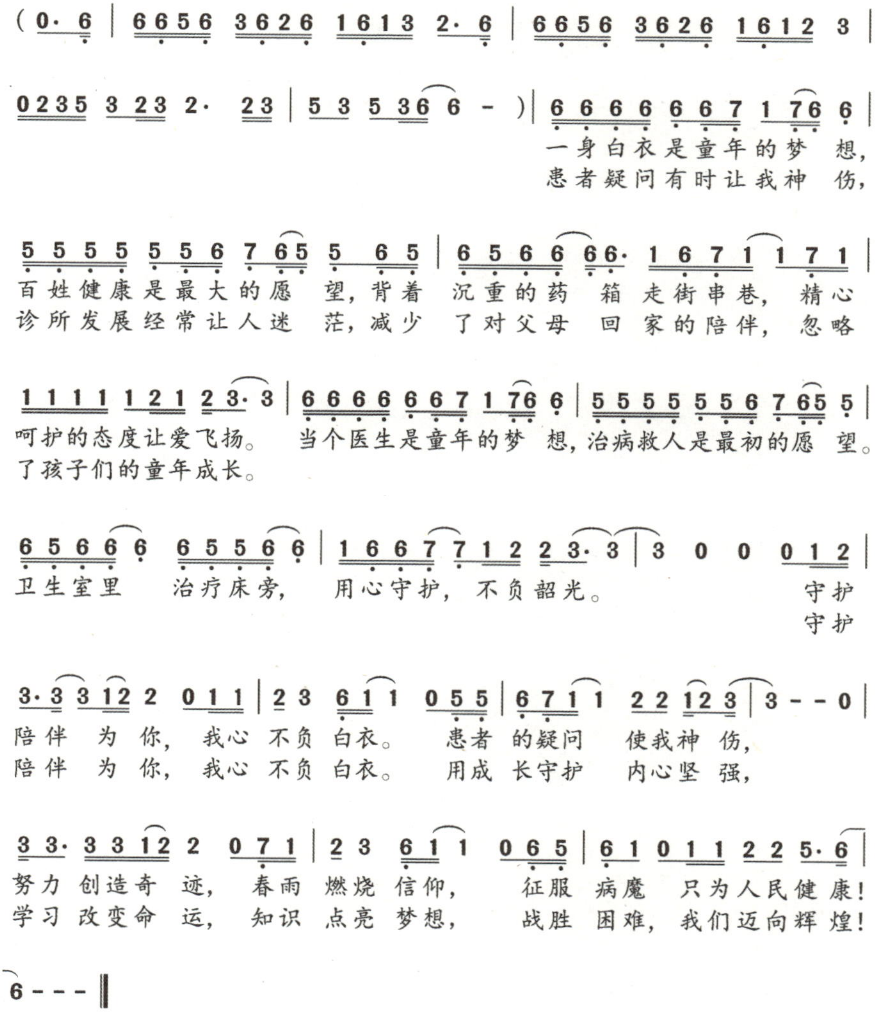